मुझे बनना है
Smart Student

मुझे बनना है
Smart Student

विपुल कुमार

प्रकाशक
प्रभात प्रकाशन प्रा. लि.
4/19 आसफ अली रोड, नई दिल्ली–110002
फोन : 011–23289777 • हेल्पलाइन नं. : 7827007777
इ–मेल : prabhatbooks@gmail.com ❖ वेब ठिकाना : www.prabhatbooks.com

संस्करण
2025

मूल्य
पाँच सौ रुपए

मुद्रक
नरुला प्रिंटर्स, दिल्ली

———— ★ ————

MUJHE BANNA HAI SMART STUDENT
by Shri Vipul Kumar

Published by **PRABHAT PRAKASHAN PVT. LTD.**
4/19 Asaf Ali Road, New Delhi-110002

ISBN 978-93-89982-10-7

₹500.00 (PB)

अपनी बात

हरेक छात्र की अभिलाषा होती है कि वह क्लास में स्मार्ट दिखे, स्कूल में उसे स्मार्ट स्टूडेंट की तरह देखा जाए, तो यह करना कतई मुश्किल नहीं है। आप भी स्मार्ट स्टूडेंट बन सकते हैं। स्मार्ट स्टूडेंट आपसे अलग नहीं होते, बल्कि वे काम को अलग ढंग से करते हैं। बस, अपने जीवन का लक्ष्य निर्धारित करें और बाकी सभी विचारों को अपने दिमाग से झटक दें—यही स्मार्ट स्टूडेंट बनने का रहस्य है।

याद रखें, जैसा आप सोचते हैं, वैसे ही बन जाते हैं। स्मार्ट स्टूडेंट बनने के लिए सबसे पहले आपको अपने मन को यह विश्वास दिलाना होगा कि 'मुझे बनना है Smart Student' आप हमेशा अपना सर्वश्रेष्ठ करें, क्योंकि जैसा काम आप करेंगे, वैसा ही प्रतिफल आपको मिलेगा। जहाँ आप हैं, वहीं से शुरू करें, जो कुछ भी आपके पास है, उसका उपयोग करें और वह करें, जो आप कर सकते हैं। हर नए दिन नई ताकत, नए जोश और नए विचार के साथ कार्य में जुटे रहें, क्योंकि जब तक किसी काम को किया नहीं जाता, तब तक वह असंभव लगता है। बाकी सहायता इस पुस्तक से लें।

प्रस्तुत पुस्तक में स्मार्ट स्टूडेंट बनने की समूची प्रक्रिया को बड़े ही सरल तरीके से और सिलसिलेवार ढंग से समझाया गया है। साधारण स्टूडेंट भी इन क्रमिक रचनात्मक विचारों को जीवन में उतारकर निश्चित ही स्मार्ट स्टूडेंट बन सकता है। समाज के सभी वर्गों के लिए एक उपयोगी पुस्तक।

—विपुल कुमार

अनुक्रम

अपनी बात *5*

1. आप स्वयं को पहचानते हैं ? 9
2. उजाले की यात्रा 29
3. ऐसे बनें स्मार्ट स्टूडेंट 57
4. स्मार्ट पढ़ाई के सरल तरीके 70
5. क्षमताओं की कसौटी 91
6. रचनात्मक सृजन के मायने 114
7. पेशेवर पहल अपनाएँ 127
8. विजेता अकेला होता है 146
9. बच्चों को माता-पिता का सहयोग 162
10. छात्र व अध्यापक का नाता 179
11. आप सबसे खास हैं 192

1

आप स्वयं को पहचानते हैं?

"साधारण और श्रेष्ठ में सिर्फ इतना सा अंतर है कि साधारण उसे चुनते हैं, जो आसान है, लेकिन श्रेष्ठ उसे चुनते हैं, जो मुश्किल है।"

कौन सा समय है, मेरे मित्र कौन हैं, शत्रु कौन हैं, कौन सा देश (स्थान) है, मेरी आय-व्यय क्या है, मैं कौन हूँ, मेरी शक्ति कितनी है इत्यादि बातों का बराबर विचार करते रहें। अपने संबंध में पूरी जानकारी प्राप्त कर लेने के बाद कुछ जानना शेष नहीं रह जाता। सारी कठिनाइयाँ, सारे दुःख इसी बात के हैं कि हम अपने को नहीं जानते। किसी व्यक्ति से पूछा जाए कि आप कौन हैं तो वह अपने वर्ण, कुल, व्यवसाय, पद या संप्रदाय का परिचय देगा।

अधिक पूछने पर अपने निवास स्थान, वंश, व्यवसाय आदि का अधिकाधिक विस्तृत परिचय देगा। प्रश्न के उत्तर के लिए ही ये सब वर्णन हों सो नहीं, उत्तर देने वाला यथार्थ में अपने को वैसा ही मानता है।

शरीर-भाव में मनुष्य इतना तल्लीन हो गया है कि अपने आपको वह शरीर ही समझने लगा है। वंश, वर्ण, व्यवसाय या पद शरीर का होता है। शरीर मनुष्य का एक परिधान, औजार है, परंतु भ्रम और अज्ञान के कारण मनुष्य अपने आपको शरीर ही मान बैठता है और शरीर के स्वार्थ तथा अपने स्वार्थ को एक कर लेता है। इसी गड़बड़ी में जीवन अनेक अशांतियों, चिंताओं और व्यथाओं का घर बन जाता है। मनुष्य शरीर में रहता है, यह ठीक है, पर यह भी ठीक है कि वह शरीर नहीं है। वह एक अनंत आत्मा है, जिसे अपना इतिहास

खुद लिखने के लिए यह शरीर दिया गया है।

लोगों के व्यवहार ऐसे होते हैं, मानो वे वस्तुतः शरीर ही हों। शरीर के हानि-लाभ उनके हानि-लाभ हैं। किसी व्यक्ति का बारीकी के साथ निरीक्षण किया जाए और देखा जाए कि वह क्या सोचता है, क्या कहता है, और क्या करता है तो पता चलेगा कि वह शरीर के बारे में सोचता है, उसी के संबंध में संभाषण करता है और जो कुछ करता है, शरीर के लिए करता है। शरीर को ही उसने 'मैं' मान रखा है।

शरीर आत्मा का मंदिर है। उसका स्वास्थ्य, स्वच्छता और सुविधा के लिए कार्य करना उचित एवं आवश्यक है, परंतु यह अहितकर है कि केवल मात्र शरीर के ही बारे में सोचा जाए, उसे अपना स्वरूप मान लिया जाए और अपने वास्तविक स्वरूप को भुला दिया जाए। मनुष्य अपने आपको शरीर मान लेने के कारण शरीर के हानि-लाभों को भी अपने हानि-लाभ मान लेता है और अपने वास्तविक हितों को भूल जाता है। यह भूल-भुलैया का खेल जीवन को बड़ा कर्कश और नीरस बना देता है।

शरीर अकसर सहज ही स्वार्थ की ओर झुक जाता है। शरीर के स्वार्थों का प्रतिनिधित्व इंद्रियाँ करती हैं। दस इंद्रियाँ और ग्यारहवाँ मन, ये सदा ही शारीरिक दृष्टिकोण से सोचते और कार्य करते हैं। स्वादिष्ट भोजन, बढ़िया वस्त्र, सुंदर-सुंदर मनोहर दृश्य, मधुर श्रवण, नाना प्रकार के भोग-विलास ये इंद्रियों की आकांक्षाएँ हैं।

शरीर अकसर सहज ही स्वार्थ की ओर झुक जाता है। शरीर के स्वार्थों का प्रतिनिधित्व इंद्रियाँ करती हैं। दस इंद्रियाँ और ग्यारहवाँ मन, ये सदा ही शारीरिक दृष्टिकोण से सोचते और कार्य करते हैं। स्वादिष्ट भोजन, बढ़िया वस्त्र, सुंदर-सुंदर मनोहर दृश्य, मधुर श्रवण, नाना प्रकार के भोग-विलास ये इंद्रियों की आकांक्षाएँ हैं।

ऊँचा पद, विपुल धन, दूर-दूर तक यश, रोब-दाब ये सब मन की आकांक्षाएँ हैं। इन्हीं इच्छाओं को तृप्त करने में प्रायः सारा जीवन लगता है। जब ये इच्छाएँ अधिक उग्र हो जाती हैं तो मनुष्य उनकी किसी भी प्रकार से

तृप्ति करने की ठान लेता है और उचित-अनुचित का विचार छोड़कर जैसे भी बने, स्वार्थ साधने की नीति पर उतर आता है। यही समस्त पापों का मूल केंद्र-बिंदु है।

शरीर भाव में जाग्रत् रहनेवाला मनुष्य यदि आहार, निद्रा, भय, मैथुन के साधारण कार्यक्रम पर चलता रहे तो भी उस पशुवत जीवन में निरर्थकता ही है, सार्थकता कुछ नहीं। यदि उसकी इच्छाएँ जरा अधिक उग्र या आतुर हो जाएँ, तब तो समझिए कि वह पूरा पाप पुंज शैतान बन जाता है। अनीतिपूर्वक स्वार्थ साधने में उसे कुछ भी हिचक नहीं होती। इस दृष्टिकोण के व्यक्ति न तो स्वयं सुखी रहते हैं और न दूसरों को सुखी रहने देते हैं।

काम और लोभ ऐसे तत्त्व हैं कि उन्हें कितना ही अधिक-से-अधिक भोग क्यों न मिले, वे तृप्त नहीं होते। जितना ही मिलता है, उतनी ही तृष्णा के साथ-साथ अशांति, चिंता, कामना तथा व्याकुलता भी दिन दूनी और रात चौगुनी होती चलती हैं। इन भोगों में जितना सुख मिलता है, उससे अनेक गुना अधिक दु:ख भी साथ-ही-साथ उत्पन्न होता चलता है। इस प्रकार शरीर-आधारित दृष्टिकोण मनुष्य को पाप, ताप, तृष्णा तथा अशांति की ओर घसीट ले जाता है।

जितना ही मिलता है, उतनी ही तृष्णा के साथ-साथ अशांति, चिंता, कामना तथा व्याकुलता भी दिन दूनी और रात चौगुनी होती चलती हैं। इन भोगों में जितना सुख मिलता है, उससे अनेक गुना अधिक दु:ख भी साथ-ही-साथ उत्पन्न होता चलता है। इस प्रकार शरीर-आधारित दृष्टिकोण मनुष्य को पाप, ताप, तृष्णा तथा अशांति की ओर घसीट ले जाता है।

हम देखते हैं कि चोरी, हिंसा, व्यभिचार, छल एवं अनीति भरे दुष्कर्म करते हुए अंत:करण में एक प्रकार का कुहराम मच जाता है, पाप करते हुए पाँव काँपते हैं और कलेजा धड़कता है। इसका तात्पर्य यह है कि इन कामों को आत्मा नापसंद करती है। यह उसकी रुचि एवं स्वार्थ के विपरीत है, किंतु जब मनुष्य परोपकार, परमार्थ, सेवा, सहायता, दान, उदारता, त्याग, तप से भरे हुए पुण्य कर्म करता है तो हृदय के भीतरी कोने में बड़ा ही संतोष,

हलकापन, आनंद एवं उल्लास उठता है। इसका अर्थ है कि यह पुण्य कर्म आत्मा के स्वार्थ के अनुकूल है। वह ऐसे ही कार्यों को पसंद करता है। आत्मा की आवाज सुनने वाले और उसी की आवाज पर चलने वाले सदा पुण्य कर्मी होते हैं। पाप की ओर उनकी प्रवृत्ति ही नहीं होती, इसलिए वैसे काम उनसे बन भी नहीं पड़ते।

इंद्रियाँ और मन संसार के भोगों को अधिकाधिक मात्रा में चाहते हैं। इस कार्य प्रणाली को अपनाने से मनुष्य नाशवान शरीर की इच्छाएँ पूर्ण करने में जीवन को खर्च करता है और पापों का भार इकट्ठा करता रहता है। इससे शरीर और मन का अभिरंजन तो होता है, पर आत्मा को इस लोक और परलोक में कष्ट उठाना पड़ता है।

जिसे आत्मज्ञान हो जाता है, वह छोटी घटनाओं से अत्यधिक प्रभावित, उत्तेजित या अशांत नहीं होता। लाभ-हानि, जीवन-मरण, विरह-विछोह, मान-अपमान, लोभ-मोह, क्रोध, काम, भोग, राग-द्वेष आदि की कोई घटना उसे अत्यधिक क्षुभित नहीं करती, क्योंकि वह जानता है कि यह सब परिवर्तनशील संसार में नित्य का स्वाभाविक क्रम है।

शरीर, जो वास्तव में आत्मा का एक वस्त्र या औजार मात्र है, उसे इतना महत्त्वपूर्ण दृष्टिगोचर नहीं होता है कि उसी के ऐश-आराम में जीवन जैसे बहुमूल्य तत्त्व को बरबाद कर दिया जाए। जिसे आत्मज्ञान हो जाता है, वह छोटी घटनाओं से अत्यधिक प्रभावित, उत्तेजित या अशांत नहीं होता। लाभ-हानि, जीवन-मरण, विरह-विछोह, मान-अपमान, लोभ-मोह, क्रोध, काम, भोग, राग-द्वेष आदि की कोई घटना उसे अत्यधिक क्षुभित नहीं करती, क्योंकि वह जानता है कि यह सब परिवर्तनशील संसार में नित्य का स्वाभाविक क्रम है।

आत्म-स्वरूप का बोध

एक छोटे मुँह के बरतन में अनाज भरा था। बंदर ने उसे लेने के लिए हाथ डाला और मुट्ठी में भरकर अनाज निकालना चाहा। छोटा मुँह होने के

कारण वह हाथ निकल न सका, बेचारा पड़ा-पड़ा चीखता रहा कि अनाज ने मेरा हाथ पकड़ लिया है, पर ज्यों ही उसे असलियत का बोध हुआ कि मैंने मुट्ठी बाँध रखी है, इसे छोड़ूँ तो सही। जैसे ही उसने उसे छोड़ा कि अनाज ने बंदर को छोड़ दिया। काम-क्रोधादि हमें इसलिए सताते हैं कि उनकी दासता हम स्वीकार करते हैं। जिस दिन हम विद्रोह का झंडा खड़ा कर देंगे, भ्रम अपने बिल में धँस जाएगा। भेड़ों में पला हुआ शेर का बच्चा अपने को भेड़ समझता था, परंतु जब उसने पानी में अपनी तसवीर देखी तो पाया कि मैं भेड़ नहीं, शेर हूँ। आत्म-स्वरूप का बोध होते ही उसका सारा भेड़पन क्षणमात्र में चला गया। आत्मदर्शन की महत्ता ऐसी ही है। जिसने इसे जाना, उसने उन सब दुःख-दारिद्रयों से छुटकारा पा लिया, जिनके मारे वह हर घड़ी हाय-हाय किया करता था।

जानने योग्य इस संसार में अनेक वस्तुएँ हैं, पर उन सबमें प्रधान अपने आपको जानना है। जिसने अपने को जान लिया, उसने जीवन का रहस्य समझ लिया। भौतिक विज्ञान के अन्वेषकों ने अनेक आश्चर्यजनक आविष्कार किए हैं। प्रकृति के अंतराल में छिपी हुई विद्युत् शक्ति, ईंधन शक्ति, परमाणु शक्ति आदि को ढूँढ़ निकाला है।

जानने योग्य इस संसार में अनेक वस्तुएँ हैं, पर उन सबमें प्रधान अपने आपको जानना है। जिसने अपने को जान लिया, उसने जीवन का रहस्य समझ लिया। भौतिक विज्ञान के अन्वेषकों ने अनेक आश्चर्यजनक आविष्कार किए हैं। प्रकृति के अंतराल में छिपी हुई विद्युत् शक्ति, ईंधन शक्ति, परमाणु शक्ति आदि को ढूँढ़ निकाला है। अध्यात्म जगत् के महान् अन्वेषकों ने जीवन सिंधु का मंथन करके आत्मा रूपी अमृत उपलब्ध किया है। इस आत्मा को जानने वाला सच्चा ज्ञानी हो जाता है और इसे प्राप्त करनेवाला विश्व विजयी मायातीत कहा जाता है। इसलिए हर व्यक्ति का कर्तव्य है कि वह अपने आपको जाने। 'मैं क्या हूँ', इस प्रश्न को अपने आपसे पूछें और विचार करें, चिंतन तथा मननपूर्वक उसका सही उत्तर प्राप्त करें। अपना ठीक स्वरूप मालूम हो जाने पर हम अपने वास्तविक हित-अहित को समझ सकते हैं।

काम, क्रोध, लोभ, मोहादि विकार और ऐंद्रिय वासनाएँ मनुष्य के आनंद में बाधक बनकर उसे दुःख जाल में डाले हुए हैं। पाप और बंधन की ये मूल हैं। पतन इन्हीं के द्वारा होता है। आत्मोन्नति के साथ ही सभी सांसारिक उन्नति रहती है। जिसके पास आत्मबल है, उसके पास सबकुछ है और सारी सफलताएँ उसके हाथ के नीचे हैं। सफलता और आनंद आपका जन्मजात अधिकार है। उठो! अपने को, अपने हथियारों को और काम को भली प्रकार पहचानो और बुद्धिपूर्वक जुट जाओ। फिर देखो, कैसे वे चीजें नहीं मिलतीं, जिन्हें तुम चाहते हो। तुम कल्पवृक्ष हो, कामधेनु हो, सफलता की साक्षात् मूर्ति हो। भय और निराशा का कण भी तुम्हारी पवित्र रचना में नहीं लगाया गया है। यह लो, अपना अधिकार सँभालो।

शरीर की, मन की जितनी भी महान् शक्तियाँ हैं, वे तुम्हारे औजार हैं। इंद्रियों के तुम गुलाम नहीं हो, आदतें तुम्हें मजबूर नहीं कर सकतीं, मानसिक विकारों का कोई अस्तित्व नहीं, अपने को और अपने अस्त्रों को ठीक तरह से पहचान लो।

'मैं' का क्या अभिप्राय होता है? पशु, पक्षी तथा अन्य अविकसित प्राणियों में यह 'मैं' की भावना नहीं होती। भौतिक सुख-दुःख का तो वे अनुभव करते हैं, किंतु अपने बारे में कुछ अधिक नहीं सोच सकते। गधा नहीं जानता कि मुझ पर किस कारण बोझ लादा जाता है? लादने वाले के साथ मेरा क्या संबंध है? मैं किस प्रकार अन्याय का शिकार बनाया जा रहा हूँ? वह अधिक बोझ लद जाने पर कष्ट का और हरी घास मिल जाने पर शांति का अनुभव करता है, पर हमारी तरह सोच नहीं सकता। इन जीवों में शरीर ही आत्म-स्वरूप है। क्रमशः अपना विकास करते-करते मनुष्य आगे बढ़ आया है।

'मैं' का क्या अभिप्राय होता है? पशु, पक्षी तथा अन्य अविकसित प्राणियों में यह 'मैं' की भावना नहीं होती। भौतिक सुख-दुःख का तो वे अनुभव करते हैं, किंतु अपने बारे में कुछ अधिक नहीं सोच सकते। गधा नहीं जानता कि मुझ पर किस कारण बोझ लादा जाता है? लादने वाले के साथ मेरा क्या संबंध है? मैं किस प्रकार अन्याय का शिकार बनाया जा रहा हूँ?

फिर भी, ऐसे आदमियों की कमी नहीं, जिनका संसार आहार, निद्रा, भय, मैथुन, क्रोध, लोभ, मोह आदि तक ही सीमित होता है। इन्हीं समस्याओं को सोचने, समझने और हल करने लायक योग्यता उन्होंने प्राप्त की होती है। मूढ़ मनुष्य भद्दे भोगों से तृप्त हो जाते हैं, तो बुद्धिमान कहलाने वाले उनमें सुंदरता लाने की कोशिश करते हैं। मजदूर को बैलगाड़ी में बैठकर जाना सौभाग्य प्रतीत होता है तो धनवान मोटर में बैठकर अपनी बुद्धिमानी पर प्रसन्न होता है। बात एक ही है। बुद्धि का जो विकास हुआ है, वह भोग सामग्री को उन्नत बनाने में हुआ है।

शरीर को स्वाभाविक और जीवंत बनाए रखना इसी के हाथ में है। हमारी जानकारी के बिना भी शरीर का व्यापार अपने आप चलता रहता है। भोजन की पाचन क्रिया, रक्त का घूमना, क्रमशः रस, रक्त, मांस, मेदा, अस्थि, वीर्य का बनना, मल त्याग, श्वास-प्रश्वास, पलकें खुलना, बंद होना आदि कार्य अपने आप होते रहते हैं।

दोहराते रहें–

- मैं सक्षम हूँ, समर्थ हूँ।
- मैं प्रतिभा और शक्ति का केंद्र हूँ।
- मैं विचार और शक्ति का केंद्र हूँ।
- मेरा संसार मेरे चारों ओर घूम रहा है।
- मन पर संयम कैसे करें?

शरीर और आत्मा के बीच की चेतना मन है। मन को तीन भागों में बाँटा जा सकता है—

प्रवृत्त मानस

मन के पहले भाग का नाम है—'प्रवृत्त मानस'। यह पशु-पक्षी आदि अविकसित जीवों और मनुष्यों में समान रूप से पाया जाता है। इसे गुप्त मन और सुप्त मानस भी कहते हैं। शरीर को स्वाभाविक और जीवंत बनाए रखना

इसी के हाथ में है। हमारी जानकारी के बिना भी शरीर का व्यापार अपने आप चलता रहता है। भोजन की पाचन क्रिया, रक्त का घूमना, क्रमशः रस, रक्त, मांस, मेदा, अस्थि, वीर्य का बनना, मल त्याग, श्वास-प्रश्वास, पलकें खुलना, बंद होना आदि कार्य अपने आप होते रहते हैं। आदतें पड़ जाने का कार्य इसी मन के द्वारा होता है। यह मन देर में किसी बात को ग्रहण करता है, पर जिसे ग्रहण कर लेता है, उसे आसानी से छोड़ता नहीं। हमारे पूर्वजों के अनुभव और हमारे वे अनुभव, जो पाशविक जीवन से उठकर इस अवस्था में आने तक प्राप्त हुए हैं, इसी में जमा हैं। मनुष्य एक अल्प बुद्धि साधारण प्राणी था। उस समय की ईर्ष्या, द्वेष, युद्ध-प्रवृत्ति, स्वार्थ, चिंता आदि साधारण वृत्तियाँ इसी के एक कोने में पड़ी रहती हैं। पिछले अनेक जन्मों के नीच स्वभाव, जिन्हें प्रबल प्रयत्नों द्वारा काटा नहीं गया है, इसी विभाग में इकट्ठे रहते हैं। यह एक अद्‌भुत अजायबघर है, जिसमें सभी तरह की चीजें जमा हैं। कुछ अच्छी और बहुमूल्य हैं, तो कुछ सड़ी-गली, भद्‌दी तथा भयानक भी हैं। जंगली मनुष्यों, पशुओं तथा दुष्टों में जो लोभ, हिंसा, क्रूरता, आवेश, अधीरता आदि वृत्तियाँ होती हैं, वे भी सूक्ष्म रूपों में इसमें जमा हैं। यह बात दूसरी है कि कहीं उच्च मन द्वारा पूरी तरह से वे वश में रखी जाती हैं, कहीं कम। राजस और तामसी लालसाएँ इसी मन से संबंध रखती हैं। इंद्रियों के भोग, घमंड, क्रोध, भूख, मैथुनेच्छा, निद्रा आदि प्रवृत्त मानस के रूप हैं।

प्रबुद्ध मानस

प्रवृत्त मन से ऊपर दूसरा मन है, जिसे 'प्रबुद्ध मानस' कहना चाहिए। इस पुस्तक को पढ़ते समय आप उसी मन का उपयोग कर रहे हैं। इसका काम सोचना, विचारना, विवेचना करना, तुलना करना, कल्पना, तर्क तथा निर्णय आदि करना है। हाजिर जवाबी, बुद्धिमत्ता, चतुरता, अनुभव, स्थिति का परीक्षण—ये सब प्रबुद्ध मन द्वारा होते हैं।

अध्यात्म मानस

तीसरे सर्वोच्च मन का नाम 'अध्यात्म मानस' है। इसका विकास

अधिकांश लोगों में नहीं हुआ होता। मन के इस विभाग को उच्चतम विभाग माना जाता है और हम इसे आध्यात्मिकता, आत्म-प्रेरणा, ईश्वरीय संदेश, प्रतिभा आदि के रूप में जानते हैं। उच्च भावनाएँ मन के इसी भाग में उत्पन्न होकर चेतना में गति करती हैं। प्रेम, सहानुभूति, दया, करुणा, न्याय, निष्ठा, उदारता, धर्म प्रवृत्ति, सत्य, पवित्रता, आत्मीयता आदि सब भावनाएँ इसी मन से आती हैं। ईश्वरीय भक्ति इसी मन में उदय होती है। गूढ़ तत्त्वों का रहस्य इसी के द्वारा जाना जाता है।

तीसरे सर्वोच्च मन का नाम 'अध्यात्म मानस' है। इसका विकास अधिकांश लोगों में नहीं हुआ होता। मन के इस विभाग को उच्चतम विभाग माना जाता है और हम इसे आध्यात्मिकता, आत्म-प्रेरणा, ईश्वरीय संदेश, प्रतिभा आदि के रूप में जानते हैं। उच्च भावनाएँ मन के इसी भाग में उत्पन्न होकर चेतना में गति करती हैं।

याद रखें, मन केवल उपकरण मात्र ही है। आपको अपने को मन का दास नहीं, स्वामी मानना पड़ेगा। आप शासक हैं और मन आज्ञा-पालक। मन द्वारा जो नियंत्रण अब तक आपके ऊपर हावी थे, उन सबको उतारकर फेंक दें और अपने को उनसे मुक्त हुआ समझें।

दृढ़तापूर्वक आज्ञा दें कि स्वभाव, विचार, संकल्प, बुद्धि, कामनाएँ—सब आपकी आज्ञा मानें। संतोष और धैर्य धारण करें। कार्य कठिन है, पर इसके द्वारा जो पुरस्कार मिलता है, उसका लाभ बड़ा भारी है। अध्ययन करें, मनन करें, आशा करें, साहस करें और सावधानी तथा गंभीरता के साथ इस तप-पथ की ओर चल पड़ें।

दोहराते रहें–

- मुझे स्वयं पर विश्वास है, अपनी क्षमता पर विश्वास है।
- मैं मन का सेवक नहीं, शासक हूँ।
- मैं बुद्धि, स्वभाव, इच्छा और अन्य समस्त मानसिक उपकरणों को अपने से अलग कर सकता हूँ।
- मैं अविकारी और उपयोगी हूँ।

हमारा जीवन प्रेम, दया, सहानुभूति, सत्य और उदारता से परिपूर्ण होना चाहिए। कोरी कल्पना या पोथी-पाठ से क्या लाभ हो सकता है? सच्ची सहानुभूति ही सच्चा ज्ञान है और सच्चे ज्ञान की कसौटी, उसका जीवन व्यवहार में उतारना ही हो सकता है।

स्वयं को पुनः स्थापित करना

बाज लगभग 70 वर्ष जीता है, परंतु अपने जीवन के 40वें वर्ष में आते-आते उसे एक महत्त्वपूर्ण निर्णय लेना पड़ता है। उस अवस्था में उसके शरीर के तीन प्रमुख अंग निष्प्रभावी होने लगते हैं। पंजे लंबे और लचीले हो जाते हैं व शिकार पर पकड़ बनाने में असक्षम होने लगते हैं। चोंच आगे की ओर मुड़ जाती है और भोजन निकालने में व्यवधान उत्पन्न करने लगती है। पंख भारी हो जाते हैं और सीने से चिपकने के कारण पूरे खुल नहीं पाते, उड़ानें सीमित कर देते हैं।

हमारा जीवन प्रेम, दया, सहानुभूति, सत्य और उदारता से परिपूर्ण होना चाहिए। कोरी कल्पना या पोथी-पाठ से क्या लाभ हो सकता है? सच्ची सहानुभूति ही सच्चा ज्ञान है और सच्चे ज्ञान की कसौटी, उसका जीवन व्यवहार में उतारना ही हो सकता है।

भोजन ढूँढ़ना, भोजन पकड़ना और भोजन खाना—तीनों प्रक्रियाएँ अपनी धार खोने लगती हैं। उसके पास तीन ही विकल्प बचते हैं—या तो देह त्याग दे या अपनी प्रवृत्ति छोड़ गिद्ध की तरह त्यक्त भोजन पर निर्वाह करे या फिर स्वयं को आकाश के निर्द्वंद्व एकाधिपति के रूप में पुनः स्थापित करे। जहाँ पहले दो विकल्प सरल और त्वरित हैं, वहीं तीसरा अत्यंत पीड़ादायी और दीर्घकालिक।

बाज पीड़ा चुनता है और स्वयं को पुनः स्थापित करता है। वह किसी ऊँचे पहाड़ पर जाता है, एकांत में अपना घोंसला बनाता है और तब प्रारंभ करता है पूरी प्रक्रिया। सबसे पहले वह अपनी चोंच चट्टान पर मार-मारकर तोड़ देता है। अपनी चोंच तोड़ने से अधिक पीड़ादायक कुछ भी नहीं पक्षीराज के लिए। तब वह प्रतीक्षा करता है चोंच के पुनः उग आने की। उसके बाद

वह अपने पंजे भी उसी प्रकार तोड़ देता है और प्रतीक्षा करता है पंजों के पुनः उग आने की।

नई चोंच और पंजे आने के बाद वह अपने भारी पंखों को एक-एक कर नोंचकर निकालता है और प्रतीक्षा करता है पंखों के पुनः उग आने की। पाँच महीने की पीड़ा एवं प्रतीक्षा, और तब उसे मिलती है, वही पहले जैसी नई भव्य और ऊँची उड़ान। इस पुनः स्थापना के बाद वह ऊर्जा, सम्मान और गरिमा के साथ 30 साल और जीता है।

इच्छा, सक्रियता और कल्पना, तीनों हममें भी निर्बल पड़ने लगते हैं। हमें भी भूतकाल में जकड़े अस्तित्व के भारीपन को त्याग कर कल्पना की उन्मुक्त उड़ानें भरनी होंगी। पाँच महीने न सही तो एक माह ही बिताया जाए स्वयं को पुनः स्थापित करने में। जो शरीर और मन से चिपका हुआ है, उसे तोड़ने और नोचने में पीड़ा तो होगी ही। बाज तब उड़ानें भरने को तैयार होंगे। इस बार उड़ानें और ऊँची होंगी, अनुभवी होंगी, अनंतगामी होंगी।

अकसर हमारे जीवन में ऐसी परिस्थितियाँ आती रहती हैं, जो हमें उदास कर देती हैं और एक पल के लिए हम यह सोचते हैं कि अब सब खत्म हो चुका है। जीवन में सुख और दुःख हमेशा ही रहता है। ऐसे में जरूरत होती है अपने आप को प्रेरित रखने की। जो व्यक्ति हर परिस्थिति में अपने आप को प्रेरित रख पाता है, वह ही सफल हो सकता है।

स्वयं को हमेशा कैसे प्रेरित करें?

अकसर हमारे जीवन में ऐसी परिस्थितियाँ आती रहती हैं, जो हमें उदास कर देती हैं और एक पल के लिए हम यह सोचते हैं कि अब सब खत्म हो चुका है। जीवन में सुख और दुःख हमेशा ही रहता है। ऐसे में जरूरत होती है अपने आप को प्रेरित रखने की। जो व्यक्ति हर परिस्थिति में अपने आप को प्रेरित रख पाता है, वह ही सफल हो सकता है।

कई बार आप जब निराश होते हैं तो ऐसे कई वीडियो देखते हैं या स्पीच सुनते हैं जो आपको प्रेरणा दे सकें और आप अपनी जिंदगी में आगे बढ़ पाएँ।

इन्हें देखना तो हमें अच्छा लगता है, पर इनमें बताई गई बातों को अमल में लाना हमारे लिए काफी मुश्किल हो जाता है। आपने कई लेख और वीडियो इस तरह के देखे भी होंगे और आपने तुरंत सोचा भी होगा कि अब बहुत हो गया। अब बस कुछ करके दिखाना है, पर वास्तव में यह विचार आपका कुछ देर ही टिकता है। ऐसे में आपको जरूरत है अपने इस विचार पर हमेशा कायम रहने की, जो काफी मुश्किल है, पर नामुमकिन नहीं है।

जानने की शुरुआत स्वयं से करें

लोग दुनिया को जानने की बात तो करते हैं, पर स्वयं तक को नहीं जानते। जानते ही नहीं, बल्कि जानना ही नहीं चाहते। खुद को जानना ही दुनिया की सबसे बड़ी नियामत है। जो खुद को नहीं जानता, वह भला दूसरों को कैसे जानेगा? दूसरों को भी जानने के लिए पहले खुद को जानना आवश्यक है, इसलिए बड़े महानुभाव गलत नहीं कह गए हैं कि जानने की शुरुआत खुद से करें।

एक महात्मा का द्वार किसी ने खटखटाया। महात्मा ने पूछा, "कौन?" उत्तर देने वाले ने अपना नाम बताया। महात्मा ने फिर पूछा, "क्यों आए हो?" उत्तर मिला, "खुद को जानने आया हूँ।" महात्मा ने कहा, "तुम ज्ञानी हो, तुम्हें ज्ञान की आवश्यकता नहीं।" ऐसा कई लोगों के साथ हुआ। लोगों के मन में महात्मा के प्रति नाराजगी छाने लगी। एक बार एक व्यक्ति ने महात्मा का द्वार खटखटाया। महात्मा ने पूछा, "कौन?" उत्तर मिला, "यही तो जानने आया हूँ कि मैं कौन हूँ?" महात्मा ने कहा, "चले आओ, तुम ही वह अज्ञानी हो, जिसे ज्ञान की आवश्यकता है? बाकी तो सब ज्ञानी थे।"

इस तरह से शुरू होती है, जीवन की यात्रा। अपने आप को जानना बहुत आवश्यक है। जो खुद को नहीं जानता, वह किसी को भी जानने का दावा नहीं कर सकता। लोग झगड़ते हैं और कहते हैं, "तू मुझे नहीं जानता कि मैं क्या-क्या कर सकता हूँ?" इसके जवाब में सामने वाला भी यही कहता है। वास्तव में, वे दोनों ही खुद को नहीं जानते। इसलिए ऐसा कहते हैं। आपने कभी जानने की कोशिश की कि खुदा और खुद में ज्यादा फर्क नहीं है। जिसने

खुद को जान लिया, उसने खुदा को जान लिया। पुराणों में भी कहा गया है कि ईश्वर हमारे ही भीतर है। उसे ढूँढ़ने की कोई आवश्यकता नहीं।

सवाल यह उठता है कि अपने आप को जाना कैसे जाए? सवाल कठिन है, पर उतना कठिन नहीं, जितना हम सोचते हैं। जिंदगी में कई पल ऐसे आए होंगे, जब हमने अपने आप को मुसीबतों से घिरा पाया होगा। इन क्षणों में समाधान तो क्या, दूर-दूर तक शांति भी दिखाई नहीं देती। यही क्षण होता है, खुद को पहचानने का। इनसान के लिए हर पल परीक्षा की घड़ी होती है। परेशानियाँ मनुष्य के भीतर की शक्तियों को पहचानने के लिए ही आती हैं। मुसीबतों के उन पलों को याद करें, तो आप पाएँगे कि आपने किस तरह उसका सामना किया था? एक-एक पल भारी पड़ रहा था, लेकिन आप उससे उबर गए। आज उन क्षणों को याद करते हुए शायद सिहर जाएँ, पर उस वक्त तो आप एक कुशल योद्धा थे, जिसने अपने पराक्रम से वह युद्ध जीत लिया।

सवाल यह उठता है कि अपने आप को जाना कैसे जाए? सवाल कठिन है, पर उतना कठिन नहीं, जितना हम सोचते हैं। जिंदगी में कई पल ऐसे आए होंगे, जब हमने अपने आप को मुसीबतों से घिरा पाया होगा। इन क्षणों में समाधान तो क्या, दूर-दूर तक शांति भी दिखाई नहीं देती। यही क्षण होता है, खुद को पहचानने का। इनसान के लिए हर पल परीक्षा की घड़ी होती है। परेशानियाँ मनुष्य के भीतर की शक्तियों को पहचानने के लिए ही आती हैं।

वास्तव में, मुसीबतें एक शेर की तरह होती हैं, जिसकी पूँछ में समाधान लटका होता है। लेकिन हम शेर की दहाड़ से ही इतने आतंकित हो जाते हैं कि समाधान की तरफ हमारा ध्यान ही नहीं जाता, लेकिन धीरे से जब हम यह सोचें कि अगर हम जीवित हैं, तो उसके पीछे कुछ-न-कुछ कारण है। यदि शेर ने हमें जीवित छोड़ दिया, तो निश्चित ही हमारे जीवन का कोई और उद्देश्य है। उस समय यदि हम शांति से उन परिस्थितियों को जानने का प्रयास करें, तो हम पाएँगे कि हमने उन क्षणों का साहस से मुकाबला किया। यही

हमें किसी भी काम को करने के पश्चात्, यदि वांछित सफलता नहीं मिलती तो हमारी मेहनत, संसाधन और समय बरबाद हो जाता है। इसलिए किसी भी काम को करने के पहले हमारी उसमें सफलता या विफलता की क्या संभावनाएँ हैं, यह जान लेना काफी फायदेमंद होता है। किसी भी कार्य में सफलता प्राप्त करने के लिए उस कार्य के बारे में हमारी जितनी अधिक जानकारी होगी या जितना अधिक अनुभव होगा, उतना ही सही तरीके से हम उस कार्य की सफलता या विफलता का अंदाजा लगा सकते हैं।

से हमें प्राप्त होता है आत्मबल और शुरू होता है, खुद को जानने का सिलसिला।

हम याद करें उन पलों के साहस को। कैसी सूझ-बूझ का परिचय दिया था हमने? आज भी यदि मुसीबतें हमारे सामने आई हैं, तो यह जान लीजिए कि वे हमें किसी परीक्षा के लिए तैयार करने के लिए आई हैं। हमें उस परीक्षा में शामिल होना ही है, यानी खुद की शक्ति को पहचान कर हमें आगे बढ़ना है। जीवन इसी तरह आगे बढ़ता है।

यह बात हमेशा याद रखें कि जिसने परीक्षा में अधिक अंक लाएँ हैं, उसे और परीक्षाओं के लिए तैयार रहना है। जो फेल हो गए, उनके लिए कैसी परीक्षा और काहे की परीक्षा? याद रखें, मेहनत का अंत केवल सफलता नहीं है, बल्कि सफलता के बाद एक और कड़ी मेहनत के लिए तैयार होना है।

सफलता या विफलता की संभावनाएँ

हमें किसी भी काम को करने के पश्चात्, यदि वांछित सफलता नहीं मिलती तो हमारी मेहनत, संसाधन और समय बरबाद हो जाता है। इसलिए किसी भी काम को करने के पहले हमारी उसमें सफलता या विफलता की क्या संभावनाएँ हैं, यह जान लेना काफी फायदेमंद होता है। किसी भी कार्य में सफलता प्राप्त करने के लिए उस कार्य के बारे में हमारी जितनी अधिक जानकारी होगी या जितना अधिक अनुभव होगा, उतना ही सही तरीके से हम उस कार्य की सफलता या विफलता का अंदाजा लगा सकते हैं।

इस प्रकार किसी कंपनी या व्यक्ति के किसी प्रोजेक्ट या कार्य में सफलता का अनुमान लगाने के लिए एक तकनीक इस्तेमाल होती है, जिसे स्वॉट (एस. डब्ल्यू.ओ.टी.-स्वॉट) विश्लेषण कहते हैं।

एस.डब्ल्यू.ओ.टी.—अंग्रेजी के चार प्रथमाक्षरों से मिलकर बना एक शब्द है—

1. स्ट्रेंथ (शक्ति)
2. वीकनेस (कमजोरी)
3. ऑपर्चूनिटी (अवसर)
4. थ्रेट (खतरे)

स्वॉट विश्लेषण द्वारा हम किसी भी कार्य के लिए अपनी स्ट्रेंथ (शक्ति) और वीकनेस (कमजोरी) तथा मौजूदा ऑपर्चूनिटी (अवसर) तथा थ्रेट्स (खतरे) का विश्लेषण करते हैं। इस प्रकार स्वॉट विश्लेषण द्वारा हम जान सकते हैं कि किसी कार्य के सफल होने की संभावनाएँ कितनी हैं और उसके लिए हमें क्या रणनीतियाँ अपनानी होंगी?

तकनीक का इस्तेमाल कैसे करें?

सबसे पहले एक पेन और कागज साथ में लें और किसी एकांत और शांत जगह पर चले जाएँ। यह शांत जगह आपका कमरा, छत, बगीचा या कुछ भी हो सकती है। अब कागज को चार बराबर हिस्सों में बाँट लें और उसके चार भागों में अंग्रेजी के अक्षर-स्ट्रेंथ (शक्ति), वीकनेस (कमजोरी), ऑपर्चूनिटी (अवसर) तथा थ्रेट (खतरा) लिखें। इसमें से पहले और तीसरे हिस्से वाली चीजें आपके लिए उपयोगी हैं तथा दूसरे और चौथे हिस्से वाली चीजें हानिकारक।

अब एक-एक करके नीचे दिए गए इन प्रश्नों के उत्तर संबंधित भाग में लिखते जाएँ। याद रखें, इन सवालों के उत्तर आपको पूरी निष्पक्षता और ईमानदारी से देने हैं। जवाब लिखने में किसी तरह की जल्दबाजी न करें।

(1) स्ट्रेंथ (शक्ति) यानी आपकी सभी संभावित खूबियाँ, ताकत, सकारात्मक बातें—

1. आपके अंदर क्या कौशल और क्षमताएँ हैं?
2. आप किन क्षेत्रों में कामयाबी हासिल कर सकते हैं?
3. आपका विलक्षण गुण क्या है?
4. कौन से व्यक्तिगत गुण, मूल्य आपको सफलता दिलाएँगे?

(2) वीकनेस (कमजोरी) यानी बुराइयाँ, अवगुण, नकारात्मक बातें—

1. कौन-कौन से नकारात्मक विचार आपके अंदर हैं?
2. आपकी क्षमताओं में किन चीजों की कमी है?
3. आपको कौन से कौशल हासिल करने हैं?
4. आप अपने जीवन के किन क्षेत्रों में सुधार कर सकते हैं?

(3) ऑपर्चूनिटी (अवसर) यानी उपलब्ध सुअवसर—

1. आपके लिए कौन से अवसर उपलब्ध हैं?
2. कौन सी परिस्थितियाँ आपको आपके लक्ष्य तक पहुँचने में सहायता करेंगी?
3. कौन से लोग आपकी सहायता और सहयोग कर सकते हैं?

(4) थ्रेट (खतरे) यानी बाधाएँ, भय, मुसीबतें आदि।

1. आपको किन बाधाओं का सामना करना है?
2. कौन से विचार आपके विकास में बाधक हैं?
3. कौन से डरों ने आपको जकड़ा हुआ है?
4. कौन से लोग आपकी प्रगति में बाधा बन सकते हैं?

अब लिखे गए अपने इन जवाबों को दो-तीन बार तसल्ली से पढ़ें। स्ट्रेंथ (शक्ति) वाले हिस्से में जितने जवाब हैं, वे सब आपके लक्ष्य को हासिल करने में आपके सहायक तत्त्व हैं। वीकनेस (कमजोरी) वाले हिस्से में लिखे हुए जवाब आपकी सफलता और अच्छे कामों में बाधक तत्त्व हैं। अब यह आपके ऊपर है कि आप अपनी इन कमजोरियों से कैसे निपटते हैं? ऑपर्चूनिटी (अवसर) वाले हिस्से में लिखे हुए जवाब आपके लिए

सफलता के द्वार हैं। ये द्वार कभी-कभी ही खुलते हैं, इसलिए अपने सामने लिखे हुए ऑपर्चूनिटी (अवसर) वाले हिस्से के जवाबों को अच्छे से पढ़ें और उनका फायदा उठाएँ। अब थ्रेट (खतरे) वाले हिस्से के जवाबों को पढ़ें। ये सभी आपकी सफलता की राह के काँटें हैं, जिनसे आपको बचना है।

ऑपर्चूनिटी (अवसर) वाले हिस्से में लिखे हुए जवाब आपके लिए सफलता के द्वार हैं। ये द्वार कभी-कभी ही खुलते हैं, इसलिए अपने सामने लिखे हुए ऑपर्चूनिटी (अवसर) वाले हिस्से के जवाबों को अच्छे से पढ़ें और उनका फायदा उठाएँ। अब थ्रेट (खतरे) वाले हिस्से के जवाबों को पढ़ें। ये सभी आपकी सफलता की राह के काँटें हैं, जिनसे आपको बचना है।

नकारात्मक मानसिकता

किसी दूधवाले की दूध के केन में एक नटखट बालक ने दुःखीराम नामक मेढक को पकड़कर डाल दिया। केन में बंद होते ही मेढक घबरा गया। केन का ढक्कन बंद था व उसके बाहर निकलने का कोई रास्ता नहीं था। नाम से ही नहीं, वह सोच से भी दुःखीराम था। अतः उस मेढक ने पहले तो केन में फेंकने वाले उस बच्चे को व उसके खानदान को अपशब्द कहे। फिर केन निर्माता को गालियाँ देने लगा। उसके बाद प्रभु को कोसने लगा कि मुझे ड्रिल जितनी शक्ति मुँह में क्यों न दी? इस प्रकार अपनी वीकनेस (कमजोरी) को याद कर स्वयं का जीवन थ्रेट (खतरे) में डालता रहा। अपनी शक्तियों पर उसने तनिक भी विचार नहीं किया। फलस्वरूप, दोष देते-देते व थोड़ी देर में डूब गया।

सकारात्मक मानसिकता

दूसरे दिन एक नटखट बालक ने सुखीराम नामक मेढक को पकड़कर फिर दूध के केन में चुपके से डालकर ढक्कन बंद कर दिया। तब सुखीराम ने अपना विश्लेषण (एस.डब्ल्यू.ओ.टी.—स्वॉट) पद्धति के आधार पर किया।

स्वॉट पद्धति की मान्यता है कि अपनी स्ट्रेंथ (शक्तियों) को याद करो।

> ***स्वॉट पद्धति की मान्यता है कि अपनी स्ट्रेंथ (शक्तियों) को याद करो। कोई-न-कोई ऑपर्चूनिटी (अवसर) जरूर मिलेगी। ऐसे में उसे याद आया कि मेरी (मेढक की) सबसे बड़ी क्षमता किसी भी द्रव में तैरने की है। अतः वह तीव्र गति से दूध में तैरने लगा। 10-15 मिनट निरंतर मेढक के तैरने से दूध का मंथन हो गया व उसमें मक्खन का एक ढेर बन गया, जिस पर सुखीराम बैठ गया।***

कोई-न-कोई ऑपर्चूनिटी (अवसर) जरूर मिलेगी। ऐसे में उसे याद आया कि मेरी (मेढक की) सबसे बड़ी क्षमता किसी भी द्रव में तैरने की है। अतः वह तीव्र गति से दूध में तैरने लगा। 10-15 मिनट निरंतर मेढक के तैरने से दूध का मंथन हो गया व उसमें मक्खन का एक ढेर बन गया, जिस पर सुखीराम बैठ गया। तनिक देर बाद ज्यों ही दूध वाले ने केन का ढक्कन खोला, वह कूदकर बाहर निकल गया।

समान परिस्थिति में सुखीराम मेढक सकारात्मक वृत्ति के कारण बच गया और दुःखीराम डूब मरा। हमें अपना परीक्षण करना चाहिए कि हम किस वर्ग से हैं? हमारा दृष्टिकोण सकारात्मक है या नहीं? अस्तित्व सकारात्मक है। ब्रह्मांड विकासमान है। क्या किसी प्राकृतिक आपदा, भूकंप, बाढ़ या महामारी से हमारी गति रुकी है? सृष्टि चल रही है। इसकी गति सकारात्मक है। क्या हम इससे सकारात्मकता का सबक नहीं सीख सकते हैं? तभी तो वैदिक ऋषियों ने कहा है, "चरैवेति, चरैवेति।"

ब्लेज पास्कल

कंप्यूटर की एक भाषा है, जिसे छात्र प्रारंभिक प्रोग्रामिंग सीखने में इस्तेमाल करते हैं। इस भाषा का नाम है, पास्कल। क्या आप जानते हैं, इस भाषा का नाम पास्कल क्यों पड़ा? दरअसल यह नाम सत्रहवीं शताब्दी के महान् वैज्ञानिक ब्लेज पास्कल के नाम पर दिया गया है, जिसने विश्व के पहले यांत्रिक कंप्यूटर या कैल्कुलेटर का आविष्कार किया था। फ्रेंच गणितज्ञ, भौतिकविद् व धार्मिक दार्शनिक ब्लेज पास्कल का जन्म 19 जून,

1623 को हुआ। बचपन से ही पास्कल शारीरिक रूप से कमजोर था और अकसर बीमार रहता था। उसकी सेहत को देखते हुए उसके पिता उसे गणित से दूर रखना चाहते थे, किंतु उसकी रुचि देखकर उन्होंने उसे गणित पढ़ने की इजाजत दे दी।

उसके पिता सरकार की ओर से टैक्स एकत्र करने के लिए नियुक्त थे। इसके लिए उन्हें कठिन गणनाएँ करनी होती थीं। अपने पिता को अंकों से जूझते देखकर उसके मस्तिष्क में कैल्कुलेटर बनाने का विचार आया और उसने पास्कलीन नामक पहला यांत्रिक कैल्कुलेटर तैयार किया। यह कैल्कुलेटर घिर्नियों और लीवरों द्वारा काम करता था और सामान्य जोड़ तथा घटाने की प्रक्रियाएँ कर सकता था। हालाँकि बिजनेस दृष्टि से पास्कल के लिए यह घाटे का सौदा सिद्ध हुआ।

गणित में उसने द्विपद गुणांकों की गणना के लिए पास्कल त्रिभुज की रचना की तथा उन गुणांकों के बीच एक गणितीय संबंध स्थापित किया। पास्कल ने 'ज्यामिति की हेलन' कहे जानेवाले वक्र सायक्लोइड पर काफी कार्य किया और उससे संबंधित कुछ अनसुलझे सवालों की एक चुनौती के रूप में घोषणा की। उस समय के स्थापित गणितज्ञ उन सवालों को हल करने में असमर्थ रहे। अंत में उसने स्वयं एक छद्म नाम से उन सवालों के हल प्रस्तुत किए, जिस पर बाद में काफी विवाद भी हुआ।

उस समय के वैज्ञानिकों की मान्यता थी कि निर्वात का कोई अस्तित्व नहीं होता। ब्रह्मांड में कोई जगह खाली नहीं है, किंतु पास्कल ने वायुमंडलीय दाब पर प्रयोगों के समय पाया कि निर्वात का अस्तित्व वास्तव में है। उसने द्रव दाब से संबंधित एक महत्त्वपूर्ण नियम की खोज

उस समय के वैज्ञानिकों की मान्यता थी कि निर्वात का कोई अस्तित्व नहीं होता। ब्रह्मांड में कोई जगह खाली नहीं है, किंतु पास्कल ने वायुमंडलीय दाब पर प्रयोगों के समय पाया कि निर्वात का अस्तित्व वास्तव में है। उसने द्रव दाब से संबंधित एक महत्त्वपूर्ण नियम की खोज की, जिसके अनुसार द्रव सभी दिशाओं में समान दाब लगाता है।

की, जिसके अनुसार द्रव सभी दिशाओं में समान दाब लगाता है। आज इसी नियम का उपयोग करके हाइड्रोलिक ब्रेक बनाए जाते हैं, जो मोटर गाड़ियों व भारी वाहनों में इस्तेमाल होते हैं। साथ ही, क्रेन जैसे उपकरणों में भी यही नियम इस्तेमाल होता है।

पास्कल प्रायिकता सिद्धांत का भी संस्थापक है। गणित की यह शाखा 'संभावनाओं के विज्ञान' नाम से भी जानी जाती है। हालाँकि इसकी शुरुआत जुआरियों के खेल से हुई थी, किंतु आज यह आधुनिक विज्ञान की कई शाखाओं का आधार है, जिनमें क्वांटम भौतिकी, सांख्यिकी, अर्थशास्त्र इत्यादि प्रमुख हैं। वैज्ञानिक विधि पर उसने प्रसिद्ध नियम दिया, "किसी वैज्ञानिक परिकल्पना को सत्यापित करने के लिए यह पर्याप्त नहीं है कि सभी घटनाओं की उसके द्वारा व्याख्या हो रही है। दूसरी तरफ, यदि कोई एक घटना उस परिकल्पना के खिलाफ है तो वह परिकल्पना निस्संदेह असत्य है।"

पास्कल का ईश्वर में अटूट विश्वास था। कई बार उसने अपनी रिसर्च इसलिए बीच में रोक दी, क्योंकि उसके विचार में ईश्वर उसके कार्य से खुश नहीं था। कई बार उसने अपने गणितीय हल के अंत में लिखा कि ईश्वर ने इसका हल स्वयं उसके स्वप्न में बताया है। उसका एक कथन 'पास्कल वेगर' नाम से प्रसिद्ध है, जिसमें वह कहता है, "यदि ईश्वर का अस्तित्व नहीं है, तो उसे मानने वाला मरने के बाद किसी नुकसान में नहीं रहेगा, लेकिन यदि ईश्वर का अस्तित्व है, तो उसे न मानने वाला मरने के बाद अत्यधिक नुकसान उठाएगा।"

"सकारात्मकता हमें जीतने की प्रेरणा और आशा देती है। बिना आशा और विश्वास के कुछ हासिल नहीं किया जा सकता।"

□

2

उजाले की यात्रा

"जिंदगी एक खेल है। यदि आप इसे खिलाड़ी की तरह खेलते हैं तो जीत सकते हैं, लेकिन यदि दर्शक की तरह देखते हैं तो सिर्फ ताली बजा सकते हैं या दुःखी हो सकते हैं, पर जीत नहीं सकते।"

अपनी अंतरात्मा के अलावा और कुछ अनुकरणीय नहीं है। वहाँ जो आलोक का आविष्कार कर लेता है, उसका समग्र जीवन आलोकित हो जाता है। फिर उसे बाहर के दीयों का सहारा नहीं लेना होता और दूसरों की धुआँ छोड़ती मशालों के पीछे नहीं चलना पड़ता है। इनसे मुक्त होकर ही कोई व्यक्ति आत्मा के गौरव और गरिमा को उपलब्ध होता है।

एक विद्वान् था। उसने बहुत अध्ययन किया था। वह वेदज्ञ था और सब शास्त्रों में पारंगत। अपनी बौद्धिक उपलब्धियों का उसे बहुत अहंकार था। वह सदा ही एक जलती मशाल अपने हाथ में लेकर चलता था। रात्रि हो या दिन, यह मशाल उसके साथ ही होती थी। और जब कोई उसका कारण उससे पूछता, तो वह कहता था, "संसार अंधकारपूर्ण है। मैं इस मशाल को लेकर चलता हूँ, ताकि कुछ तो प्रकाश मनुष्य को मिल सके। उनके अंधकारपूर्ण जीवन-पथ पर इस मशाल के अतिरिक्त और कौन सा प्रकाश है?" एक दिन एक भिक्षु ने उसके ये शब्द सुने। सुनकर वह भिक्षु हँसने लगा और बोला, "मेरे मित्र, अगर तुम्हारी आँखें सर्वव्यापी प्रकाश—सूर्य के प्रति अंधी हैं, तो संसार को अंधकारपूर्ण तो मत कहो। फिर तुम्हारी यह मशाल सूर्य के गौरव

अंधकार से घिरा हुआ आदमी दिशाहीन होकर चाहे, जितनी गति करे, सार्थक नहीं हुआ करती। आचरण से पहले ज्ञान को, चरित्र पालन से पूर्व सम्यकत्व को आवश्यक माना है। ज्ञान जीवन में प्रकाश करनेवाला होता है। हमारे भीतर अज्ञान का तमस छाया हुआ है। वह ज्ञान के प्रकाश से ही मिट सकता है।

में और क्या जोड़ सकेगी? और, जो सूर्य को नहीं देख पा रहे हैं, क्या तुम सोचते हो कि वे तुम्हारी इस क्षुद्र मशाल को देख सकेंगे?"

आँखें भीतर ले जाओ और सूर्य को देखो, जो कि स्वयं में है। उस प्रकाश के अतिरिक्त और दूसरा कोई प्रकाश नहीं है। उसकी ही शरण में जाओ। उससे भिन्न और शरण जो पकड़ता है, वह स्वयं में बैठे परमात्मा का अपमान करता है।

यह बात सच है कि मनुष्य का रुझान हमेशा प्रकाश की ओर रहा है। अंधकार को उसने कभी न चाहा, न कभी माँगा। अंधकार से प्रकाश की ओर ले चल, इस प्रशस्त कामना की पूर्णता हेतु मनुष्य ने खोज शुरू की। उसने सोचा कि वह कौन सा दीप है, जो मंजिल तक जानेवाले पथ को आलोकित कर सकता है?

अंधकार से घिरा हुआ आदमी दिशाहीन होकर चाहे, जितनी गति करे, सार्थक नहीं हुआ करती। आचरण से पहले ज्ञान को, चरित्र पालन से पूर्व सम्यकत्व को आवश्यक माना है। ज्ञान जीवन में प्रकाश करनेवाला होता है। हमारे भीतर अज्ञान का तमस छाया हुआ है। वह ज्ञान के प्रकाश से ही मिट सकता है। ज्ञान के प्रकाश की आवश्यकता केवल भीतर के अंधकार मोह-मूर्च्छा को मिटाने के लिए ही नहीं, अपितु लोभ और आसक्ति के परिणामस्वरूप खड़ी हुई अनैतिकता जैसी समस्याओं को सुलझाने के लिए भी जरूरी है।

शिकायत

जहाँ ज्ञान का सूर्य उदित हो गया, वहाँ का अंधकार टिक नहीं सकता। एक बार अंधकार ने ब्रह्माजी से शिकायत की कि सूरज मेरा पीछा करता है। वह मुझे मिटा देना चाहता है। ब्रह्माजी इस बारे में सूरज से बोले तो सूरज ने

कहा, "मैं, अंधकार को जानता तक नहीं। मिटाने की बात तो दूर, आप पहले उसे मेरे सामने उपस्थित करें।" ब्रह्माजी ने उसे सूरज के सामने आने के लिए कहा तो अंधकार बोला, "मैं, उसके पास कैसे आ सकता हूँ? अगर आ गया तो मेरा अस्तित्व ही समाप्त हो जाएगा।"

आत्मा रूपी दीपक की अखंड ज्योति को प्रज्वलित कर दिया जाए तो मनुष्य शाश्वत सुख, शांति एवं आनंद को प्राप्त हो सकता है।

अंधकार हमारे अज्ञान का, दुराचरण का, दुष्ट प्रवृत्तियों का, आलस्य और प्रमाद का, वैर और विनाश का, क्रोध और कुंठा का, राग और द्वेष का, हिंसा और कदाग्रह का अर्थात् अंधकार हमारी राक्षसी मनोवृत्ति का प्रतीक है। प्रकाश हमारी सद्प्रवृत्तियों का, सद्ज्ञान का, संवेदना एवं करुणा का, प्रेम एवं भाइचारे का, त्याग एवं सहिष्णुता का, सुख और शांति का, रिद्धि और समृद्धि का, शुभ और लाभ का, श्री और सिद्धि का अर्थात् दैवी गुणों का प्रतीक है।

ज्योति ही जीवन

प्रकाश की साधना वह परम ज्योति है, जो इस विश्व में चेतना का आलोक बनकर जगमगा रही है। इसकी जितनी मात्रा जिसके भीतर विद्यमान हो, समझना चाहिए कि उसमें उतना ही अधिक ईश्वरीय अंश आलोकित हो रहा है।

स्वभाव, संस्कार, इच्छाएँ, क्रिया, शक्ति यह सब इन प्रकाश-अणुओं का ही खेल है। हम सब जानते हैं कि प्रकाश का एक अणु (फोटोन) भी कई रंगों के अणुओं से मिलकर बना होता है। मनुष्य शरीर की प्रकाश आभा भी कई रंगों से बनी होती है। जो मनुष्य जितना श्रेष्ठ और अच्छे गुणों वाला होता है, उसके मानव-

स्वभाव, संस्कार, इच्छाएँ, क्रिया, शक्ति यह सब इन प्रकाश-अणुओं का ही खेल है। हम सब जानते हैं कि प्रकाश का एक अणु (फोटोन) भी कई रंगों के अणुओं से मिलकर बना होता है। मनुष्य शरीर की प्रकाश आभा भी कई रंगों से बनी होती है। जो मनुष्य जितना श्रेष्ठ और अच्छे गुणों वाला होता है, उसके मानव-अणु दिव्य तेज और आभा वाले होते हैं।

अणु दिव्य तेज और आभा वाले होते हैं।

महर्षि नारद के संपर्क में आते ही वाल्मीकि के प्रकाश-अणुओं में तीव्र झटका लगा और वे अपने आपको परिवर्तित कर डालने को विवश हुए। भगवान् बुद्ध के इन प्रकाश-अणुओं से निकलने वाली विद्युत् विस्तार सीमा में आते ही डाकू अंगुलिमाल की विचारधारा पलट गई। ऋषियों के आश्रमों में गाय और शेर एक घाट पर पानी पीने आते थे। वह इन प्रकाश-अणुओं की ही तीव्रता के कारण होता था। उस वातावरण के निकलते ही व्यक्तिगत प्रकाश-अणु, फिर बलवान हो उठने से लोग पुनः दुष्कर्म करने लगते हैं।

वर्ण रचना और प्रकाश की दृष्टि से ये मानव-अणु भिन्न-भिन्न स्वभाव के होते हैं। मनुष्य का जो कुछ भी स्वभाव आज दिखाई देता है, वह इन्हीं अणुओं की उपस्थिति के कारण होता है, यदि इस विज्ञान को समझा जा सके तो न केवल अपना जीवन शुद्ध, सात्त्विक, सफल, रोगमुक्त बनाया जा सकता है, वरन् औरों को भी प्रभावित और इन लाभों से लाभान्वित किया जा सकता है। परलोक और सद्गति के आधार भी ये प्रकाश-अणु या मानव-अणु ही हैं।

जिंदगी हमसे यह चाहती है कि हम अपने उजाले खुद तय करें और उन पर यकीन रखें। नकारात्मकता, अवसाद और तनाव के अँधेरों को हटाकर जीवन को खुशियों के उजास से भरना कोई बहुत कठिन काम नहीं, बशर्ते कि हम जिंदगी की ओर एक विश्वास भरा कदम उठाने के लिए तैयार हों।

आत्मा या चेतना जिन अणुओं से अपने को अभिव्यक्त करती है, वे प्रकाश-अणु ही हैं, जबकि आत्मा स्वयं उनसे भिन्न है। प्रकाश-अणुओं को प्राण, अग्नि, तेजस् कहना चाहिए। वे जितने शुद्ध, दिव्य, तेजस्वी होंगे, व्यक्ति उतना ही महान्, तेजस्वी, यशस्वी, वीर, साहसी और कलाकार होगा। महापुरुषों के तेजोवलय उसी बात के प्रतीक हैं, जबकि निकृष्ट कोटि के व्यक्तियों में ये अणु अत्यंत शिथिल, मंद और काले होते हैं।

अपने उजाले खुद तय करें

जिंदगी हमसे यह चाहती है कि हम अपने उजाले खुद तय करें और उन पर यकीन रखें। नकारात्मकता, अवसाद और तनाव के अँधेरों को हटाकर जीवन को खुशियों के उजास से भरना कोई बहुत कठिन काम नहीं, बशर्ते कि हम जिंदगी की ओर एक विश्वास भरा कदम उठाने के लिए तैयार हों।

सोए मन की ऊर्जा का अपव्यय होता है, उपयोग नहीं। इसलिए नींद से जागना जरूरी है। तथागत बुद्ध की अमृत वाणी 'अप्पदीवो भव' अर्थात् 'आत्मा के लिए स्वयं दीपक बन' वह भी इसी भावना को पुष्ट कर रही है।

'तमसो मा ज्योतिर्गमय'—अंधकार से प्रकाश की ओर।

वह कौन सा दीप है, जो मंजिल तक जानेवाले पथ को आलोकित कर सकता है। अंधकार से घिरा हुआ आदमी दिशाहीन होकर चाहे जितनी गति करे, सार्थक नहीं हुआ करता।

शांति और सुख का नाता

यदि हमारे पास दुनिया का पूरा वैभव और सुख-साधन उपलब्ध है, परंतु शांति नहीं है तो हम भी आम आदमी की तरह ही हैं। संसार में मनुष्यों द्वारा जितने भी कार्य अथवा उद्यम किए जा रहे हैं, सबका एक ही उद्देश्य है, शांति। शांति का अर्थ यह नहीं कि केवल मुख से चुप रहें, अपितु मन का चुप रहना ही सच्ची सुख-शांति का आधार है। कहते हैं कि जहाँ शांति है, वहाँ सुख है अर्थात् सुख का शांति से गहरा नाता है। लड़ाई, दुःख और लालच को भंग करने के लिए शांति सशक्त औजार है।

धन-दौलत और संपदा से संसाधन खरीदे जा सकते हैं, परंतु शांति नहीं। हम यही सोचते रह जाते हैं कि यह कर लूँगा तो शांति मिल जाएगी। आवश्यकताओं को पूरा करते-करते पूरा समय निकल जाता है और न तो शांति मिलती है और न ही खुशी। जहाँ शांति है, वहाँ विकास है। जहाँ विकास है, वहाँ सुख है। इसलिए अमूल्य शांति के लिए सबसे पहले हमें अपने आप को देखना होगा। अपने बारे में जानना होगा। मैं कौन हूँ, कहाँ से आया हूँ और हमारे अंदर कौन-कौन सी शक्तियाँ हैं, जो हम अपने अंदर ही प्राप्त कर

सकते हैं। शांति का सागर परमात्मा है। हम आत्माएँ परमात्मा की संतान हैं। जब हमारे अंदर शांति आएगी तो हमारा विकास होगा।

पुरानी कहावत है—मौन के वृक्ष पर शांति के फल लगते हैं। चुप्पी बाहर होती है, मौन भीतर घटता है। कई लोग जीवन भर खूब मेहनत करते हैं। फिर जब मन भारी होता है, वे तीर्थों, पहाड़ों या हिल स्टेशनों का रास्ता पकड़ते हैं। शांति की तलाश में दुनिया घूम लेते हैं, लेकिन एक जगह जाना भूल जाते हैं—खुद के भीतर। जिस शांति की तलाश में दुनिया भटक रही है, वह हमारे अपने भीतर ही है। बस जरूरत है, उसे पहचानने की, उसकी ओर आगे बढ़ने की, खुद के भीतर झाँकने की। हम अपनी सारी ऊर्जा खत्म कर देते हैं, शांति की खोज में, जबकि शांति का सबसे सीधा और आसान तरीका है, भीतर की ऊर्जा का रूप बदलना।

पुरानी कहावत है—मौन के वृक्ष पर शांति के फल लगते हैं। चुप्पी बाहर होती है, मौन भीतर घटता है। कई लोग जीवन भर खूब मेहनत करते हैं। फिर जब मन भारी होता है, वे तीर्थों, पहाड़ों या हिल स्टेशनों का रास्ता पकड़ते हैं। शांति की तलाश में दुनिया घूम लेते हैं, लेकिन एक जगह जाना भूल जाते हैं—खुद के भीतर।

जिन्हें शांति की खोज करनी है, उन्हें अपने भीतर की ऊर्जा को जानना होगा, इसीलिए शांति की खोज बाहर न करके भीतर ही की जाए। हम एक भूल और कर जाते हैं। इस मन को हम अपना समझ लेते हैं, जबकि इसका निर्माण हमारे लिए दूसरों ने किया है, माता-पिता, मित्र, रिश्तेदार, शिक्षक आदि ने।

संपूर्ण ब्रह्मांड में सिर्फ एक इनसान ही है, जो प्राकृतिक नियमों का पालन करने में कतराता है। बजाय उन नियमों पर चलने के, वह अपने नियम स्वयं बनाता और तोड़ता है। आज उसके लिए जो सही है, संभव है, कल वह स्वयं ही से गलत साबित कर दे। सही-गलत की उधेड़बुन में मन का अशांत होना सहज स्वाभाविक है। सामान्यत: मनुष्य को छोड़कर प्राय: सभी जीव भूख लगने पर खाना खाते तथा प्यास लगने पर पानी पीते हैं और रात में नियत समय पर सो जाते हैं, परंतु इनसान इसके लिए भी नियम स्वयं

बनाता है कि वह दिन में दो बार खाना खाएगा, दो बार नाश्ता करेगा और दिन में कम-से-कम आठ गिलास पानी पिएगा, चाहे प्यास लगे या न लगे। वह कहता है, यह शरीर की जरूरत है क्यों, क्योंकि उसने जिस दिनचर्या को अपनाया है, वह नियमित नहीं है।

अकसर वह उस जिंदगी को जीता है, जो वास्तव में उसकी नहीं है। ऐसी जिंदगी थोड़े समय तक तो सहजता से जी जा सकती है, पर यदि लंबे समय उसे उस बनावटी जिंदगी को जीना पड़े तो वह अपनी आंतरिक शांति खो बैठता है और चिड़चिड़ा हो जाता है तथा उन जगहों पर शांति की तलाश में भटकने लगने लगता है, जो उसके जीवन को सुलझाती कम, उलझाती ज्यादा हैं।

अकसर वह उस जिंदगी को जीता है, जो वास्तव में उसकी नहीं है। ऐसी जिंदगी थोड़े समय तक तो सहजता से जी जा सकती है, पर यदि लंबे समय उसे उस बनावटी जिंदगी को जीना पड़े तो वह अपनी आंतरिक शांति खो बैठता है और चिड़चिड़ा हो जाता है तथा उन जगहों पर शांति की तलाश में भटकने लगने लगता है, जो उसके जीवन को सुलझाती कम, उलझाती ज्यादा हैं।

स्वयं प्रयत्न करना होगा

किसी नगर में एक सेठ रहता था। करोड़ों की संपत्ति होते हुए भी वह अशांत रहता था। शांति पाने के लिए वह एक संत के पास पहुँचा। उसने उन्हें प्रणाम करके निवेदन किया, "महाराज, मैं अपार संपत्ति का स्वामी हूँ, फिर भी मेरा मन अशांत रहता है। कृपया ऐसा कुछ दें, जिससे अशांति दूर हो जाए।"

सेठ ने सोचा कि संत उसे गंडा, ताबीज, मंत्र आदि देंगे, पर ऐसा कुछ भी नहीं हुआ। संत मुसकराए और बोले, "जाओ बाहर धूप में बैठो।"

सेठ ने ऐसा ही किया। संत चैन से कुटिया के भीतर छाया में बैठे रहे, जबकि सेठ बाहर धूप में पसीना पोंछता रहा। सेठ को क्रोध तो आया, पर वह चुपचाप बैठा रहा।

"तुम्हें खाना नहीं मिलेगा।" संत ने कहा।

संत ने कहा, "मैंने तुझे इतना दिया, पर तूने कुछ नहीं लिया। जब मैंने स्वयं छाया में बैठकर तुझे धूप में बैठाया, तो मैं तुझे बताना चाहता था कि मेरी छाया तेरे काम नहीं आ सकती, मगर मेरी बात तेरी समझ में न आई। जब मैंने स्वयं पकवान खाए और तुझे भूखा रखा तो मैंने समझाना चाहा कि मेरे खा लेने से तेरा पेट नहीं भर सकता। इसी प्रकार मेरी साधना से तुझे सिद्धि भी नहीं मिल सकती। इसके लिए तुझे स्वयं प्रयत्न करना होगा। अपनी अशांति तुम स्वयं ही दूर कर सकते हो।"

सेठ चुपचाप बैठा रहा। दिनभर भूख से वह तड़पता रहा। दूसरी तरफ, संत ने उसे दिखा-दिखाकर भाँति-भाँति के पकवान खाए। इसी तरह शाम हो गई। सेठ ने सोचा कि अब शायद संत कुछ बताएँगे, पर कुछ देर प्रतीक्षा करने के बाद उसने सोचा कि अब यहाँ से चलना ही उचित है। यह सोचकर जैसे ही सेठ जाने लगा, संत उसके सामने खड़े हो गए और बोले, "क्या हुआ, सेठ ?"

सेठ बोला, "बड़ी आशाएँ लेकर आपके पास आया था, पर खाली हाथ लौट रहा हूँ। कुछ मिलने की बात तो दूर, यहाँ भारी परेशानी झेलनी पड़ गई।"

संत ने कहा, "मैंने तुझे इतना दिया, पर तूने कुछ नहीं लिया। जब मैंने स्वयं छाया में बैठकर तुझे धूप में बैठाया, तो मैं तुझे बताना चाहता था कि मेरी छाया तेरे काम नहीं आ सकती, मगर मेरी बात तेरी समझ में न आई। जब मैंने स्वयं पकवान खाए और तुझे भूखा रखा तो मैंने समझाना चाहा कि मेरे खा लेने से तेरा पेट नहीं भर सकता। इसी प्रकार मेरी साधना से तुझे सिद्धि भी नहीं मिल सकती। इसके लिए तुझे स्वयं प्रयत्न करना होगा। अपनी अशांति तुम स्वयं ही दूर कर सकते हो।"

सेठ ने कृतज्ञता व्यक्त करते हुए स्वयं साधक बनने का संकल्प किया।

क्या आप स्वर्ग में हैं ?

मिस्र की एक दंतकथा है। अगर कोई व्यक्ति स्वर्ग में प्रवेश पाना चाहता है तो स्वर्ग के प्रवेश द्वार पर उसे दो सवालों के जवाब देने होते हैं। अगर आपने इन दोनों सवालों के जवाब 'हाँ' में नहीं दिए तो आपको स्वर्ग में प्रवेश

नहीं मिलता। इसमें पहला सवाल है, "क्या जीवन में आपने खुशी और आनंद का अनुभव किया है?"

और दूसरा सवाल है, "क्या आपने अपने आस-पास के लोगों को खुशी बाँटी है?" इन दोनों ही सवालों के लिए आपका जवाब अगर 'हाँ' है तो मैं आपको यह बता दूँ कि आप तो पहले से ही स्वर्ग में हैं।

आनंदमय इनसान

आप खुद के लिए और अपने आस-पास के लोगों के लिए सबसे अच्छी चीज, जो कर सकते हैं, वह है, खुद को एक आनंदमय इनसान बनाना। जो लोग आनंदमय होने का महत्त्व जानते हैं, वे ही हर तरफ आनंद का माहौल बनाने की कोशिश करेंगे।

आप खुद के लिए और अपने आस-पास के लोगों के लिए सबसे अच्छी चीज, जो कर सकते हैं, वह है, खुद को एक आनंदमय इनसान बनाना। जो लोग आनंदमय होने का महत्त्व जानते हैं, वे ही हर तरफ आनंद का माहौल बनाने की कोशिश करेंगे।

सवाल यह है कि आनंद में कैसे रहें?

पाँच साल की उम्र में आप बगीचे में तितली के पीछे भागते थे, आपको याद होगा। तितली को छूते हुए उसके रंग आपके हाथ पर झिलमिलाते हुए चिपक जाते थे। उस समय आपको यही अनुभव होता था कि दुनिया में इससे बढ़कर और कोई आनंद है ही नहीं। बड़े होने की प्रक्रिया में आपने सभी सुख-सुविधाओं के साधन जमा कर लिये, लेकिन क्या हुआ? कहाँ गईं आपकी खुशियाँ? ऐसा इसलिए है कि आप सुख को ही खुशी समझ बैठे हैं, जबकि खुशी या आनंद आपको अपने भीतर खोजना है।

बड़े होकर आप अपना अतीत ढोने लगे। जब आप अपने अतीत का बोझ लेकर चलते हैं, तो आपका चेहरा लटक जाता है, खुशी गायब हो जाती है, उत्साह खत्म हो जाता है। मान लीजिए, अगर आप पर किसी तरह कोई बोझ नहीं है तो आप बिल्कुल एक छोटे बच्चे की तरह होते हैं।

यह तो अपने भीतर गहराई में खोद कर ढूँढ़ निकालने की चीज है। यह

प्यास बुझाने के लिए एक कुएँ को खोदने जैसा है। आप इतने साल के हैं या उतने साल के, इसका सीधा सा मतलब हुआ कि आप अपने साथ उतने सालों का कूड़ा ढो रहे होते हैं। इससे कोई फर्क नहीं पड़ता कि आप किस तरह आनंदित होते हैं? जरूरी यह है कि आप किसी भी तरह आनंद अनुभव करते हैं। अब सवाल है इसे कायम रखने का; इसे कायम रखने के योग्य कैसे बनें? अधिकांश लोग सुख को ही आनंद समझ लेते हैं। आप कभी भी सुख को स्थायी नहीं बना सकते। ये आपके लिए हमेशा कम पड़ते हैं, किंतु आनंदित होने का अर्थ है कि यह किसी भी चीज पर निर्भर नहीं है।

जुनून से मिलती है सफलता

हम अपने दैनिक जीवन में यह बात हमेशा सुनते रहते हैं कि पैसे से सुख को नहीं खरीदा जा सकता, लेकिन यदि आप अपने जीवन से खुश हैं, आनंदित हैं तो इसके माध्यम से आप वह सबकुछ अर्जित कर सकते हैं, जिसकी आपको जरूरत है। इस बात का प्रमाण पेश किया मनोवैज्ञानिक स्लीं ब्लॉत्निक ने। ब्लॉत्निक ने अपनी रिसर्च में ऐसे लोगों की दो श्रेणियाँ बनाईं, जिनमें से एक समूह के पास बहुत सारा पैसा था। दूसरा, जिनके पास पैसा तो नहीं था, लेकिन उन्हें अपने काम से प्यार था और किसी भी हद तक सफलता प्राप्त करने का जुनून था। इसके लिए उन्होंने 1,500 लोगों को अपनी रिसर्च का हिस्सा बनाया।

हम अपने दैनिक जीवन में यह बात हमेशा सुनते रहते हैं कि पैसे से सुख को नहीं खरीदा जा सकता, लेकिन यदि आप अपने जीवन से खुश हैं, आनंदित हैं तो इसके माध्यम से आप वह सबकुछ अर्जित कर सकते हैं, जिसकी आपको जरूरत है। इस बात का प्रमाण पेश किया मनोवैज्ञानिक स्लीं ब्लॉत्निक ने।

ब्लॉत्निक ने अपनी रिसर्च को 20 वर्ष तक लगातार करते रहने के बाद पाया कि दूसरे समूह के लोग, जिन्हें अपने काम से प्यार था, उनमें से 101 लोग करोड़पति बन गए हैं, लेकिन पहले समूह के लोग, जिन्हें सिर्फ अपने पैसे से प्यार था और अपने पैसे

का दंभ था, उनमें से केवल एक ही व्यक्ति करोड़पति बन सका है। रिसर्च में इसका जो सबसे बड़ा कारण निकलकर आया, वह यह था कि जब हम किसी काम को दिल से नहीं करते तो छोटी-छोटी चीजों को नजरअंदाज कर देते हैं, जो बहुत काम की होती हैं, जबकि जब कोई काम जुनून के साथ किया जाता है, तब हम छोटी-से-छोटी बात को भी बहुत बड़ी समझकर करते हैं। इससे काम करने में न सिर्फ मजा आता है, बल्कि इसके माध्यम से आप वह सब हासिल कर सकते हैं, जो व्यक्ति पैसे के माध्यम से हासिल करना चाहता है, मसलन धन, दौलत, शोहरत इत्यादि।

हमारे देश में माइकल जैक्सन के नाम से जाने जानेवाले प्रभुदेवा के बारे में बहुत कम लोगों को पता होगा कि उनका प्रारंभिक जीवन मैसूर की तंग गलियों की एक चॉल में बीता, लेकिन बचपन से माइकल जैक्सन जैसा बनने की तमन्ना ने उनके रास्ते के सभी रोड़ों को एक-एक कर हटा दिया। पाँच भाई-बहनों के साथ एक छोटी सी चॉल में अपना जीवन व्यतीत करनेवाले प्रभुदेवा ने अपने एक इंटरव्यू में कहा कि मुझे बचपन से ही डांस का इतना ज्यादा जुनून था कि मैं सोते-जागते सिर्फ डांस का ही सपना देखता था।

जुनून को जिंदा रखें

हमारे देश में माइकल जैक्सन के नाम से जाने जानेवाले प्रभुदेवा के बारे में बहुत कम लोगों को पता होगा कि उनका प्रारंभिक जीवन मैसूर की तंग गलियों की एक चॉल में बीता, लेकिन बचपन से माइकल जैक्सन जैसा बनने की तमन्ना ने उनके रास्ते के सभी रोड़ों को एक-एक कर हटा दिया। पाँच भाई-बहनों के साथ एक छोटी सी चॉल में अपना जीवन व्यतीत करनेवाले प्रभुदेवा ने अपने एक इंटरव्यू में कहा कि मुझे बचपन से ही डांस का इतना ज्यादा जुनून था कि मैं सोते-जागते सिर्फ डांस का ही सपना देखता था। इसीलिए जब रात को लेटे हुए भी कोई डांस का सीन याद आता था तो मैं चुपके से उठकर चॉल के एक कोने में खड़े होकर वह स्टेप कर लेता था। कहीं मैं सुबह जागूँ और वह स्टेप भूल न जाऊँ, इसलिए मैं ऐसी

हरकतें करता रहता था। आज भला प्रभुदेवा को कौन नहीं जानता और उनके पास किस चीज की कमी है ?

बिना जुनून के किया गया कोई भी काम आपको कठिन लगता है, जबकि इसी काम को यदि आप एक पैशन के साथ करते हैं तो आपके भीतर-ही-भीतर एक ऊर्जा का संचार होता है और आप कठिन काम को भी बहुत आसानी के साथ कर जाते हैं। सचिन तेंदुलकर के सन् 1989 के पाकिस्तान के खिलाफ सियालकोट के उस मैच को भला कौन भूल सकता है, जब 16 साल के सचिन तेंदुलकर को फेंकी गई गेंद उनका जबड़ा और नाक तोड़ गई और क्रिकेट के दिग्गजों, कपिल देव और रवि शास्त्री के साथ-साथ डॉक्टर ने भी उन्हें आराम करने की सलाह दे डाली, लेकिन इन सबकी परवाह किए बिना सचिन मैदान में डटे रहे और शतक ठोक कर ही मैदान से बाहर निकले। इसीलिए कहते हैं कि जब जुनून पैदा होता है तो ऊर्जा अपने आप आपके भीतर समा जाती है।

'जुनून' एक ऐसा शब्द है, जो मन में जज्बात पैदा करता है। ये जज्बात कुछ कर गुजरने के लिए होते हैं, जो आपको साधारण से अलग असाधारण की श्रेणी में खड़ा कर देते हैं। इससे एक सकारात्मक दृष्टिकोण का विकास होता है, जो प्रत्येक नकारात्मक चीज को सकारात्मक नजरिए में तब्दील कर देता है।

'जुनून' एक ऐसा शब्द है, जो मन में जज्बात पैदा करता है। ये जज्बात कुछ कर गुजरने के लिए होते हैं, जो आपको साधारण से अलग असाधारण की श्रेणी में खड़ा कर देते हैं। इससे एक सकारात्मक दृष्टिकोण का विकास होता है, जो प्रत्येक नकारात्मक चीज को सकारात्मक नजरिए में तब्दील कर देता है। जुनून के संदर्भ में अमेरिकी लेखक जोसेफ कैंपबेल का कहना है कि जुनून किसी भी व्यक्ति की कमियों को दूर करने, उसकी असफलताओं को खत्म करने और उसकी क्षमता से अधिक परिणाम देने में मददगार होता है। एक तरह से वह आपके कार्य के दौरान एक उत्प्रेरक की भूमिका अदा करता है, आपके कार्य को गति देता है।

मनुष्य शक्तिशाली बनना चाहता है। वास्तव में, इनसान के भीतर अनंत

शक्तियों का भंडार भरा पड़ा है। जरूरत यह है कि वे अनंत शक्तियाँ प्रकट हों। मनुष्य के पास सबकुछ है—ज्ञानशक्ति, चिंतनशक्ति, कर्मशक्ति आदि। यदि वह अपनी शक्तियों को जागरूक करे और सही दिशा में लगाए तो बहुत विकास कर सकता है। शक्तिसंपन्न व्यक्ति वर्तमान में जीना चाहता है, क्योंकि उसे अपनी क्षमताओं पर विश्वास होता है। वह कोई कार्य अपनी शक्ति, श्रम, समय और सोच के समन्वय के साथ करता है, जिससे अपने जीवन को सार्थक कर सकता है।

मनुष्य शरीर से सबल बने ताकि रोग, तनाव आदि उसे प्रभावित न कर सकें, किंतु शरीर की ताकत से भी ज्यादा जरूरी है—मनोबल, संकल्पबल, संयमबल आदि। यदि व्यक्ति का मनोबल मजबूत है, वह दृढ़ संकल्पशक्ति वाला है और संयम के प्रति उसकी गहरी निष्ठा है तो ऐसा कोई कार्य नहीं, जिसे वह न कर सके। व्यक्ति नई शक्तियों को जगाने का हर संभव प्रयास करे और अच्छे कार्यों का संकल्प ले तो वह अपने वर्तमान जीवन को अच्छा बना सकता है।

जहाँ क्रोध है, लोभ है, झगड़ा है, असहिष्णुता है, वहाँ व्यक्ति की शांति नष्ट हो जाती है। जहाँ समाज में कलह होता है, वहाँ अशांति का वातावरण बन जाता है। शांति की प्राप्ति भौतिक पदार्थों से नहीं, त्याग और संयम के विकास से होती है। लालसा की तेज धारा में बहने वाला व्यक्ति कभी शांति का दर्शन नहीं कर सकता। वह हर समय अशांति की आग में झुलसता रहता है।

जहाँ क्रोध है, लोभ है, झगड़ा है, असहिष्णुता है, वहाँ व्यक्ति की शांति नष्ट हो जाती है। जहाँ समाज में कलह होता है, वहाँ अशांति का वातावरण बन जाता है। शांति की प्राप्ति भौतिक पदार्थों से नहीं, त्याग और संयम के विकास से होती है। लालसा की तेज धारा में बहने वाला व्यक्ति कभी शांति का दर्शन नहीं कर सकता। वह हर समय अशांति की आग में झुलसता रहता है।

आंतरिक बल

किसी राजा की एक बहुत ही खूबसूरत बेटी थी। एक दिन राजा ने पूरे

राज्य में घोषणा की कि वह अपनी बेटी का स्वयंवर करना चाहता है। पूरे राज्य के लोग आमंत्रित हैं। राज्य में स्वयंवर की तैयारियाँ जोरों से चल रही थीं। देश-विदेशों से राजा-महाराजा भी आनेवाले थे। धीरे-धीरे स्वयंवर की तारीख नजदीक आई। पड़ोसी राज्यों के राजा और राजकुमार भी स्वयंवर में हिस्सा लेने आए। राजा ने स्वयंवर के लिए एक शर्त रखी। उसने एक बड़ा तालाब बनवाया और उस तालाब में कई सारे मगरमच्छ छोड़ दिए गए। अब शर्त यह थी कि जो इनसान इस तालाब को तैरकर एक किनारे से दूसरे किनारे तक जाएगा, राजा उसी व्यक्ति से अपनी बेटी का विवाह कर देगा।

सारे लोग जब तालाब के किनारे इकट्ठे हुए तो भय से लोगों की आत्मा तक काँपने लगी। तालाब के अंदर मौजूद अनेक विशाल मगरमच्छ मुँह फैलाए अपने शिकार का इंतजार कर रहे थे। किसी की आगे बढ़ने की हिम्मत नहीं हो रही थी। आखिर अपनी जान की बाजी कौन लगाए। कोई आगे आने को तैयार नहीं था। सारे लोग एक-दूसरे का मुँह देख रहे थे। इतने में भीड़ में से एक नौजवान लड़का निकलकर तालाब में कूद गया। सारे लोगों की आँखें उसे देखकर फटी-की-फटी रह गईं। उस लड़के ने तूफान की गति से तैरना शुरू किया और खतरनाक मगरमच्छों को चकमा देता हुआ किनारे की ओर बढ़ने लगा और बहुत साहस और चालाकी से वह तालाब पार कर गया। बाहर निकलते ही उसे लोगों ने कंधे पर उठा लिया। लोग कहने लगे, "वाह कितना बहादुर लड़का है ?" किसी ने पूछा, "तुममें इतनी शक्ति कहाँ से आई, जो यह तालाब पार कर लिया ?" लड़के ने घबराते हुए कहा, "अरे, बाकी सब बाद में, पहले यह बताओ कि मुझे धक्का किसने दिया ?"

राजा ने स्वयंवर के लिए एक शर्त रखी। उसने एक बड़ा तालाब बनवाया और उस तालाब में कई सारे मगरमच्छ छोड़ दिए गए। अब शर्त यह थी कि जो इनसान इस तालाब को तैरकर एक किनारे से दूसरे किनारे तक जाएगा, राजा उसी व्यक्ति से अपनी बेटी का विवाह कर देगा।

इस कहानी में गंभीर संदेश छिपा है। एक लड़के के अंदर इतनी शक्ति

कहाँ से आई कि वह मगरमच्छों से भरा तालाब पार कर गया। इस बात को ध्यान से सोचें तो आप पाएँगे कि दुनिया की सारी शक्तियाँ आपके अंदर विद्यमान हैं, लेकिन आप कभी उनको पहचान नहीं पाते, उनको निखार नहीं पाते। उस लड़के के पास भी कोई दैवी शक्ति नहीं थी, बल्कि उसने अपने अंदर छिपे बल का प्रयोग किया, अपने साहस को जगाया और वह कर दिखाया, जिसकी लोग कल्पना भी नहीं कर सकते थे।

आपने सुना होगा कि संत-महात्मा जंगल में तपस्या करते थे और शक्तियाँ प्राप्त करते थे। आपको क्या लगता है, क्या कुछ शक्तियाँ बाहर से आकर उनके अंदर समा जाती होंगी? नहीं, ऐसा बिल्कुल नहीं है। वास्तव में, वे लोग तपस्या से अपने अंदर की शक्तियों को जाग्रत् कर लेते थे, अपनी शक्तियों को पहचान लिया करते थे। स्वामी विवेकानंद ने कहा है, "समस्त ब्रह्मांड आपके अंदर ही विद्यमान है और यह बात सौ फीसदी सच है।"

आपने सुना होगा कि संत-महात्मा जंगल में तपस्या करते थे और शक्तियाँ प्राप्त करते थे। आपको क्या लगता है, क्या कुछ शक्तियाँ बाहर से आकर उनके अंदर समा जाती होंगी? नहीं, ऐसा बिल्कुल नहीं है। वास्तव में, वे लोग तपस्या से अपने अंदर की शक्तियों को जाग्रत् कर लेते थे, अपनी शक्तियों को पहचान लिया करते थे। स्वामी विवेकानंद ने कहा है, "समस्त ब्रह्मांड आपके अंदर ही विद्यमान है और यह बात सौ फीसदी सच है।"

समस्याओं से डरिए मत। दुनिया की कोई भी परेशानी आपके साहस से बड़ी नहीं है। अगर आप अपने किसी लक्ष्य में सफल नहीं हो पा रहे हैं तो यकीन मानिए आप अपनी पूरी क्षमता से काम नहीं कर रहे हैं। ऐसा कोई लक्ष्य नहीं है, जिसे आप हासिल नहीं कर सकते। हर असंभव को संभव बनाने की शक्ति आपमें है। जरूरत है, अपनी छिपी शक्तियों को पहचानने की। जिस दिन आप ऐसा करने में सफल हो जाएँगे, सफलता खुद आपके चरण चूमेगी।

सभ्यता व शिष्टता

सफलता अर्जित करने के लिए सभ्यता व शिष्टता के गुणों का अनुसरण करना बेहद जरूरी है। वे लोग जो कामयाब हैं और वे लोग जो कामयाब होना चाहते हैं, दोनों के लिए एक अनिवार्य सूत्र है, "अपनी मानवीय विशेषताओं में अभिवृद्धि।" सभ्य व शिष्ट प्रवृत्ति वाले लोगों में दूसरे लोगों की खूबियों को स्वीकार करने की समझ होती है। प्रत्येक व्यक्ति का जीवन, हमारे जीवन जितना ही बहुमूल्य व महत्त्वपूर्ण है।

प्रख्यात विचारक दोस्तोयेव्स्की के शब्दों में कहें तो हममें से प्रत्येक व्यक्ति, प्रत्येक दूसरे व्यक्ति के प्रति, प्रत्येक वस्तु के लिए उत्तरदायी है। हम बड़े होकर सभ्य नागरिक बनें, इसके लिए हमें बचपन से अनुशासित रहने की आवश्यकता है। सामाजिक जीवन के छोटे-मोटे कर्तव्यों में हमारा सबसे महत्त्वपूर्ण कर्तव्य यह है कि जो प्रशंसा का पात्र नहीं, उसकी प्रशंसा न करें; परंतु यह और भी महत्त्वपूर्ण है कि जो वास्तव में प्रशंसनीय है, उसके प्रति हम स्पष्ट तौर पर अपने विचार व्यक्त करें।

प्रख्यात विचारक दोस्तोयेव्स्की के शब्दों में कहें तो हममें से प्रत्येक व्यक्ति, प्रत्येक दूसरे व्यक्ति के प्रति, प्रत्येक वस्तु के लिए उत्तरदायी है। हम बड़े होकर सभ्य नागरिक बनें, इसके लिए हमें बचपन से अनुशासित रहने की आवश्यकता है। सामाजिक जीवन के छोटे-मोटे कर्तव्यों में हमारा सबसे महत्त्वपूर्ण कर्तव्य यह है कि जो प्रशंसा का पात्र नहीं, उसकी प्रशंसा न करें; परंतु यह और भी महत्त्वपूर्ण है कि जो वास्तव में प्रशंसनीय है, उसके प्रति हम स्पष्ट तौर पर अपने विचार व्यक्त करें।

इटली के प्रख्यात विचारक गारफील्ड से जब बचपन में किसी ने पूछा कि तुम क्या बनना चाहते हो, तो उनका उत्तर था, "सर्वप्रथम मैं मनुष्य बनना चाहता हूँ। यदि मैं इसमें सफल नहीं हुआ तो किसी भी कार्य में सफल नहीं हो पाऊँगा।"

मनुष्य बौना नहीं

एक बार यूनान के प्रख्यात विचारक जयोजेनियम एथेंस शहर में दोपहर के समय लालटेन हाथ में लेकर एक संपूर्ण ईमानदार मनुष्य की खोज करते घूमते रहे, परंतु उनका परिश्रम निष्फल रहा। एक दिन उन्होंने बाजार में खड़े होकर उच्च स्वर में कहा, "ऐ मनुष्यो।" उनकी पुकार सुनकर लोग वहाँ इकट्‌ठे हो गए। तब उन्होंने घृणा से कहा, "तुम लोग क्यों इकट्‌ठे हुए हो? मैंने तो मनुष्यों को बुलाया था, बौनों को नहीं।"

सवाल खड़ा होता है कि वास्तव में किस प्रकार के आदमी की जरूरत है? वह मनुष्य कैसा हो? यदि दो हाथ, दो पाँव, दो कान, दो आँख आदि चिह्नों वाले एक पंच-भूतात्मक स्वरूप की ही आवश्यकता है, तब तो मनुष्य की किसी भी कार्य के लिए, कहीं भी कोई सीमा नहीं है। दुनिया में जनसंख्या का ग्राफ तो निरंतर ऊपर-ही-ऊपर उठता जा रहा है। एड्स, कैंसर, युद्ध, भूकंप तथा अन्य आपदाओं में लाखों लोगों के श्मशान पहुँचते रहने के बावजूद लोगों की भीड़ है कि कम होने का नाम ही नहीं ले रही।

सवाल खड़ा होता है कि वास्तव में किस प्रकार के आदमी की जरूरत है? वह मनुष्य कैसा हो? यदि दो हाथ, दो पाँव, दो कान, दो आँख आदि चिह्नों वाले एक पंच-भूतात्मक स्वरूप की ही आवश्यकता है, तब तो मनुष्य की किसी भी कार्य के लिए, कहीं भी कोई सीमा नहीं है।

वस्तुतः जिस मनुष्य की आवश्यकता है, वह ऐसा होना चाहिए कि उसे विलक्षण व्यक्तित्व की संज्ञा दी जा सके। जो भीड़ में भी अकेला सबसे अलग-थलग दिखाई पड़े। जो अपने मंतव्य को निर्भीकतापूर्वक प्रकट करने का हौसला रखता हो। जो उस बात के लिए भी 'नहीं' कहने में देर नहीं लगाता, जिसके लिए सभी लोग 'हाँ' की रट लगाए हुए हों। उस मनुष्य की आवश्यकता है, जो अपने एक विशेष मंतव्य से प्रेरित होता हुआ भी अपने मनुष्यत्व की अन्य शक्तियों को कमजोर, ठंडी व लँगड़ी नहीं होने देता।

जो व्यक्ति अपनी शक्ति विशेष के विस्तार हेतु अन्य शक्तियों को नष्ट करता है, जो अपने छोटे-छोटे कार्यों को भी अपना महान् कर्तव्य समझकर

पूर्ण करता है, जो व्यक्ति अपने व्यवसाय को केवल अपने जीवन निर्वाह का जरिया ही न समझता हो, अपितु उसे अपना विकास, परिपक्वता, शिक्षा चरित्र और मनुष्यता मानता हो।

हजारों कंपनियाँ, व्यापारी, जमींदार, व्यवसायी, कारखानों के मालिक, बड़े-बड़े कार्यालय तथा बहुराष्ट्रीय कंपनियाँ, विश्वविद्यालय व कॉलेज प्रतिदिन अखबारों में विज्ञापन छपवाते हैं कि अमुक कार्य के लिए उन्हें दक्ष व योग्य मनुष्यों की तलाश है। ये सूचनाएँ जाहिर तौर पर इस बात का प्रमाण हैं कि लाखों-करोड़ों की भीड़ में भी अतिरिक्त गुणों व योग्यता वालों की सब जगह पूछ है। संसार के महल, गाड़ी, बँगले, कारें तथा जहाज, जमीन-जायदाद, सनदें, बेशुमार धन-दौलत तथा कंपनियों का स्वामित्व—ये सारे वैभव अपने अंत:करण की शुद्धता की तुलना में कुछ भी नहीं हैं। दूसरे व्यक्तियों को किसी भी प्रयत्न द्वारा हानि नहीं पहुँचाना, दूसरे की धन-संपदा पर नजरें नहीं गड़ाए रखना, अपने चरित्र को निर्मल रखना तथा वैचारिक खजाने को बढ़ाते रहना आदि। ऐसी विशेषताएँ हैं, जिनके समावेश से एक मनुष्य संपूर्ण मनुष्यता को प्राप्त होता है।

जो व्यक्ति अपनी शक्ति विशेष के विस्तार हेतु अन्य शक्तियों को नष्ट करता है, जो अपने छोटे-छोटे कार्यों को भी अपना महान् कर्तव्य समझकर पूर्ण करता है, जो व्यक्ति अपने व्यवसाय को केवल अपने जीवन निर्वाह का जरिया ही न समझता हो, अपितु उसे अपना विकास, परिपक्वता, शिक्षा चरित्र और मनुष्यता मानता हो।

जो मनुष्य ईमानदार है, परंतु अस्वस्थ है। ज्ञानी है, पर क्रोध के कारण अशांत है। अच्छा वेतन पाता है, परंतु कर्जदार रहता है। उन्नत पद पर है, परंतु खुशामदी है वह संपूर्ण मनुष्य कहलाने का अधिकारी नहीं है। जब तक श्रेष्ठ मनुष्यों का वर्ग तैयार नहीं होगा, 'एक मनुष्य की आवश्यकता है' का विज्ञापन छपता हुआ दिखता रहेगा। साधारण योग्यता अथवा सिफारिश से कोई मनुष्य किसी पद पर रख भी लिया जाए, लेकिन कालांतर में उसे रिश्वत लेने के कारण निकाल दिया जाएगा। दूसरी तरह का व्यक्ति आलसी होकर

घर बैठेगा, तीसरा आज्ञा उल्लंघन तथा अनुशासनहीनता के कारण तथा चौथा, बीमार रहने व बदमिजाजी के चलते निकाल दिया जाएगा या निराश होकर स्वयं ही घर जा बैठेगा। फिर से यही 'एक आदमी की आवश्यकता है', का विज्ञापन बराबर निकलता रहेगा।

जो मनुष्य ईमानदार है, परंतु अस्वस्थ है। ज्ञानी है, पर क्रोध के कारण अशांत है। अच्छा वेतन पाता है, परंतु कर्जदार रहता है। उन्नत पद पर है, परंतु खुशामदी है वह संपूर्ण मनुष्य कहलाने का अधिकारी नहीं है। जब तक श्रेष्ठ मनुष्यों का वर्ग तैयार नहीं होगा, 'एक मनुष्य की आवश्यकता है' का विज्ञापन छपता हुआ दिखता रहेगा। साधारण योग्यता अथवा सिफारिश से कोई मनुष्य किसी पद पर रख भी लिया जाए, लेकिन कालांतर में उसे रिश्वत लेने के कारण निकाल दिया जाएगा।

मनुष्य होने के नाते आप संसार के सर्वोत्तम प्राणी हैं। कितनी भी विपरीत, विकट परिस्थितियाँ हों, पूरे आत्म-बल, शरीर-बल एवं बुद्धि-बल के साथ खड़े रहने की प्रचुर शक्ति आपको प्राप्त है। फलतः आप किसी भी वातावरण या परिस्थिति के दास नहीं बन सकते हैं। आपका निर्माण तो परिस्थितियों तथा वातावरण का सृजन करने के लिए हुआ है। ईश्वर ने आपको स्वतंत्र कर्तव्य-शक्ति दी है। ऐसी दशा में आपको निरंतर अपने निर्णय तथा निर्माण की शक्ति से सफलता प्राप्त करते रहना चाहिए। इस सच्चाई से सभी परिचित हैं कि बिना कारण के कोई कार्य नहीं होता है। सबसे पहला कारण हमारी यह मानसिक प्रेरणा या उमंग होती है, जो हमें कोई नया तथा अनोखा कार्य करने का उत्साह सदा प्रदान करती है। यह मानसिक उत्साह या उल्लास ही हमारे लिए सफलता की परिस्थितियों का वातावरण बनाता है, लेकिन यदि मानसिक उल्लास के स्थान पर हमारा मन विषादग्रस्त हो, तो असफलता का वातावरण बनते देर नहीं लगती। अतः यह स्पष्ट तथ्य है कि जैसे हमारे विचार होंगे, हमारे कार्यों का परिणाम भी वैसा ही होगा। हमारे कार्यों का परिणाम हमारी विचारधारा से विपरीत किसी भी दशा में हो ही नहीं सकता।

हमारा स्वभाव, हमारी आदतें, हमारी प्रवृत्तियाँ—सब हमारे विचारों का ही प्रतिबिंब हैं। हमारी गतिविधियों पर इनका गहरा असर होता है।

कोई भी व्यक्ति अपने को संपूर्ण रूप से श्रेष्ठ नहीं बना सकता, परंतु प्रत्येक इनसान में कोई-न-कोई विशेषता अवश्य होती है। अत: व्यक्ति को अपनी खूबियों को विकसित करते रहना चाहिए।

व्यक्तित्व विकास

व्यक्तित्व विकास में हमारी शारीरिक क्रियाओं तथा हाव-भाव की महत्त्वपूर्ण भूमिका होती है। शारीरिक भाषा संचार का विशेष पक्ष है। यह भाषा हमारी स्वाभाविक तथा प्राकृतिक भाषा है, जो बता देती है कि वास्तव में हम क्या हैं? हमारा शरीर मौन रहकर भी हमें औरों के सामने अभिव्यक्त करता है तथा औरों की शारीरिक अभिव्यक्तियों को हमें बता कर उनके बारे में हमारी अवधारणा को मजबूती प्रदान करता है।

व्यक्तित्व विकास में हमारी शारीरिक क्रियाओं तथा हाव-भाव की महत्त्वपूर्ण भूमिका होती है। शारीरिक भाषा संचार का विशेष पक्ष है। यह भाषा हमारी स्वाभाविक तथा प्राकृतिक भाषा है, जो बता देती है कि वास्तव में हम क्या हैं? हमारा शरीर मौन रहकर भी हमें औरों के सामने अभिव्यक्त करता है तथा औरों की शारीरिक अभिव्यक्तियों को हमें बता कर उनके बारे में हमारी अवधारणा को मजबूती प्रदान करता है।

स्वाभाविक रूप से अभिव्यक्त होनेवाली हमारी शारीरिक क्रियाएँ (बॉडी लैंग्वेज) हमारे द्वारा मौखिक रूप से प्रकट होनेवाली भाषा से ज्यादा अहमियत रखती हैं। मौखिक शब्दों को चुनते वक्त हमें पूरी छूट रहती है, जबकि शरीर यह चालाकी नहीं कर पाता और सच उगल देता है। व्यक्तित्व है ही क्या? आपके अपने विचारों, धारणाओं तथा भावनाओं का फल। स्वयं अपने विषय में जैसे आपके संकेत रहते हैं, वे ही आपके व्यक्तित्व का निर्माण करते हैं। संभव है, आपको प्रकृति ने एक आकर्षक

व्यक्तित्व न प्रदान किया हो, किंतु इसमें संदेह नहीं कि आप संकेत द्वारा अपने व्यक्तित्व को ऊँचा उठा सकते हैं।

लोगों की पहचान

वे लोग, जिनके आत्मविश्वास में कमी होती है, जब खड़े होते हैं तो दरवाजे, फर्नीचर, दीवार या किसी चीज की मदद लेकर खड़े होते हैं। वार्त्तालाप करते समय हाथों को लगातार जेबों में डाले रखनेवाले व्यक्ति नकारात्मक संदेश प्रकट करते हैं।

बहुत से लोग एक पैर पर जोर देकर, कमर या कूबड़ सा निकालकर या पैरों को हिलाते हुए बातचीत करते रहते हैं। यह उचित नहीं। आत्मविश्वास दरशाने हेतु सीधे खड़ा होना, चलना तथा सीधे बैठना अत्यंत आवश्यक है।

हाथों को क्रॉस बनाते हुए बाँधकर आगे रखना एक साधारण आदत है, लेकिन यह सुरक्षात्मक अभिव्यक्ति है। जब हम इस स्थिति में होते हैं तो सामने वाले को बता रहे होते हैं कि हम नवीन प्रयोगों के लिए न तो तैयार हैं और न ही हममें अपेक्षित उत्साह ही है।

वार्त्तालाप करते समय हाथों का बार-बार मुँह तक ले जाना यह दरशाता है कि या तो तथ्यों को छिपाया जा रहा है या जो कुछ हम कह रहे हैं, वह वास्तविकता से परे है। वार्त्तालाप के दौरान जो व्यक्ति सामने वाले की ओर से नजरें फेर लेता है, वह यह दरशाता है कि सामने वाले की बात या वक्तव्य से उसकी सहमति नहीं है।

वार्त्तालाप करते समय हाथों का बार-बार मुँह तक ले जाना यह दरशाता है कि या तो तथ्यों को छिपाया जा रहा है या जो कुछ हम कह रहे हैं, वह वास्तविकता से परे है। वार्त्तालाप के दौरान जो व्यक्ति सामने वाले की ओर से नजरें फेर लेता है, वह यह दरशाता है कि सामने वाले की बात या वक्तव्य से उसकी सहमति नहीं है।

भाव-भंगिमाएँ

- मुँह से नाखून कुतरने वाले व्यक्ति सामने वाले से कुछ-न-कुछ छिपाकर बात करते हैं।
- कान, नाक व मुँह में उँगली डालते रहना तथा बातचीत करते समय ऐसे करना अशिष्टता का द्योतक है।
- बहुत से व्यक्ति अनजाने में कमर झुकाकर बैठते हैं तथा बाद में उम्र के साथ-साथ उनकी कमर स्वाभाविक रूप से झुकती चली जाती है। न सिर्फ स्वास्थ्य के दृष्टिकोण से, अपितु शिष्टता तथा सभ्यता की दृष्टि से भी यही उचित है कि हमेशा सीधे बैठें। रीढ़ की हड्डी सीधी रखते हुए बैठने वाला व्यक्ति अधिक ताजा, उत्साही व स्वस्थ प्रतीत होता है।
- बहुत से लोगों को दूसरे लोगों की शारीरिक क्रियाएँ दोहराने, तकिया कलाम को कहते रहने, नकल करने या हकलाने-तुतलाने की आदतें होती हैं, लेकिन कई बार ये प्रवृत्तियाँ उनके स्वभाव में भी समाहित हो जाती हैं। हमें कभी भी अपना मूल स्वभाव नहीं खोना चाहिए।
- जब तक कि हमारे संबंध अत्यंत घनिष्ठ तथा अनौपचारिक न हो जाएँ, हमें किसी के गले में, कमर में न तो हाथ डालना चाहिए और न ही हाथ पकड़कर खींचना चाहिए।
- भली प्रकार से साफ किए गए दाँत सामने वाले को प्रभावित करते हैं।
- हाथ-पैरों के सभी नाखून हमें काटकर रखने चाहिए। गंदे व बेढंगे नाखून हमारे व्यक्तित्व के नकारात्मक पक्ष का परिचय देते हैं।
- नाक को साफ रखना चाहिए, किसी के सामने नाक में उँगली डालना बेहद खराब आदत है।
- किसी भी बात को मना करने के अनेक तरीके हो सकते हैं और हर तरीके का अपना अलग अर्थ है। अतः पैने व्यक्तित्व वाले व्यक्ति को दूसरों की शारीरिक भाषा (बॉडी लैंग्वेज) भी पढ़ने का अभ्यास करना चाहिए।
- कहा गया है कि बुरी आदतों को उनकी प्राथमिक अवस्था में ही

कुचल देना चाहिए, क्योंकि जिस बुरी आदत से हम आज बच नहीं पा रहे हैं, वह कल निश्चित तौर पर और भी प्रभावी होकर उभरेगी और यह सिलसिला दिन-ब-दिन बढ़ता ही चला जाएगा। अंततः लोग हमें अपमान व हिकारत की दृष्टि से देखेंगे और हम चाहकर भी सफल नहीं हो सकेंगे।

किसी भी बात को मना करने के अनेक तरीके हो सकते हैं और हर तरीके का अपना अलग अर्थ है। अतः पैने व्यक्तित्व वाले व्यक्ति को दूसरों की शारीरिक भाषा (बॉडी लैंग्वेज) भी पढ़ने का अभ्यास करना चाहिए।

प्रोत्साहन का प्रभाव

प्रोत्साहन ऐसा संवेग है, जिसके परिणाम बेहद आशाजनक व दीर्घ निकलते हैं। विद्यालय जानेवाले बच्चों को अगर बार-बार यह एहसास कराया जाए कि उनमें क्षमता तथा प्रतिभा की कमी है या उन्हें रोज ताने दिए जाएँ कि 'अरे रहने दो, तुम भला इस काम को क्या खाक करोगे?' तो वे खुद को दीन-हीन मान बैठते हैं, परंतु अगर उन्हें बताया जाए कि वे अपना काम कर सकने में सक्षम हैं तथा कोई भी विषय ऐसा नहीं है, जिसमें उन्हें मुश्किल होगी, तो वे आत्मविश्वास से उस विषय को समझने तथा उसकी गहराई तक जाने का यत्न करेंगे।

प्रशंसा, पुरस्कार अथवा किसी और तरह से उन्हें प्रोत्साहित किया जा सकता है। यही माहौल कार्यालय अथवा घर में भी बनाया जा सकता है। इसका एक फायदा यह भी होगा कि संबंधित व्यक्ति स्वयं को साबित करने के लिए अपनी प्रतिभा व क्षमता का पूर्ण प्रयोग करेगा। परिणामस्वरूप, कार्य की क्वालिटी तथा क्वांटिटी में निश्चित रूप से इजाफा होगा। डर या दबाव में आकर व्यक्ति काम की औपचारिकता तो पूर्ण कर सकता है, लेकिन कभी भी अपना सर्वश्रेष्ठ कार्य नहीं दे सकता। इसके लिए हमें प्रशंसा रूपी रामबाण का सहारा लेना होगा।

प्रोत्साहित करने का एक तरीका यह भी है कि गलतियों को बिना वजह तूल न दें और न ही उन्हें बढ़ा-चढ़ाकर देखा करें। हमारी कोशिश रहनी चाहिए

प्रोत्साहित करने का एक तरीका यह भी है कि गलतियों को बिना वजह तूल न दें और न ही उन्हें बढ़ा-चढ़ाकर देखा करें। हमारी कोशिश रहनी चाहिए कि गलती को किस तरह से सुधारा जा सकता है ? अगर गलती को अनावश्यक तूल दिया जाएगा तो हो सकता है कि व्यक्ति विशेष के मन में ऐसी कोई गाँठ पड़ जाए कि वह नकारात्मक रास्ता अख्तियार कर ले।

कि गलती को किस तरह से सुधारा जा सकता है ? अगर गलती को अनावश्यक तूल दिया जाएगा तो हो सकता है कि व्यक्ति विशेष के मन में ऐसी कोई गाँठ पड़ जाए कि वह नकारात्मक रास्ता अख्तियार कर ले। उसका आत्मविश्वास खो सकता है, वह आपको अपना शत्रु मानकर चल सकता है और मौका पड़ने पर आपको चोट भी दे सकता है।

तुलना से व्यक्ति खीझता तथा क्रोधित होता है। कई बार वह हीनभावना का भी शिकार हो जाता है। प्रत्येक व्यक्ति अपने आप में मौलिक और विशिष्ट होता है। उसके कार्य करने का तरीका, योग्यता तथा क्षमताएँ अपनी निजी होती हैं। अतः प्रत्येक व्यक्ति को उसकी स्वयं की विशिष्टताओं के परिप्रेक्ष्य में देखने से ही हम बने रह सकेंगे हर दिल अजीज। हमें यह ध्यान रखना चाहिए कि दूसरों को नीचा दिखाने या बहसबाजी करने में हम अपनी बात को मनवा तो सकते हैं, लेकिन सामने वाले व्यक्ति को हमेशा के लिए खो देते हैं।

शिष्ट वार्त्तालाप

विद्यार्थी जीवन से लेकर विशालकाय कंपनियों के उच्चतम पदों तक जो कुछ भी हम देखते हैं, वे सफलता की लंबी दास्तानों को अपने भीतर समेटे हैं। हमारी कामयाबी में दो तत्त्वों की महत्त्वपूर्ण भूमिका होती है—एक तो हमारे भीतर आत्मविश्वास लबालब भरा हुआ हो और दूसरे, इस आत्मविश्वास की झलक हमारे वार्त्तालाप तथा विचारों की अभिव्यक्ति के दौरान प्रदर्शित हो। आज तीव्र गति से प्रगति पथ पर अग्रसर दुनिया में पेशेवर सफलता के लिए

यह अत्यंत आवश्यक हो गया है कि हम अपनी बात औरों को प्रभावपूर्ण तथा विश्वसनीय ढंग से समझा सकें। हम जो भी, जितना भी जानते तथा मानते हैं, उसे प्रभावशाली ढंग से दूसरों को समझाने, बताने की कला हमें आनी ही चाहिए। इस दुनिया में कामयाब लोगों की फेहरिस्त पर आप नजर डालेंगे तो पाएँगे कि अधिकांश व्यक्तियों में प्रभावपूर्ण ढंग से वार्त्तालाप के गुण थे।

वार्त्तालाप के दौरान क्रूरतापूर्वक बात नहीं करनी चाहिए। वचन रूपी बाण मुँह से निकलते हैं और उनसे बिंध कर मनुष्य रात-दिन शोक मग्न रहता है। इसलिए जो वचन सामने वाले को उद्वेग पहुँचाते हों, उन्हें कदापि नहीं बोलना चाहिए। बाणों से बिंधा हुआ और फरसे से कटा हुआ वन तो फिर से अंकुरित हो जाता है, किंतु कटुवचन रूपी शस्त्र से किया हुआ भयंकर घाव कभी भी नहीं भरता।

वार्त्तालाप के दौरान क्रूरतापूर्वक बात नहीं करनी चाहिए। वचन रूपी बाण मुँह से निकलते हैं और उनसे बिंध कर मनुष्य रात-दिन शोक मग्न रहता है। इसलिए जो वचन सामने वाले को उद्वेग पहुँचाते हों, उन्हें कदापि नहीं बोलना चाहिए। बाणों से बिंधा हुआ और फरसे से कटा हुआ वन तो फिर से अंकुरित हो जाता है, किंतु कटुवचन रूपी शस्त्र से किया हुआ भयंकर घाव कभी भी नहीं भरता।

हमारे धर्मग्रंथों में शब्दों की महत्ता को निरूपित करते हुए कहा गया है कि शब्द छोटे-छोटे तीरों की भाँति होते हैं। उन्हें न तो नियंत्रित किया जा सकता है और न ही छोड़े जाने के बाद वापस लौटाया जा सकता है। अतः कुछ भी बोलने से पहले कुछ सूत्रों को ध्यान में रखेंगे तो आपका वार्त्तालाप प्रभावी होगा—

- आप जो कहना चाहते हैं, एक बार उस पर मन-ही-मन विचार कर लें।
- अपनी बात के महत्त्व को सही परिपेक्ष्य में समझने की कोशिश करें।
- ध्यान रहे, जो बात जरूरी हो वही करें, व्यर्थ की बातों में समय गँवाना बेवकूफी है।
- आप अपनी बात को किस तरीके से कहते हैं, इस पर भी ध्यान दें।

- आप जो भी कहना चाहते हैं, संक्षेप में कहें।
- वार्त्तालाप करते समय बोलें कम और सुनें ज्यादा।
- प्रभावी व्यक्तित्व की सबसे बड़ी विशेषता यह होती है कि उन्हें बोलने से ज्यादा काम करके दिखा देने में भरोसा रहता है, जो उन्हें औरों से अलग करता है तथा सफलता के समीप पहुँचाने में मददगार साबित होता है।
- यह भी ध्यान रखिए कि आपका वार्त्तालाप सहज व स्वाभाविक हो। जिस बात पर आप सहमत नहीं हैं, उस पर भी धैर्य व विनम्रता से अपना एतराज दर्ज कराना चाहिए।
- सामने वाला जिस भाषा में वार्त्तालाप कर रहा है, आपको भी शिष्टाचारवश उसी भाषा में बात करनी चाहिए।

निकोलस कॉपरनिकस

निकोलस कॉपरनिकस पहला यूरोपियन खगोलशास्त्री था, जिसने पृथ्वी को ब्रह्मांड के केंद्र से बाहर किया यानी हीलियोसेंट्रिज्म मॉडल को लागू किया, वरना इससे पहले पूरा यूरोप अरस्तु के मॉडल पर विश्वास करता था, जिसमें पृथ्वी ब्रह्मांड का केंद्र थी और सूर्य, तारे तथा दूसरे पिंड उसके गिर्द चक्कर लगा रहे थे। कॉपरनिकस ने इसका खंडन किया।

निकोलस कॉपरनिकस पहला यूरोपियन खगोलशास्त्री था, जिसने पृथ्वी को ब्रह्मांड के केंद्र से बाहर किया यानी हीलियोसेंट्रिज्म मॉडल को लागू किया, वरना इससे पहले पूरा यूरोप अरस्तु के मॉडल पर विश्वास करता था, जिसमें पृथ्वी ब्रह्मांड का केंद्र थी और सूर्य, तारे तथा दूसरे पिंड उसके गिर्द चक्कर लगा रहे थे। कॉपरनिकस ने इसका खंडन किया।

सन् 1530 में कॉपरनिकस की किताब प्रकाशित हुई, जिसमें उसने बताया कि पृथ्वी अपने अक्ष पर घूमती हुई एक दिन में चक्कर पूरा करती है और एक साल में सूर्य का चक्कर पूरा करती है। कॉपरनिकस ने तारों की स्थिति ज्ञात

करने के लिए प्रूटेनिक टेबल्स की रचना की, जो अन्य खगोलविदों के बीच काफी लोकप्रिय हुई।

कॉपरनिकस के अंतरिक्ष के बारे में सात नियम, जो उसकी किताब में अंकित हैं, इस प्रकार हैं—

1. सभी खगोलीय पिंड किसी एक निश्चित केंद्र के परितः नहीं हैं।
2. पृथ्वी का केंद्र ब्रह्मांड का केंद्र नहीं है। वह केवल गुरुत्व व चंद्रमा का केंद्र है।
3. सभी गोले (आकाशीय पिंड) सूर्य के परितः चक्कर लगाते हैं। इस प्रकार सूर्य ही ब्रह्मांड का केंद्र है (यह नियम असत्य है)।
4. पृथ्वी की सूर्य से दूरी, पृथ्वी की आकाश की सीमा से दूरी की तुलना में बहुत कम है।
5. आकाश में हम जो भी गतियाँ देखते हैं, वह दरअसल पृथ्वी की गति के कारण होता है (आंशिक रूप से सत्य)।
6. जो भी हम सूर्य की गति देखते हैं, वह दरअसल पृथ्वी की गति होती है।
7. ग्रहों की जो भी गति हमें दिखाई देती है, उसके पीछे भी पृथ्वी की गति ही जिम्मेदार होती है।

विशेष बात यह है कि कॉपरनिकस ने ये निष्कर्ष बिना किसी प्रकाशिक यंत्र के उपयोग के प्राप्त किए। वह घंटों नंगी आँखों से अंतरिक्ष को निहारता रहता था और गणितीय गणनाओं द्वारा सही निष्कर्ष प्राप्त करने की कोशिश करता रहता था। बाद में गैलीलियो ने जब दूरदर्शी का आविष्कार किया तो उसके निष्कर्षों की पुष्टि हुई।

> *खगोलशास्त्री होने के साथ-साथ कॉपरनिकस गणितज्ञ, चिकित्सक, अनुवादक, आर्टिस्ट, न्यायाधीश, गवर्नर, मिलिट्री लीडर और अर्थशास्त्री भी था। उसने मुद्रा के ऊपर रिसर्च करते हुए ग्रेशम के प्रसिब्द्ध नियम को स्थापित किया, जिसके अनुसार खराब मुद्रा अच्छी मुद्रा को चलन से बाहर कर देती है। उसने मुद्रा के संख्यात्मक सिब्द्धांत का फॉर्मूला दिया।*

खगोलशास्त्री होने के साथ-साथ कॉपरनिकस गणितज्ञ, चिकित्सक, अनुवादक, आर्टिस्ट, न्यायाधीश, गवर्नर, मिलिट्री लीडर और अर्थशास्त्री भी था। उसने मुद्रा के ऊपर रिसर्च करते हुए ग्रेशम के प्रसिद्ध नियम को स्थापित किया, जिसके अनुसार खराब मुद्रा अच्छी मुद्रा को चलन से बाहर कर देती है। उसने मुद्रा के संख्यात्मक सिद्धांत का फॉर्मूला दिया। कॉपरनिकस के सुझावों ने पोलैंड की सरकार को मुद्रा के स्थायित्व में काफी सहायता दी। दुनिया कॉपरनिकस के योगदानों को कभी नहीं भुला पाएगी।

"निर्णय लेना और असफल हो जाना, इससे एक बात तो स्पष्ट है कि आप उस भीड़ का हिस्सा नहीं हैं, जो असफल होने के डर से निर्णय ही नहीं ले पाती है।"

□

3

ऐसे बनें स्मार्ट स्टूडेंट

"अगर हारने से डर लगता है, तो जीतने की इच्छा कभी मत रखना।"

विद्यार्थी जीवन सबसे सुंदर और सबसे ज्यादा चुनौती भरा होता है। विद्यार्थियों को हर कदम फूँक-फूँककर रखना और समय का सदुपयोग करना चाहिए। विद्यार्थी जीवन साधना और तपस्या का जीवन है। यह काल एकाग्रचित्त होकर अध्ययन और ज्ञान-चिंतन का है। यह काल सांसारिक भटकाव से स्वयं को दूर रखने का है। विद्यार्थियों के लिए यह जीवन अपने भावी जीवन को ठोस नींव प्रदान करने का सुनहरा अवसर है। यह चरित्र-निर्माण का समय है। यह अपने ज्ञान को सुदृढ़ करने का एक महत्त्वपूर्ण समय है। इस समय जिज्ञासाएँ पनपने लगती हैं। ज्ञान-पिपासा तीव्र हो उठती है। बच्चा विद्यालय में प्रवेश लेकर ज्ञानार्जन के लिए उद्यत हो जाता है। उसके ज्ञान का फलक विस्तृत होता है। पाठ्य-पुस्तकों से उसे लगाव हो जाता है। वह ज्ञान रस का स्वाद लेने लगता है, जो आजीवन उसका पोषण करता रहता है।

विद्या अर्जन की चाह रखनेवाला विद्यार्थी जब विनम्रता को धारण करता है, तब उसकी राहें आसान हो जाती हैं। विनम्र होकर श्रद्धा भाव से वह गुरु के पास जाता है तो गुरु उसे सहर्ष विद्यादान देते हैं। वे उसे नीति ज्ञान एवं सामाजिक ज्ञान देते हैं, गणित की उलझनें सुलझाते हैं और उसके अंदर विज्ञान की समझ विकसित करते हैं। उसे भाषा का ज्ञान दिया जाता है, ताकि वह अपने विचारों को अभिव्यक्त कर सके। इस तरह विद्यार्थी जीवन सफलता

और पूर्णता को प्राप्त करता हुआ प्रगतिगामी बनता है।

विद्यार्थी जीवन मानवीय गुणों को अंगीभूत करने का काल है। विद्या प्राप्ति के निमित्त कुछ कष्ट तो उठाने ही पड़ते हैं, आग में तपे बिना सोना शुद्ध नहीं होता। इसलिए आदर्श विद्यार्थी जीवन में सुख की चाह न रखते हुए केवल विद्या की चाह रखता है। वह धैर्य, साहस, ईमानदारी, लगनशीलता, गुरुभक्ति, स्वाभिमान जैसे गुणों को धारण करता हुआ जीवन-पथ पर बढ़ता ही चला जाता है। वह संयमित जीवन जीता है, ताकि विद्यार्जन में बाधा उत्पन्न न हो। विद्या केवल पुस्तकों में नहीं होती। ज्ञान की बातें केवल गुरुजन के मुखारविंद से नहीं निकलतीं। ज्ञान तो झरने के जल की तरह प्रवहमान रहता है। विद्यार्थी जीवन इस प्रवहमान जल को पीते रहने का काल है। खेल का मैदान हो या वार्त्ता का समय, भ्रमण का अवसर हो अथवा विद्यालय की प्रयोगशाला, ज्ञान सर्वत्र भरा होता है। विद्यार्थी जीवन इन भाँति-भाँति रूपों में बिखरे ज्ञान को समेटने का काल है। स्वास्थ्य संबंधी बातें इसी जीवन में धारण की जाती हैं। व्यायाम और खेल से तन को इसी जीवन में पुष्ट कर लिया जाता है। विद्यार्थी जीवन में पढ़ाई के अलावा कोई ऐसा हुनर सीखा जाता है, जिसका आवश्यकता पड़ने पर उपयोग किया जा सके।

लक्ष्य प्राप्ति के लिए कड़े परिश्रम, लगन व अटूट आत्मविश्वास की जरूरत होती है। विद्यार्थी जीवन में अच्छे-बुरे साथी मिलते हैं। अच्छे मित्रों की संगति में आकर हमेशा अपने लक्ष्य की ओर अग्रसर रहना चाहिए। विद्यार्थी जीवन की बुनियाद अनुशासन पर टिकी होती है, इसलिए हर विद्यार्थी को जीवन में अनुशासन को धारण करना चाहिए। अनुशासन इनसान को जीवन में आगे बढ़ने के लिए प्रेरित करता है और बुराइयों से बचाता है। शुरू में की गई मेहनत जीवन को सफल बना देती है।

गुण-अवगुण, अच्छा-बुरा, पुण्य-पाप, धर्म-अधर्म सब जगह है। विद्यार्थी जीवन में ही इनकी पहचान करनी होती है। चतुर वह है जो सार ग्रहण कर

लेता है और असार एवं सड़े-गले का त्याग कर देता है। सार है विद्या, सार है सद्गुण और असार है, दुर्गुण। विद्यार्थी जीवन में दुर्गुणों से एक निश्चित दूरी बना लेनी चाहिए। अच्छी आदतें अपनानी चाहिए। बुजुर्गों का सम्मान करना सीख लेना चाहिए। मधुर वाणी का महत्त्व समझ लेना चाहिए। अखाद्य तथा नशीली चीजों से परे रहना चाहिए। शारीरिक एवं मानसिक स्वच्छता पर विशेष ध्यान देना चाहिए। पर्यावरण सुधार के कार्यक्रमों में बढ़-चढ़कर भाग लेना चाहिए।

लक्ष्य प्राप्ति के लिए कड़े परिश्रम, लगन व अटूट आत्मविश्वास की जरूरत होती है। विद्यार्थी जीवन में अच्छे-बुरे साथी मिलते हैं। अच्छे मित्रों की संगति में आकर हमेशा अपने लक्ष्य की ओर अग्रसर रहना चाहिए। विद्यार्थी जीवन की बुनियाद अनुशासन पर टिकी होती है, इसलिए हर विद्यार्थी को जीवन में अनुशासन को धारण करना चाहिए। अनुशासन इनसान को जीवन में आगे बढ़ने के लिए प्रेरित करता है और बुराइयों से बचाता है। शुरू में की गई मेहनत जीवन को सफल बना देती है।

विद्यार्थी और तनाव

जीवन स्तर बढ़ने के साथ-साथ आज भौतिक प्रतिस्पर्धा भी अपने चरम पर है, जिसका दुष्प्रभाव तनावयुक्त जीवनशैली के रूप में देखने में आ रहा है। दुःख का विषय है कि आज विद्यार्थियों में लगन व मेहनत से विद्या ग्रहण करने की प्रवृत्ति लुप्त होती जा रहा है। वे जीवन के हर क्षेत्र में शॉर्टकट मार्ग अपनाना चाहते हैं। अभिभावक भी स्वयं बच्चों पर पढ़ाई और कॅरियर का अनावश्यक दबाव बनाते हैं। वे यह समझना ही नहीं चाहते कि प्रत्येक बच्चे की बौद्धिक क्षमता

बाल्यकाल से ही बच्चों को यह शिक्षा दी जानी चाहिए कि असफलता ही सफलता की सबसे बड़ी कुंजी है। यदि बच्चा किसी वजह से असफल होता है तो वह पारिवारिक एवं सामाजिक उलाहनों के भय से तनावग्रस्त न हो।

परीक्षाओं का दबाव, सहपाठियों द्वारा अपमान का भय, अध्यापकगण की लताड़ या व्यंग्य न बरदाश्त करने की क्षमता छात्रों को अकसर तनाव के इस मार्ग की ओर धकेल देती है।

भिन्न होती है, जिसके चलते हर छात्र कक्षा में प्रथम नहीं आ सकता।

बाल्यकाल से ही बच्चों को यह शिक्षा दी जानी चाहिए कि असफलता ही सफलता की सबसे बड़ी कुंजी है। यदि बच्चा किसी वजह से असफल होता है तो वह पारिवारिक एवं सामाजिक उलाहनों के भय से तनावग्रस्त न हो।

परीक्षाओं का दबाव, सहपाठियों द्वारा अपमान का भय, अध्यापकगण की लताड़ या व्यंग्य न बरदाश्त करने की क्षमता छात्रों को अकसर तनाव के इस मार्ग की ओर धकेल देती है। शहरों की भाग-दौड़ भरी जिंदगी में बच्चे वक्त से पहले परिपक्व हो रहे हैं, जिसके फलस्वरूप वे अपने निर्णय स्वयं लेना चाहते हैं और अपने द्वारा लिये गए निर्णयों के अनुसार आशातीत परिणाम प्राप्त न होने पर कई बार गलत निर्णय ले लेते हैं। बच्चे मशीन या रोबोट नहीं हैं। उन्हें बचपन से अच्छे संस्कार दिए जाने चाहिए, ताकि वे अपनी मंजिल खुद चुनें, किंतु आत्मविश्वास न खोएँ। बच्चों को सहनशील, धैर्यवान, निर्भीक, निर्मल, निश्चल बनना है तो स्वत: अपने स्वभाव में परिवर्तन करें।

आज की शिक्षा बच्चों को डॉक्टर, इंजीनियर या अफसर तो बना देती है, परंतु वह अच्छा चरित्रवान इनसान बने, यह उसके संस्कारों पर निर्भर करता है। जिस प्रकार एक पक्षी को ऊँची उड़ान भरने के लिए दो पंखों की आवश्यकता होती है, उसी प्रकार मनुष्य को भी जीवन के उच्च लक्ष्य को प्राप्त करने के लिए दोनों प्रकार की शिक्षा की आवश्यकता होती है। सांसारिक शिक्षा उसे जीविका और नैतिक शिक्षा उसके जीवन को मूल्यवान बनाएगी।

परीक्षा की चुनौती

वर्तमान शिक्षा के बदलते स्वरूप और पाठ्यक्रम के बोझ ने हर उम्र के विद्यार्थियों को समस्याओं के मकड़जाल में उलझा दिया है। छात्र जीवन में लक्ष्य को हासिल करने के लिए वास्तव में तीन बातों पर एकाग्रचित्त होना जरूरी है—एक, सकारात्मक सोच, दूसरा, कड़ी मेहनत की प्रतिबद्धता और अंतिम, पक्के इरादे।

छात्र जीवन भविष्य निर्धारण का काल होता है। अपने सुनहरे भविष्य की धुँधली तसवीर को स्पष्ट चित्र के रूप में प्राप्त करने का लक्ष्य हमें छात्र

जीवन में ही तय करना होता है। व्यसनों से दूर रहना, किताबों में मन लगाना और ऐसे लोगों की संगति करना, जो उच्च विचारों के साथ लड़खड़ाते कदमों को सही दिशा दे सकें, यही छात्र साधना के मुख्य चरण माने जाने चाहिए।

पढ़ाई के साथ-साथ छात्रों को परीक्षा का भय भी सालता रहता है। परीक्षा का समय छात्रों के लिए सबसे अधिक तनाव भरा समय होता है। उठते-बैठते बस परीक्षा का भय ही उन्हें सताता रहता है। इस महत्त्वपूर्ण समय में बच्चों का दृष्टिकोण सकारात्मक होना चाहिए। परीक्षा का भय दूर करने के लिए सबसे पहले अपने अंदर आत्मविश्वास जगाना जरूरी है। आत्मविश्वास वह मनोवैज्ञानिक अस्त्र है, जो हर प्रकार की चिंता और घबराहट को मिनटों में दूर कर सकता है। परीक्षा के समय पूरे आत्मविश्वास के साथ परीक्षा कक्ष में जाएँ। प्रश्नों के उत्तर लिखने की सकारात्मक सोच आत्मविश्वास रूपी वस्त्र पहनकर ही सुंदर दृश्य प्रस्तुत कर सकती है। आत्मविश्वास को स्थायी रूप प्रदान करने के लिए प्रश्नों के उत्तर कंठस्थ कर उन्हें बार-बार लिखने की आदत डालना ही उचित तरीका हो सकता है। बार-बार लिखने से हाथ और पेन भी उस दिशा में बढ़ चलते हैं, जिसकी विद्यार्थी को नितांत जरूरत होती है।

छात्र जीवन भविष्य निर्धारण का काल होता है। अपने सुनहरे भविष्य की धुँधली तसवीर को स्पष्ट चित्र के रूप में प्राप्त करने का लक्ष्य हमें छात्र जीवन में ही तय करना होता है। व्यसनों से दूर रहना, किताबों में मन लगाना और ऐसे लोगों की संगति करना, जो उच्च विचारों के साथ लड़खड़ाते कदमों को सही दिशा दे सकें, यही छात्र साधना के मुख्य चरण माने जाने चाहिए।

परीक्षा को चुनौती के रूप में लेते हुए सबसे पहले समय-सारणी का निर्धारण करें। कठिन लगने वाले विषयों के लिए अधिक समय निर्धारित करें, जबकि आसान विषयों के समय को कम करते हुए कुछ मनोरंजन का भी समय बना लें। यह भी निश्चित करना जरूरी है कि प्रतिदिन क्या, कब और कैसे पढ़ाई करनी चाहिए। पढ़ाई करते समय कभी भी ढुलमुल स्थिति में न

बैठें। सीधे एवं चुस्त स्थिति में बैठकर पढ़ना अधिक लाभकारी हो सकता है।

परीक्षा का भय समाप्त करने और अच्छे अंक प्राप्त करने के लिए विद्यार्थियों को कुछ महत्त्वपूर्ण बातें अपने दिमाग में बैठा लेनी चाहिए—

- परीक्षा के समय, समय-प्रबंधन पर ध्यान देना महत्त्वपूर्ण हो सकता है। अपनी दिनचर्या को परीक्षा के विभिन्न विषयों के अनुसार बाँटकर पढ़ाई करना वैज्ञानिक तरीका माना जाना चाहिए।
- हिंदी, अंग्रेजी तथा संस्कृत जैसे विषयों में वर्तनी की शुद्धता को बनाए रखने के लिए बार-बार लिखना उचित हो सकता है।
- परीक्षा के समय प्रश्न-पत्र हाथ में आने के बाद सबसे पहले उन प्रश्नों के उत्तर लिखना शुरू करें, जिन पर आप अधिक आत्मविश्वासपूर्वक उत्तर लिख सकते हैं।
- किसी भी प्रकार की परीक्षा अथवा प्रश्न-पत्र को बोझ की तरह न लें और सामान्य रूप से शांत वातावरण में अध्ययन करें।
- वर्ष की शुरुआत से ही पढ़ने की आदत डालें, ताकि परीक्षा के समय पूरे पाठ्यक्रम को पढ़ने के भार से बचा जा सके और लगातार पढ़ते रहने का लाभ भी मिलता रहे।
- गणित, भौतिक शास्त्र और एकाउंट जैसे विषय की तैयारी ग्रुप स्टडी के रूप में की जानी चाहिए, ताकि एक-दूसरे की शंका का समाधान आसानी से हो सके।
- किसी भी विषय के प्रश्नोत्तरों को रटने की बजाय उन्हें बार-बार पढ़ें और अपने शब्दों में लिख-लिखकर कुछ बिंदु तैयार कर परीक्षा की तैयारी करें।

जीवन और विपदाएँ

जीवन में प्रत्यक्ष या अप्रत्यक्ष रूप से विपदाओं का सामना तो हर हाल में करना ही पड़ेगा। जीवन में आनेवाली कठिन परिस्थितियों का सामना करने के दो तरीके हो सकते हैं। या तो उनसे हम दूर भाग जाएँ या उन पर विजय प्राप्त करने की कोशिश करें। जीवन से डरकर भागने वाले के लिए

इस सृष्टि में कहीं भी स्थान नहीं है। हमें एक चुनौती पूरी होने पर दूसरी का सामना करने के लिए तैयार होना पड़ेगा। हमारे जीवन की असली जीत तो यह है कि अधिक-से-अधिक परेशानी में भी हम अपने मानसिक संतुलन को न खोएँ। हमारा जीवन समुद्र में उतरे उस जहाज की तरह है, जिसे हर पल समुद्र की उग्र धाराओं, प्रतिकूल हवाओं तथा व्हेल-शार्क का सामना करना पड़ता है। बंदरगाह में खड़े जहाज के सामने इस प्रकार की कोई चुनौती नहीं रहती है। अगर जहाज तैयार हुआ है तो उसका धर्म है कि समुद्र में उतरकर वह चुनौतियों का सामना करे। इसी प्रकार से मनुष्य का जीवन चुनौतियों को स्वीकार करने के लिए ही बना है।

जब जीवन में बाधाएँ आ खड़ी हों, तब हमें आंतरिक शक्तियों को जाग्रत् करके नई प्रकार की ऊर्जा का अनुभव करना चाहिए। यह नहीं भूलना चाहिए कि मनुष्य का जीवन संघर्षों का सामना करने के साथ ही प्रेम और सहयोग करने के लिए बना है। जीवन का वास्तविक ध्येय खुद को उबारने के साथ ही दूसरे की मदद का भी होना चाहिए। यह नहीं भूलना चाहिए कि अकेला मनुष्य कुछ नहीं सकता है। किसी भी मनुष्य की पहचान दूसरे मनुष्य से ही है।

जब जीवन में बाधाएँ आ खड़ी हों, तब हमें आंतरिक शक्तियों को जाग्रत् करके नई प्रकार की ऊर्जा का अनुभव करना चाहिए। यह नहीं भूलना चाहिए कि मनुष्य का जीवन संघर्षों का सामना करने के साथ ही प्रेम और सहयोग करने के लिए बना है। जीवन का वास्तविक ध्येय खुद को उबारने के साथ ही दूसरे की मदद का भी होना चाहिए। यह नहीं भूलना चाहिए कि अकेला मनुष्य कुछ नहीं सकता है। किसी भी मनुष्य की पहचान दूसरे मनुष्य से ही है। इसका अभिप्राय यह भी नहीं है कि हम खुद दूसरों पर आश्रित हो जाएँ। देखा यह जाता है कि अकसर हम दूसरों से काफी अपेक्षाएँ पाल लेते हैं और इन अपेक्षाओं के पूरा न होने पर हमें दुःख का अनुभव होता है।

दरअसल, जीवन में हमें कृतज्ञता का भाव विकसित करना चाहिए। हमें संसार के समस्त प्राणियों के प्रति ऋणी होना चाहिए, जिन्होंने किसी-न-किसी रूप में हमारे विकास और पोषण में अपनी भूमिका का निर्वाह किया है। यह नहीं भूलना चाहिए कि ऐसी कोई समस्या नहीं है, जिसका समाधान न हो। हर रात के बाद सुबह होती है।

लक्ष्य तय कर मेहनत करें, मंजिल स्वतः ही मिल जाएगी। असफलता से निराश होने की बजाय चुनौती समझ कर सामना करें। अमेरिका के पूर्व राष्ट्रपति अब्राहम लिंकन को लगातार 28 साल असफलता का सामना करना पड़ा, लेकिन वे हिम्मत नहीं हारे और संघर्ष के बूते राष्ट्रपति बनने में कामयाब हो गए।

हम दुःखी क्यों रहते हैं? क्योंकि सकारात्मक के स्थान पर नकारात्मक विचार हम पर हावी रहते हैं। हम जब भी सोचते हैं, उलटा ही सोचते हैं। इन विचारों को लेकर कोई भी मनुष्य कभी भी सुखी जीवन नहीं जी सकता। जीवन योगी जैसा होना चाहिए, अपने में मस्त। कर्म को महत्त्व देने वाला। जीवन में कर्म और धर्म के साथ अध्यात्म का महत्त्व भी होना चाहिए। मनुष्य की भौतिक उन्नति के साथ ही आध्यात्मिक उन्नति भी जरूरी है। आध्यात्मिक रूप से विकसित चेतन व्यक्ति का जीवन अलग ही होता है। जीवन की साधारण घटनाओं से वह दुःखी नहीं होता है। उसे संपूर्ण विश्व अपना सा लगता है। उसमें रहनेवाले हर एक को वह अपना मानता है। वह भूल जाता है कि वह तन्हा आया है और तन्हा ही उसे जाना है।

संघर्ष है सफलता की सीढ़ी

लक्ष्य तय कर मेहनत करें, मंजिल स्वतः ही मिल जाएगी। असफलता से निराश होने की बजाय चुनौती समझ कर सामना करें। अमेरिका के पूर्व राष्ट्रपति अब्राहम लिंकन को लगातार 28 साल असफलता का सामना करना पड़ा, लेकिन वे हिम्मत नहीं हारे और संघर्ष के बूते राष्ट्रपति बनने में कामयाब हो गए। गरीब तबके से ताल्लुक रखनेवाले नरेंद्र मोदी चाय की दुकान चलाते

हुए देश के प्रधानमंत्री पद तक पहुँचे। उन्हें आदर्श मानकर छात्र सफलता का मुकाम हासिल करें।

आधारशिला यदि दृढ़ है तो उस पर बना हुआ भवन भी टिकाऊ और स्थायी होता है। इसी प्रकार, यदि विद्यार्थी जीवन परिश्रम, अनुशासन, संयम और नियमन में व्यतीत हुआ है तो निश्चय ही उसका भावी जीवन सुखद, सुंदर और परिवार, समाज तथा देश के लिए कल्याणकारी सिद्ध होगा। समय पर शयन, समय पर उठना, समय पर अध्ययन करना, समय पर व्यायाम करना, समय पर भोजन करना, विद्वानों की संगति में बैठना, दूषित विचारों और कुसंगति से दूर रहना आदि ही स्मार्ट विद्यार्थी के लक्षण हैं।

दरअसल, छात्र जीवन आगामी जीवन में आनेवाली कठिनाइयों का मुकाबला करने का प्रशिक्षण काल है। शायद इसी पृष्ठभूमि में अब्राहम लिंकन ने अपने पुत्र के शिक्षक को संबोधित एक पत्र में लिखा था, "हारना सीखकर ही वास्तविक रूप से जीत का आनंद उठाना संभव है।"

भविष्य की उलझनों को सुलझाने का तरीका सीखने का काल है। हमारे शास्त्र विद्यार्थी में पाँच गुणों का होना जरूरी मानते हैं—काक चेष्टा, बको ध्यानम्, श्वान निद्रा तथैव च, अल्पाहारी, गृहत्यागी विद्यार्थिनां पंच लक्षणम्। विद्यार्थी का वैयक्तिक, सामाजिक और नैतिक आचरण किसी समाज या राष्ट्र के जीवन में अत्यंत महत्त्वपूर्ण भूमिका निभाता है। विद्यार्थी का सदाचारी और संयमी होना, आज्ञाकारी होना, उसमें शील और नम्रता होना, अक्रोधी होना, परिस्थिति के अनुकूल अपने आपको ढालना, उसे गुरुजन, वरिष्ठजन और समाज का प्रिय बनाता है।

आचरण का प्रभाव

चाहे हमारी मंशा किसी को नुकसान पहुँचाने की हो या न हो, हम क्रोध या लालच या स्वार्थ के वशीभूत होकर आचरण न करें। नैतिकता का पहला आधार यह है कि हम विनाशकारी व्यवहार करने से बचें। जब हम नैतिकता की बात करते हैं तो हमारा आशय अनुशासित होने से होता है और अनुशासित होने का मतलब है कि अपने जीवन पर हमारा नियंत्रण हो और

> *जब हम नैतिकता की बात करते हैं तो हमारा आशय अनुशासित होने से होता है और अनुशासित होने का मतलब है कि अपने जीवन पर हमारा नियंत्रण हो और हम आलस्य या अन्य प्रकार की ऐसी चित्त अशांत करनेवाली दशाओं के प्रभाव में न आएँ, जो हमें अपने जीवन के लक्ष्यों को हासिल करने से रोकती हैं।*

हम आलस्य या अन्य प्रकार की ऐसी चित्त अशांत करनेवाली दशाओं के प्रभाव में न आएँ, जो हमें अपने जीवन के लक्ष्यों को हासिल करने से रोकती हैं।

इस प्रकार, अच्छा नैतिक आचरण दरअसल रचनात्मक कार्यों में संलग्न होना है। कड़ी मेहनत करके अध्ययन करते हुए अच्छी शिक्षा हासिल करना इसका एक उदाहरण है। इसके लिए कड़े अनुशासन की आवश्यकता होती है। अध्ययन करने, ज्ञानार्जन करने के लिए आत्मानुशासन, लेकिन यदि हम अपने जीवन में कुछ सकारात्मक हासिल करना चाहते हैं, तो उसके लिए हमें योग्यताएँ हासिल करनी चाहिए। हमें अभ्यास करना चाहिए और इसके लिए अनुशासन की आवश्यकता होती है।

स्मार्ट स्टूडेंट बनने के तरीके

- हमें बचपन से ही अनुशासन में रहना सिखाया जाता है, वह चाहे घर में हो या स्कूल में। जो विद्यार्थी सही मायने में अनुशासन का पालन करते हैं, वे सच्चे स्मार्ट विद्यार्थी हैं।
- सकारात्मक सोच का होना हर व्यक्ति के लिए मायने रखता है और जब एक स्मार्ट विद्यार्थी की बात हो रही हो तो सकारात्मक सोच का होना ऐसे विद्यार्थी के लिए आवश्यक हो जाता है। सकारात्मक सोचना और सकारात्मक रहना हमें कई प्रकार के तनावों और मुसीबतों से दूर रखता है।
- अपनी पढ़ाई के प्रति स्मार्ट विद्यार्थी के रूप में आपको हमेशा सचेत रहना होगा। पढ़ाई के अलावा आपके लिए कोई भी काम ज्यादा जरूरी नहीं होता। वह पढ़ाई ही है, जो भविष्य में आपको एक

सफल इनसान बना सकती है।

- हमेशा कुछ अच्छा सीखते रहें और कुछ नया करते रहें। कुछ अच्छा और नया सीखते रहने से आपकी स्मार्टनेस बढ़ जाती है। इसके लिए आप अच्छी किताबें पढ़ सकते हैं। नई भाषा सीख सकते हैं। आप वह सब सीख सकते हैं, जो आपको एक स्मार्ट छात्र बना सके।

- एक अच्छे इनसान बनें और लोगों की हमेशा मदद करें। कहते हैं कि जो हम देते हैं, वह हमें वापस भी मिलता है। जब आप आज किसी की मदद करेंगे तो हो सकता है, कल वह आपकी भी सहायता करे। अत: स्मार्ट छात्र एक अच्छा मददगार व्यक्ति भी होता है। आपका मददगार स्वभाव आपको एक सफल व्यक्ति भी बना सकता है।

हमेशा कुछ अच्छा सीखते रहें और कुछ नया करते रहें। कुछ अच्छा और नया सीखते रहने से आपकी स्मार्टनेस बढ़ जाती है। इसके लिए आप अच्छी किताबें पढ़ सकते हैं। नई भाषा सीख सकते हैं। आप वह सब सीख सकते हैं, जो आपको एक स्मार्ट छात्र बना सके।

- किसी की बुराई न करें। बुराई करनेवाला इनसान सभी की नजरों में गिर जाता है। स्मार्ट लोग कभी किसी की बुराई नहीं करते, बल्कि वे लोगों में अच्छाई खोजते हैं।
- कभी भी किसी को चोट न पहुँचाएँ। स्मार्ट लोग हमेशा खुशी देते हैं, न कि किसी का दिल दुखाते हैं। लोगों को चोट पहुँचाने वाला न तो स्मार्ट बन पाता है और न ही सही रूप में सफल हो पाता है।
- सवाल पूछने की आदत अच्छी होती है। जरूरी नहीं है कि हर चीज पर सवाल पूछा जाए। जो चीज आपको अपने लिए महत्त्वपूर्ण लगे तो उसका जवाब जरूर ढूँढ़िए।
- 'मैं' के स्थान पर 'आप' या 'तुम' को अधिक महत्त्व दें। ऐसा करने से सामने वाला व्यक्ति आपके व्यवहार से प्रभावित होगा और

आपकी इज्जत भी करेगा।

- जरूरतमंद की सहायता करें। केवल अपना फायदा देखेंगे तो आप दूरगामी लक्ष्य कदापि हासिल नहीं कर पाएँगे।
- स्मार्ट विद्यार्थी बनने के लिए जरूरी है कि आपका अपनी पढ़ाई के लिए एक बड़ा लक्ष्य हो। आज अधिकतर विद्यार्थी स्कूल तो जाते हैं, पर अपनी पढ़ाई का कोई लक्ष्य तय नहीं करते और इस तरह से कब परीक्षाएँ उनके सिर पर आ जाती हैं, पता ही नहीं चलता। फिर परीक्षाओं के समय ऐसी पढ़ाई करने में जुट जाते हैं मानो मैराथन दौड़ में हों।
- जिस विद्यार्थी को अपनी पढ़ाई का उद्देश्य समझ में आ जाता है, वह अपनी पढ़ाई में हमेशा अव्वल रहता है। इसलिए अपनी पढ़ाई के लिए एक बड़ा लक्ष्य बनाएँ और स्मार्ट विद्यार्थी बनें।

चपरासी से मैनेजिंग डायरेक्टर

घटना स्कॉटलैंड की है। एक निर्धन बालक ने जन्म लिया। उसका पिता एक छोटा सा खोमचा लेकर फेरी लगाया करता था और माँ घर पर केक बनाकर सड़क के नुक्कड़ पर बैठकर बेचा करती थी। उसने देखा कि इस गरीबी के वातावरण में यहाँ रहकर विकास नहीं हो सकता। इस वातावरण से वह ऊब गया और घर वालों से बिना कहे अमेरिका चला गया। वहाँ उसे एक इस्पात कंपनी में चपरासी का पद मिल गया। काम बहुत थोड़ा था, जब घंटी बजती, तब मैनेजिंग डायरेक्टर के सामने हाजिर हो जाता और काम पूरा करके कार्यालय के बाहर रखे एक स्टूल पर बैठ जाता। उसे

स्मार्ट विद्यार्थी बनने के लिए जरूरी है कि आपका अपनी पढ़ाई के लिए एक बड़ा लक्ष्य हो। आज अधिकतर विद्यार्थी स्कूल तो जाते हैं, पर अपनी पढ़ाई का कोई लक्ष्य तय नहीं करते और इस तरह से कब परीक्षाएँ उनके सिर पर आ जाती हैं, पता ही नहीं चलता। फिर परीक्षाओं के समय ऐसी पढ़ाई करने में जुट जाते हैं मानो मैराथन दौड़ में हों।

बेकार समय गुजारते अच्छा न लगता। अत: मैनेजिंग डायरेक्टर की अलमारी से कोई पुस्तक निकाल लाता और खाली समय में बैठे-बैठे पढ़ता रहता।

एक दिन किसी बात पर डायरेक्टरों में विवाद होने लगा। वे किसी निर्णय पर पहुँचने की स्थिति में न थे। वह चपरासी सारी चर्चा सुन रहा था। वह अपने स्थान से उठा और अलमारी से एक पुस्तक निकालकर उस पृष्ठ को खोलकर उनकी मेज पर रख दिया, जिसमें उनके प्रश्न का उत्तर था। एक स्वर से उसकी विद्वत्ता को सराहा गया। उसे मैनेजिंग डायरेक्टर बना दिया गया।

उस चपरासी ने उद्‍देश्यपूर्ण और योजनाबद्ध ढंग से स्वाध्याय करके यह दिखा दिया कि थोड़े समय में ही एक चपरासी भी मैनेजिंग डायरेक्टर की योग्यता को प्राप्त कर सकता है। प्रगति के क्षेत्र में वह यहीं तक नहीं रुका रहा, वरन् अपने परिश्रम, लगन और निरंतर स्वाध्याय से करोड़पति बना, जिसका नाम एंड्रयू कार्नेगी था।

"अपने सपनों को जिंदा रखिए। अगर आपके सपनों की चिनगारी बुझ गई है, तो इसका मतलब यह है कि आपने जीते जी आत्महत्या कर ली है।"

□

4

स्मार्ट पढ़ाई के सरल तरीके

"दुनिया में असंभव कुछ भी नहीं है। हम वह सब कर सकते हैं, जो हम सोच सकते हैं और हम वह सब सोच सकते हैं, जो आज तक हमने नहीं सोचा है।"

ज्ञानार्जन की प्रक्रिया अंतहीन, चिरंतन और सतत परिवर्तनशील है। ज्ञान की पूर्णता संदेहों को विराम देती, तर्कों को समापन की ओर ले जाती है। ज्ञान की संपूर्णता सदैव एक लक्ष्य होती है। जैसे ही किसी एक रहस्य से परदा हटता है, दूसरा आवरण चुनौती बनकर उपस्थित हो जाता है। यह सिलसिला निरंतर बना रहता है। व्यवहार में कहा जाता है कि जहाँ ज्ञान है, वहाँ शंकाओं के लिए कोई स्थान नहीं है, पर हकीकत है कि जहाँ शंकाएँ हैं, वहीं ज्ञान की खुली आमद है। भले किसी को यह विचित्र लगे, पर सच यही है कि हमारी शंकाएँ हमारे ज्ञान के सफर को आगे बढ़ाती हैं। निरंतर बढ़ते रहने की प्रेरणा देती हैं। पीटर अबेलार्ड के शब्दों में, "संदेह हमें जाँच-पड़ताल को प्रेरित करता है और जाँच-पड़ताल हमें सत्य का रास्ता दिखा देती है।"

ज्ञान इतना बहुआयामी होता है कि मनुष्य किसी वस्तु या विचार के एक समय में एक पक्ष को लेकर ही बात कर पाता है। किसी वस्तु या विचार को लेकर हमारी शंकाएँ दरशाती हैं कि हमारे भीतर उस वस्तु को जानने की अभिलाषा जन्म ले चुकी है। जब हम सवाल करते हैं कि पृथ्वी सूर्य की परिक्रमा क्यों करती है तो निश्चित रूप से हमें इसके पूर्व प्रश्न कि पृथ्वी सूर्य की परिक्रमा करती है, का बोध होता है। पृथ्वी सूरज की परिक्रमा क्यों करती

है? उसकी गति और कारण क्या है? उसके लिए ऊर्जा कहाँ से प्राप्त होती है? दूसरे ग्रहों, उपग्रहों की गति से उसका क्या संबंध है? ऐसे प्रश्नों की अंतहीन श्रृंखला किसी एक प्रश्न के साथ ही आरंभ हो जाती है। जरूरी नहीं कि सभी प्रश्न किसी एक व्यक्ति के दिमाग में एक ही बार में आ जाएँ, परंतु आपसी चर्चा के दौरान, बहस के दौरान, चिंतन-मनन अथवा इतिहास के भिन्न-भिन्न दौर में, ये प्रश्न जनमते ही रहते हैं।

हम कह सकते हैं कि प्रश्न बीजमंत्र होते हैं। एक छिटका तो उसके बाद प्रश्नों की झड़ी लग जाती है। हमारे अबूझे प्रश्न हमें बताते हैं कि जानना एक सीमित पड़ाव भर है। ज्ञानार्जन की कोशिश में लगे उपकरणों की भी सीमा है। इसके बावजूद ज्ञान के किसी एक चरण में ही हम उसके बारे में प्रश्नों की सुदीर्घ श्रृंखला से जुड़ जाते हैं। ज्ञानार्जन की अनवरत चलने वाली प्रक्रिया में कुछ के उत्तर हमें मिलते हैं, कुछ के नहीं भी मिलते। इसी प्रकार प्रथम और द्वितीयक चरणों में ज्ञान आगे बढ़ता है। यह परंपरा इतनी लंबी और सुदीर्घ होती है कि हमारे ज्ञान का स्तर हमेशा प्रथम पायदान पर होता है। जिज्ञासु के रूप में हम स्वयं को सदैव एक नए लक्ष्य के सामने पाते हैं, जो हमेशा लक्ष्य बना रहता है।

ज्ञानार्जन की कोशिश में लगे उपकरणों की भी सीमा है। इसके बावजूद ज्ञान के किसी एक चरण में ही हम उसके बारे में प्रश्नों की सुदीर्घ श्रृंखला से जुड़ जाते हैं। ज्ञानार्जन की अनवरत चलने वाली प्रक्रिया में कुछ के उत्तर हमें मिलते हैं, कुछ के नहीं भी मिलते। इसी प्रकार प्रथम और द्वितीयक चरणों में ज्ञान आगे बढ़ता है। यह परंपरा इतनी लंबी और सुदीर्घ होती है कि हमारे ज्ञान का स्तर हमेशा प्रथम पायदान पर होता है। जिज्ञासु के रूप में हम स्वयं को सदैव एक नए लक्ष्य के सामने पाते हैं, जो हमेशा लक्ष्य बना रहता है।

ज्ञानार्जन की प्रक्रिया

बचपन से ही बालक को उसके आस-पास मौजूद विभिन्न वस्तुओं

तथा उनके रूपाकारों के बारे में बताया जाता है। ये रूपाकार अलग-अलग छवियों के रूप में हमारे मस्तिष्क में मौजूद रहते हैं। ज्ञानार्जन की प्रक्रिया के दौरान व्यक्ति वस्तु अथवा विचार विशेष तथा मस्तिष्क में मौजूद प्रत्ययों की तुलना द्वारा जान लेता है कि प्रेक्षित वस्तु क्या है? आवश्यक नहीं कि प्रत्येक व्यक्ति के मानस में सभी प्रत्यय मौजूद हों। उस अवस्था में व्यक्ति दूसरे के अनुभवों और छवियों से काम चला लेता है। इस तरह ज्ञान सामूहिक प्रक्रिया भी है।

ज्ञान अनंत है। समाज की अन्य गतिविधियों की भाँति ज्ञान की यात्रा तथा उसका मूल्यांकन, दोनों समय सापेक्ष होते हैं। ज्ञान का स्तर मनुष्य तथा उसके समाज के विवेकीकरण की अवस्था को दरशाता है। ज्ञान की खूबी है कि उसका अस्तित्व होता है, आकार नहीं होता। ज्ञान को रूपाकार देने का काम ज्ञानीजन करते आए हैं। चूँकि बड़े-से-बड़े ज्ञानीजन की सीमा होती है। व्यक्ति विराट् ज्ञान-संपदा के किसी एक अंश को ही सहेज पाता है। उसी के आधार पर वह सामाजिक घटनाओं और व्यक्तित्वों का मूल्यांकन करता है। यह एक कौड़ी द्वारा धरती को मापने जैसा सत्साहस है।

पृथ्वी के अलग-अलग प्रांतों में भटकते हुए मनुष्य को भिन्न-भिन्न अनुभव हुए। उसके फलस्वरूप अलग-अलग भाषाएँ बनीं। सभ्यताओं के संपर्क के आधार पर भाषाई परिवर्तन-संवर्धन के दौर भी चलते रहे। कह सकते हैं कि ज्ञान प्रकृति के साहचर्य द्वारा अर्जित बौद्धिक-आनुभविक संपदा है। प्रकृति द्वारा केवल मनुष्य को स्मृति का वरदान प्राप्त है। इसके माध्यम से वह अपने अनुभवों, ज्ञान आदि को आनेवाली पीढ़ियों को सौंपता आया है। आज के मनुष्य के प्रबोधीकरण में उसकी सैकड़ों पीढ़ियों का योगदान है। जिसे हम ज्ञान कहते हैं, उसकी कसौटियाँ मनुष्य ने ही तैयार की हैं। इन कसौटियों में समय-समय पर संशोधन भी होता रहा है।

ज्ञान अनंत है। समाज की अन्य गतिविधियों की भाँति ज्ञान की यात्रा तथा उसका मूल्यांकन, दोनों समय सापेक्ष होते हैं। ज्ञान का स्तर मनुष्य तथा उसके

समाज के विवेकीकरण की अवस्था को दरशाता है। ज्ञान की खूबी है कि उसका अस्तित्व होता है, आकार नहीं होता। ज्ञान को रूपाकार देने का काम ज्ञानीजन करते आए हैं। चूँकि बड़े-से-बड़े ज्ञानीजन की सीमा होती है। व्यक्ति विराट् ज्ञान-संपदा के किसी एक अंश को ही सहेज पाता है। उसी के आधार पर वह सामाजिक घटनाओं और व्यक्तित्वों का मूल्यांकन करता है। यह एक कौड़ी द्वारा धरती को मापने जैसा सत्साहस है। ज्ञान को नियंत्रित करने, उसे अपने अनुकूल ढालने, उससे मनचाहा काम लेने की कोशिश आदिकाल से होती रही है। इतिहास पूर्वग्रहरहित नहीं होता, इसलिए समाजचेता विद्वान् ऐतिहासिक तथ्यों को अधूरा, एकांगी और मनगढ़ंत मानते हैं।

पढ़ाई में बेहतर परिणाम

रात-रात भर जागकर पढ़ना या कोर्स को रटना परीक्षा में अच्छे स्कोर की गारंटी नहीं है। परीक्षाओं में बेहतर प्रदर्शन सिर्फ इस बात पर निर्भर नहीं करता कि आपने कितनी पढ़ाई की है, बल्कि इससे ज्यादा महत्त्वपूर्ण है कि आपका पढ़ने का तरीका क्या है? हो सकता है, कई घंटों तक लगातार पढ़कर भी आप उतना बेहतर परिणाम प्राप्त न कर पाएँ, जितना आपके दोस्त ने कम, लेकिन सुनियोजित पढ़ाई से हासिल किया हो।

असल में, रात-रात भर जागकर पढ़ना या कोर्स को रटना परीक्षा में अच्छे स्कोर की गारंटी नहीं है। यह निर्भर करता है पढ़ाई के लिए इस्तेमाल की जानेवाली स्मार्ट आदतों पर। वास्तविकता में योजनाबद्ध और फोकस्ड तरीके से की गई पढ़ाई आपके परिणाम को बेहतर बनाते हुए आपकी समझ को भी विस्तृत बनाती है।

आज के प्रतियोगी युग में पढ़ाई करना और अच्छे नंबरों से पास होना किसी युद्ध जीत लेने से कम नहीं रह गया है और इस युद्ध को जीतने के लिए पहले से रणनीति बनाने और उसके अनुरूप तैयारी करने की आवश्यकता है। आमतौर पर सही मार्गदर्शन के अभाव में विद्यार्थी ठीक ढंग से तैयारी नहीं कर पाते और परीक्षा का समय नजदीक आते ही उनमें चिंता और घबराहट बढ़ने लगती है।

काम को टालने की आदत छोड़ें : सफल होना है तो आपको कार्यों को टालने की आदत का त्याग करना होगा। जो कार्य जरूरी है, उसे सही समय पर करें। काल करे सो आज कर, आज करे सो अब, अर्थात् हमें कल के काम को आज और आज के काम को अभी कर लेना चाहिए।

अध्ययन का उपयुक्त स्थान : पढ़ाई करने के लिए एक उपयुक्त एवं शांत जगह का चुनाव करना बहुत जरूरी है। पढ़ाई का स्थान ऐसा होना चाहिए, जहाँ पर पूरी एकाग्रता और शांत मन से बैठकर पढ़ा जा सके। यदि घर छोटा हो या घर में ऐसा कोई उपयुक्त स्थान न हो तो घर के बाहर किसी शांत जगह, किसी दोस्त के घर या किसी पुस्तकालय में जाकर पढ़ना ज्यादा अच्छा होगा।

अध्ययन का उपयुक्त स्थान : पढ़ाई करने के लिए एक उपयुक्त एवं शांत जगह का चुनाव करना बहुत जरूरी है। पढ़ाई का स्थान ऐसा होना चाहिए, जहाँ पर पूरी एकाग्रता और शांत मन से बैठकर पढ़ा जा सके। यदि घर छोटा हो या घर में ऐसा कोई उपयुक्त स्थान न हो तो घर के बाहर किसी शांत जगह, किसी दोस्त के घर या किसी पुस्तकालय में जाकर पढ़ना ज्यादा अच्छा होगा।

पढ़ाई के लिए समय-सारणी : सफल होने के लिए आवश्यक है कि पढ़ाई के लिए निर्धारित की गई समय-सारणी का पालन करें। उस समय-सारणी में हर विषय के लिए एक निश्चित समय आवंटित करें। एक सही समय-सारणी बनाने पर ही आप हर विषय पर सही ध्यान दे पाएँगे। केवल समय-सारणी बना लेना ही पर्याप्त नहीं है, उसका सख्ती से पालन करना भी जरूरी है।

खेल-कूद एवं मनोरंजन : विद्यार्थी के सर्वांगिक विकास के लिए पढ़ाई के साथ-साथ खेल-कूद और मनोरंजन भी जरूरी है। खेल-कूद से शारीरिक व मानसिक विकास होता है और मनोरंजन से मन हलका होता है।

बड़े काम के छोटे भाग : काम बड़ा हो तो उसे छोटे भागों में बाँट लें, इससे वह काम आसान हो जाता है। इसी प्रकार पढ़ाई में भी बड़े पाठों को

छोटे भागों में बाँट कर आसान बनाया जा सकता है। इससे पढ़ना आसान और रुचिकर हो जाता है।

अपने ऊर्जा स्तर को जानें : दिन में अलग-अलग समय पर हर व्यक्ति की शारीरिक और मानसिक ऊर्जा का स्तर अलग हो सकता है। उदाहरण के तौर पर, कुछ लोग सुबह के समय ज्यादा ताजगी और उत्साह महसूस करते हैं तो कुछ लोग शाम को या फिर रात के समय। कुछ लोगों को सुबह उठकर पढ़ा हुआ अच्छे से याद रहता है तो कुछ को देर रात को पढ़ा हुआ। तो, जिस समय आप अपने को ज्यादा ताजा और ऊर्जावान महसूस करते हैं, वह समय आपकी पढ़ाई के लिए अनुकूल है।

पढ़ाई के बीच विश्राम : पढ़ाई करते समय आपका दिमाग थक जाता है। जब भी आप थकान महसूस करें तो एक अल्प विश्राम जरूर लें। आम तौर पर पढ़ाई करते समय घंटे भर बाद थोड़ा आराम कर लेना चाहिए।

मुख्य बिंदुओं को हाइलाइट करें : जब भी आप पढ़ाई करने बैठें, तो अपने साथ एक हाइलाइटर पेन हमेशा रखें। अगर आपको कोई खास बात दिखाई देती है तो तुरंत उसे हाइलाइट कर लीजिए। इस तरह दोहराव करते समय आपको काफी मदद मिलेगी।

लक्ष्य निर्धारित करें : लक्ष्य बनाएँ कि आप कौन सा पाठ या पुस्तक कितने दिनों में पूरा करना चाहते हैं, किस विषय पर विशेष ध्यान देने की जरूरत है अथवा अपने मनपसंद कॉलेज में जाने के लिए कितने प्रतिशत अंकों की जरूरत होगी? इस प्रकार अपनी पढ़ाई के लक्ष्यों तो तय करना बहुत जरूरी है। अगर आप हर हफ्ते, महीने का लक्ष्य निर्धारित करते हुए पढ़ाई करेंगे तो साल के अंत में बिना घबराहट के सही ढंग से परीक्षा की तैयारी कर पाएँगे।

लक्ष्य निर्धारित करें : लक्ष्य बनाएँ कि आप कौन सा पाठ या पुस्तक कितने दिनों में पूरा करना चाहते हैं, किस विषय पर विशेष ध्यान देने की जरूरत है अथवा अपने मनपसंद कॉलेज में जाने के लिए कितने प्रतिशत अंकों की जरूरत होगी? इस प्रकार अपनी पढ़ाई के लक्ष्यों तो तय करना बहुत जरूरी

है। अगर आप हर हफ्ते, महीने का लक्ष्य निर्धारित करते हुए पढ़ाई करेंगे तो साल के अंत में बिना घबराहट के सही ढंग से परीक्षा की तैयारी कर पाएँगे।

सभी ज्ञानेंद्रियों को सम्मिलित करें : अपनी पाँचों ज्ञानेंद्रियों—आँख, नाक, कान, जीभ और त्वचा—का यथासंभव प्रयोग अपनी पढ़ाई में करें। किताब में छपे चित्र और चार्ट्स आदि को ध्यान से देखें। संभव हो तो प्रयोगशाला में प्रयोग करें या विषय से संबंधित मॉडल को देखें-परखें।

बुद्धिवर्धक तकनीकों का प्रयोग : यदि आप बुद्धिवर्धक तकनीकों के बारे में जानते हैं या आपने इन्हें कहीं से सीखा है, तो इनका प्रयोग अपनी पढ़ाई में जरूर करिए। ये तकनीकें बहुत वैज्ञानिक और परिणामदायी होती हैं।

संतुलित भोजन : घर में बना संतुलित भोजन करें। विदेशी पारंपरिक खान-पान से बचें। सुबह भर पेट नाश्ता करें, दोपहर का भोजन उससे हलका और रात का भोजन उससे भी हलका लें। संभव हो तो रात के भोजन में केवल फल-सलाद और सूप आदि लें।

स्वस्थ रहें : स्वस्थ शरीर में ही एक स्वस्थ मन निवास करता है। इसलिए सुबह के समय सैर पर जाएँ और अपने सामर्थ्य के अनुसार व्यायाम करें। जितना स्वस्थ आपका शरीर होगा, उतने ही आप सक्रिय और आत्मविश्वास से भरे रहेंगे।

जिज्ञासा समाधान : आपके मन में कोई प्रश्न है या किसी प्रश्न का उत्तर आपको समझ नहीं आता तो अपने अध्यापक से निःसंकोच सहायता माँगें। जो विद्यार्थी वास्तव में सीखने की इच्छा रखता है, उसे सभी अध्यापक पसंद करते हैं और उसकी मदद के लिए सदा तैयार रहते हैं।

> ***आत्म-प्रोत्साहन : परीक्षा भवन में जाने से पूर्व स्वयं को प्रोत्साहित करें। जीवन की उन घटनाओं को याद करें, जब आप सफल हुए थे। विश्वास करें कि आप पहले भी कठिन परिस्थितियों एवं परीक्षाओं में सफल हो चुके हैं। इस परीक्षा में भी आप अच्छे अंकों के साथ सफल होंगे। इस प्रकार के सकारात्मक विचारों से मनोबल बढ़ता है और परीक्षा में होता है बेहतर प्रदर्शन।***

संसाधनों का प्रयोग : पढ़ाई के लिए उपलब्ध सभी संसाधनों का

भरपूर प्रयोग करें। किताबों को ध्यान से पढ़ें, पुस्तकालय में जाएँ, अपने अध्यापकों और अभिभावकों से सहायता लें, दोस्तों और बड़े भाई-बहन से मदद माँगें, इंटरनेट और टेलीविजन आदि सभी उपलब्ध संसाधनों का सकारात्मक प्रयोग करें।

आत्म-प्रोत्साहन : परीक्षा भवन में जाने से पूर्व स्वयं को प्रोत्साहित करें। जीवन की उन घटनाओं को याद करें, जब आप सफल हुए थे। विश्वास करें कि आप पहले भी कठिन परिस्थितियों एवं परीक्षाओं में सफल हो चुके हैं। इस परीक्षा में भी आप अच्छे अंकों के साथ सफल होंगे। इस प्रकार के सकारात्मक विचारों से मनोबल बढ़ता है और परीक्षा में होता है बेहतर प्रदर्शन।

प्रश्नपत्र को ध्यानपूर्वक पढ़ें :जब भी आप कोई परीक्षा देते हैं तो उत्तर लिखना शुरू करने से पहले प्रश्नपत्र को कम-से-कम दो बार ध्यानपूर्वक पढ़ें। यह सुनिश्चित कर लें कि प्रश्न क्या है और उसका सही उत्तर क्या होगा? कई बार घबराहट में आप प्रश्न समझ ही नहीं पाते और गलत उत्तर लिख देते हैं।

शांत रहें : परीक्षा में उत्तर याद करने में कठिनाई हो तो घबराएँ नहीं। आँखें बंद करके कुछ पल के लिए शांत बैठ जाएँ और गहरी साँस लें। इससे मन शांत होगा। फिर धीरे-धीरे उत्तर याद करने की कोशिश करें।

सफलता की सीढ़ी

आज के प्रतिस्पर्धी युग में हर व्यक्ति प्रथम आना चाहता है। हर व्यक्ति सफल होना चाहता है। हालाँकि सफलता की परिभाषा हर किसी के लिए अलग-अलग हो सकती है। जब भी हम छोटी-छोटी सफलताएँ अर्जित करते हैं तो हमारा आत्मविश्वास बढ़ता चला जाता है, परंतु जब हमें किसी हार का सामना करना पड़ता है तो हम हतोत्साहित हो जाते हैं। हमें यह समझने की आवश्यकता है कि जीवन एक ई.सी.जी. ग्राफ की तरह है। जब तक ई.सी.जी. ग्राफ ऊपर-नीचे होता रहता है, तब तक हमारा हृदय काम करता रहता है, परंतु जब एक सीधी रेखा दिखाई देने लगती है तो हृदय काम करना बंद

हमें यह समझने की आवश्यकता है कि जीवन एक ई.सी.जी. ग्राफ की तरह है। जब तक ई. सी.जी. ग्राफ ऊपर-नीचे होता रहता है, तब तक हमारा हृदय काम करता रहता है, परंतु जब एक सीधी रेखा दिखाई देने लगती है तो हृदय काम करना बंद कर देता है और जीवन का अंत हो जाता है। उसी प्रकार यदि जीवन में उतार-चढ़ाव न हों तो जीवन रसहीन हो जाता है।

कर देता है और जीवन का अंत हो जाता है। उसी प्रकार यदि जीवन में उतार-चढ़ाव न हों तो जीवन रसहीन हो जाता है। इसलिए जीवन में असफलताओं का होना भी उतना ही महत्त्वपूर्ण है, जितना कि सफलताओं का। असफलताओं से लड़ते हुए, जब आदमी सफलता प्राप्त करता है, तभी वह उसका पूर्ण आनंद ले सकता है।

जिंदगी में आप गलत करने से डरें, असफल होने से न डरें और असफलता को छिपाने की कोशिश में अपनी ऊर्जा बरबाद न करें। अगर आप असफल नहीं हो रहे हैं, तो आप विकास नहीं कर रहे हैं। जब सफल लोग विकास करना और सीखना बंद कर देते हैं, तो ऐसा इसलिए होता है, क्योंकि उनमें असफलता का जोखिम लेने की इच्छा कम हो जाती है। असफलता पराजय नहीं, विलंब हैं। यह एक बंद सड़क नहीं, बल्कि सफलता तक पहुँचने का अस्थायी घुमावदार मार्ग है।

गलतियाँ सबसे होती हैं, खासतौर पर उन लोगों से, जो जोखिम उठाते हैं। असफलता अकसर सफलता की तरफ ले जानेवाला पहला आवश्यक कदम है। अगर हम असफल होने का जोखिम नहीं लेंगे, तो हमें सफल होने का अवसर भी नहीं मिलेगा। अगर हम कोशिश कर रहे हैं, तो इसका मतलब यह है कि हम जीत रहे हैं। असफल होना तो कोशिश करने का स्वाभाविक परिणाम है। कभी भी बाहर होने के डर को जीत के आड़े न आने दें।

कई बार पराजय सिर्फ विजय की सीढ़ी होती है। हेनरी फोर्ड ने कहा था, "गलती भी आगे जाकर महत्त्वपूर्ण उपलब्धि के लिए जरूरी साबित हो सकती है। कुछ लोग अपनी गलतियों से सीखते हैं, तो कुछ उनसे कभी नहीं उबर पाते।" यह सीखें कि समझदारी से असफल कैसे हुआ जाता है और

असफलता में सफलता का विकास करें।

हताशा और असफलता सफलता के दो सबसे विश्वसनीय पायदान हैं। यदि व्यक्ति इनका अध्ययन करे और इसका पूरा लाभ उठाना चाहे, तो उसे इससे जितना लाभ होगा, उतना किसी दूसरी चीज से नहीं होगा। ज्यादातर लोग सफलता और असफलता को विरुद्धार्थी समझते हैं, लेकिन ये दोनों दरअसल एक ही प्रक्रिया के परिणाम हैं।

हताशा और असफलता सफलता के दो सबसे विश्वसनीय पायदान हैं। यदि व्यक्ति इनका अध्ययन करे और इसका पूरा लाभ उठाना चाहे, तो उसे इससे जितना लाभ होगा, उतना किसी दूसरी चीज से नहीं होगा। ज्यादातर लोग सफलता और असफलता को विरुद्धार्थी समझते हैं, लेकिन ये दोनों दरअसल एक ही प्रक्रिया के परिणाम हैं।

सफलता का बीज बोने के लिए असफलता का मौसम सबसे अच्छा समय है। सफल लोग असफल होने से नहीं घबराते। वे एक के बाद एक असफलता झेलते रहते हैं, जब तक कि सफल नहीं हो जाते। अगर आप अपनी सफलता की रफ्तार बढ़ाना चाहते हैं, तो इसका सबसे अच्छा तरीका यही है कि आप अपनी असफलता की दर को दोगुना कर दें। असफलता का नियम सफलता के सबसे शक्तिशाली नियमों में से एक है।

जीवन में सफलता प्राप्त करने के लिए यह अति आवश्यक है कि हम अपने मन को असफलता के डर से ग्रसित न होने दें, क्योंकि जिस व्यक्ति के मन में यह भय बैठ जाता है कि वह जीवन में कुछ नहीं कर पाएगा, तो फिर उसके लिए सफल होना कठिन हो जाता है। इसलिए यह बहुत जरूरी है कि हम इस तरह की मानसिकता का त्याग आज और अभी से कर दें।

आदतें, अनुशासन और सफलता

- आदतें इनसान के जीवन में रसी-बसी हैं। इनमें कुछ आदतें इनसान को उच्च श्रेणी में ला खड़ा करती हैं और कुछ जीवन को नष्ट कर देती हैं। आदतें ही हमें बनाती या बिगाड़ती हैं। अच्छी आदतें हमें

बढ़िया अनुशासन और सफलता की ओर ले जातीं हैं। इसलिए स्मार्ट बनाने के लिए बच्चों को बचपन से ही सही गुणों से अनुकूलित करना जरूरी है।

- वैसे अकसर बच्चे तभी पढ़ने बैठते हैं, जब बिल्कुल जरूरी हो जाता है। नहीं तो वे किताब भी न छुएँ। तो पहला काम है, पढ़ने का समय तय करना। इस तय समय पर बच्चा किताब लेकर नोट्स बनाए, भले ही एग्जाम पास न हों। इससे बच्चे में पढ़ने का चाव जागेगा, जैसे होमवर्क अच्छे से पूरा करना और समय पर जमा कराना, परीक्षा का समय निकट आने से पहले ही तैयारी करना और जमकर मेहनत करके अच्छे अंक प्राप्त करना।
- बच्चों को नोट्स बनाना सिखाएँ। इससे उन्हें समझ में भी ज्यादा आएगा और आगे दोहराने में भी उनके लिए ही आसानी होगी। नोट्स बनाने से परीक्षा की भी तैयारी आराम से हो जाएगी।
- बच्चों के लिए पढ़ाई का सही माहौल बनाना जरूरी है और माता-पिता में से एक को साथ लगना पड़ेगा। आप खुद कोई काम करें, कोई किताब पढ़ें और बगल में बच्चों को पढ़ने के लिए बिठाएँ। टी.वी. बंद रखें और सभी मन लगाकर अपना काम करतें रहें। यकीन मानें, बच्चों का पढ़ाई पर फोकस बढ़ जाएगा।
- जितना ही आप पढ़ाई के समय बच्चों से जुड़े रहेंगे, बच्चा उतना ही अच्छा करेगा। चाहे आप कितने भी ट्यूशन लगवा लें, कोचिंग में भेजें, अच्छा स्टडी रूम बनवा दें, यह सब उतना काम नहीं आएगा, जितना आपका लगन के साथ बच्चे से जुड़ना। आप साथ समय बिताएँ, बच्चे से पढ़ाई की प्रोग्रेस पता करते रहें और उनकी समस्या में उनकी मदद करने किए हमेशा पास रहें और उन्हें सही रास्ता दिखाते रहें। यह बच्चे का फोकस बनाने के लिए पर्याप्त होगा।
- कोई भी काम महीने भर लगातार करने से आदत बन जाती है। आप पढ़ाई की आदत धीरे-धीरे लगाएँ। एक नई आदत लगाकर सुधार देखें, फिर बच्चे को आगे सलाह दें। ये ही अच्छी आदतें मिलकर

जिंदगी में आगे सफलता दिलाने में कामयाब होंगी।

- अपना काम टालते रहना अच्छी आदत नहीं है। जब तक आप अपना काम पूरा नहीं करेंगे, तब तक आप एक अजीब से तनाव में जीते रहेंगे। अच्छा है, काम टालने की आदत को बदल डालें और तनावमुक्त जीवन जिएँ।
- कई लोगों में यह आदत होती है कि वे मौके-बे-मौके दूसरों की टाँग खींचते रहते हैं। कभी-कभी इस आदत से अच्छी दोस्ती से हाथ धोना पड़ सकता है और कभी मौका लगने पर दूसरा भी आपकी टाँग खींच सकता है।
- दूसरों की बातों पर जल्द ही विश्वास न करें, न ही उनकी बातों में आकर बिना विचार किए कुछ फैसला कर बैठें। सलाह लें, पर उस पर विचार अवश्य करें।

कई लोगों में यह आदत होती है कि वे मौके-बे-मौके दूसरों की टाँग खींचते रहते हैं। कभी-कभी इस आदत से अच्छी दोस्ती से हाथ धोना पड़ सकता है और कभी मौका लगने पर दूसरा भी आपकी टाँग खींच सकता है। दूसरों की बातों पर जल्द ही विश्वास न करें, न ही उनकी बातों में आकर बिना विचार किए कुछ फैसला कर बैठें। सलाह लें, पर उस पर विचार अवश्य करें।

- बच्चा जब स्कूल से आए तो उसकी कॉपी या डायरी जरूर चेक करें। जो भी स्कूल में पढ़ाया गया है, उसे बच्चे के साथ बैठकर जरूर डिस्कस करें। अगर माँ घर के काम में व्यस्त है तो पिता को यह जिम्मेदारी निभानी चाहिए।
- चापलूसी की आदत भी बदल डालें, क्योंकि पीठ पीछे चापलूसी करनेवालों का मजाक उड़ता है।
- अपने स्वार्थ को पूरा करने के लिए किसी से नजदीकी बढ़ाने का प्रयास न करें।
- आगे बढ़ने के लिए कभी झूठ का सहारा न लें। झूठ पकड़े जाने पर

शर्मिंदगी उठानी पड़ती है, जिसका दूरगामी दुष्प्रभाव पड़ता है।

- अपने कामों के लिए दूसरों पर निर्भर न हों, न ही दूसरों से अधिक आशा रखें। उम्मीद पूरी न होने पर निराशा हाथ लगती है। जितना स्वयं कर सकें, उतना ही करें।
- बच्चों के सामने दूसरों की बुराई कभी न करें। बच्चे छोटे जरूर होते हैं, लेकिन वे सब समझते हैं। बच्चों में अपने से बड़ों को अभिवादन करने की आदत डालें।
- किसी से बात करते समय संकोच न करें। अपनी बात प्रेमपूर्वक समझाएँ। अपना आदेश या इच्छाएँ न लादें।
- जब भी बोलें, सोच-समझकर बोलें, चाहे आपके सामने कोई छोटा हो या बड़ा।
- बच्चों का रुटीन हमेशा एक सा रखें। अगर स्कूल में छुट्टी पड़ गई हो या रविवार हो, तो भी उन्हें सुबह जल्दी उठने की आदत डालें। ज्यादातर माता-पिता बच्चों को छुट्टी वाले दिन देर तक सोने देते हैं। यह गलत आदत है।
- समय बड़ा बलवान है। इसके महत्त्व को जानें और समय को बरबाद न कर अपने उद्देश्य को पाने का प्रयास करें।
- सबसे मित्रवत व्यवहार बनाए रखें। किसी से व्यवहार में खींच-तान न करें। मधुर संबंध रिश्तों को सजीव व जीवंत रखते हैं।
- समय पर स्कूल जाएँ। बिना किसी विशेष आवश्यकता के अवकाश न लें। जब वास्तव में जरूरत हो तो अध्यापक को समय पर सूचित करें।
- परनिंदा में समय बरबाद न करें। परनिंदा कभी-कभी झगड़े का कारण भी बन सकती है।
- एकाग्रचित्त होकर पढ़ाई या अन्य काम करें, फालतू में इधर-उधर ध्यान को न भटकाएँ।
- बच्चों को पैसे की अहमियत सिखाएँ। कोई भी चीज एकदम से लाकर न दे दें। उनको बताएँ कि अगर वे पढ़ाई करेंगे तो कोई भी

चीज ले सकते हैं। इसलिए बचपन से ही बच्चे को पढ़ाई, मेहनत और पैसे की अहमियत पता चलेगी।

आदर्श विद्यार्थी

आदर्श विद्यार्थी राष्ट्र का आधार होता है। देश का मान सम्मान, प्रतिष्ठा और गौरव इन्हीं पर आधारित होता है। राष्ट्र की उन्नति और अवनति इन्हीं पर टिकी होती है। जिस राष्ट्र के विद्यार्थी सुसभ्य एवं अनुशासित होते हैं, वे उस देश के लिए अथवा समाज के लिए प्रेरणा के स्रोत होते हैं। पुरानी कहावत है—

काक चेष्टा वको ध्यानं, श्वान निद्रा तथैव च।
अल्पहारी, गृह त्यागी, विद्यार्थी पंच लक्षणम्॥
काक चेष्टा,
(कौए की तरह चेष्टा रखनेवाला—चतुर)
बको ध्यानम
(बगुले की तरह ध्यान रखनेवाला)
श्वान निद्रा तथैव च
(कुत्ते की तरह झट से उखड़ जानेवाली नींद)
अल्पाहारी
(कम भोगविलासी, कम आहार लेने वाला)
गृह त्यागी,
(भौतिक संसाधनों से दूरी रखनेवाला)
विद्यार्थी पंच लक्षणम्।।
(ये एक सच्चे और अच्छे विद्यार्थी के पाँच लक्षण हैं।)

आदर्श विद्यार्थी को सदैव अपनी नजर अपने उद्देश्य पर, अपनी मंजिल पर रखनी चाहिए। यह एक आदर्श विद्यार्थी का विशिष्ट गुण होता है। विद्यार्थी को शिक्षा प्राप्त करते समय अपना ध्यान सदैव शिक्षक और शिक्षण कार्यों पर रखना चाहिए। जिस प्रकार एक बगुला पानी में खड़े रहकर अपना ध्यान

आदर्श विद्यार्थी को सदैव अपनी नजर अपने उद्देश्य पर, अपनी मंजिल पर रखनी चाहिए। यह एक आदर्श विद्यार्थी का विशिष्ट गुण होता है। विद्यार्थी को शिक्षा प्राप्त करते समय अपना ध्यान सदैव शिक्षक और शिक्षण कार्यों पर रखना चाहिए। जिस प्रकार एक बगुला पानी में खड़े रहकर अपना ध्यान सिर्फ शिकार पर रखता है, उसी प्रकार एक विद्यार्थी को भी अपना ध्यान सदैव अपने उद्देश्य पर एकाग्र रखना चाहिए।

सिर्फ शिकार पर रखता है, उसी प्रकार एक विद्यार्थी को भी अपना ध्यान सदैव अपने उद्देश्य पर एकाग्र रखना चाहिए।

सजग नींद किसी आदर्श विद्यार्थी का विशिष्ट गुण होता है। उसे हमेशा सजग अवस्थां में सोना चाहिए। जल्दी सोना और जल्दी जागना व्यक्ति को स्वस्थ, धनी और बुद्धिमान बनाता है। आदर्श विद्यार्थी को रात दस बजे सोना चाहिए तथा सुबह चार बजे जाग जाना चाहिए।

आदर्श विद्यार्थी का आहार कम होना चाहिए, क्योंकि अधिक आहार करने पर वह नींद और आलस का रोगी हो जाता है और आलस एक आदर्श विद्यार्थी का शत्रु होता होता है। उसे अपने कार्य के प्रति तत्पर रहना चाहिए।

आदर्श विद्यार्थी के लिए आवश्यक है कि वह गृहत्यागी हो, क्योंकि आदर्श विद्यार्थी किसी उपवन के तुल्य होता है। जिस प्रकार एक उपवन अपनी खुशबू से जग को महकाता है, उसी तरह एक विद्यार्थी अपने अपने सद्गुणों और सदाचार से समाज, राष्ट्र और सारे जग को प्रभावित करता है। आदर्श विद्यार्थी को चाहिए कि वह—

माता-पिता एवं शिक्षकों की आज्ञा का पालन करे। बड़ों का सम्मान करे। अनुशासन के नियमों का पालन करे। सदाचारी हो। अपने साथियों के साथ मित्रवत व्यवहार करे। बुरी संगत से दूर रहे। छोटों को सद्मार्ग पर चलने के लिए प्रेरित करें। धैर्यवान हो। विनम्र और सुशील हो। हंस की तरह केवल गुणों को ग्रहण करें।

विद्यार्थी के लिए आवश्यक है कि वह इन आठ दोषों का त्याग कर दे—

काम, क्रोध, लोभ, स्वादिष्ट पदार्थों या भोजन, शृंगार, हँसी-मजाक, अतिनिद्रा और अपनी शरीर सेवा में अति। इन आठों दोषों के त्याग से ही विद्यार्थी को विद्या प्राप्त हो सकती है। आइए, अब इन दोषों के बारे में थोड़ा विस्तार से जानते हैं।

बुरी भावनाओं से बचें

जिस व्यक्ति के मन में बुरी भावनाएँ उत्पन्न हो जाती हैं, वह हर समय अशांत रहने लगता है। ऐसा व्यक्ति अपनी इच्छाओं की पूर्ति के लिए सही-गलत कोई भी रास्ता अपना सकता है। कोई विद्यार्थी अगर गलत राह में पड़ जाए, तो वह पढ़ाई छोड़कर दूसरे कामों की ओर आकर्षित होने लगता है। उसका सारा ध्यान केवल अपनी बुरी माँगों की पूर्ति की ओर लगने लगता है और वह पढ़ाई-लिखाई से बहुत दूर हो जाता है। इसलिए विद्यर्थियों को ऐसी भावनाओं से बचना चाहिए।

काम, क्रोध, लोभ, स्वादिष्ट पदार्थों या भोजन, शृंगार, हँसी-मजाक, अतिनिद्रा और अपनी शरीर सेवा में अति। इन आठों दोषों के त्याग से ही विद्यार्थी को विद्या प्राप्त हो सकती है। आइए, अब इन दोषों के बारे में थोड़ा विस्तार से जानते हैं।

क्रोध से बचें

क्रोध में आदमी अंधा हो जाता है। उसे सही-गलत की पहचान नहीं रह जाती है और वह छोटी-छोटी बात पर कुछ ऐसा कर बैठता है, जिससे आगे उसे पछताना पड़ता है। ऐसे लोग क्रोध आने पर किसी का भी बुरा कर बैठते हैं। क्रोधी स्वभाव वाले व्यक्ति का मन कभी शांत नहीं रहता। विद्या प्राप्त करने के लिए मन का शांत और एकाग्रचित्त होना जरूरी है। अशांत मन से शिक्षा प्राप्त करने पर मनुष्य केवल पाठ को सुनता है। उसे समझकर उसका पालन कभी नहीं कर पाता। इसलिए शिक्षा प्राप्ति हेतु मनुष्य को अपने क्रोध पर नियंत्रण करना बहुत जरूरी होता है।

जिस व्यक्ति के मन में दूसरों की वस्तु पाने या हक छीनने की भावना होती है और वह हमेशा उसे पाने की योजना बनाने में ही लगा रहता है, ऐसा व्यक्ति कभी अपनी शिक्षा के बारे में सतर्क नहीं रह सकता और अपना सारा समय अपनी लालच को पूरा करने में गँवा देता है। विद्यार्थी को अपने मन में लोभ या लालच की भावना को कभी नहीं आने देना चाहिए।

लालच न करें

लालच बुरी बला—हम सबने सीखा और पढ़ा है। लालची इनसान अपने फायदे के लिए किसी का भी इस्तेमाल कर सकते हैं और किसी के साथ भी धोखा कर सकते हैं। ऐसे व्यक्ति सही-गलत के बारे में बिल्कुल नहीं सोचते। जिस व्यक्ति के मन में दूसरों की वस्तु पाने या हक छीनने की भावना होती है और वह हमेशा उसे पाने की योजना बनाने में ही लगा रहता है, ऐसा व्यक्ति कभी अपनी शिक्षा के बारे में सतर्क नहीं रह सकता और अपना सारा समय अपनी लालच को पूरा करने में गँवा देता है। विद्यार्थी को अपने मन में लोभ या लालच की भावना को कभी नहीं आने देना चाहिए।

स्वादिष्ठ भोजन में अरुचि

जिस इनसान की जीभ उसके वश में नहीं होती, वह सदा स्वादिष्ट व्यंजनों की खोज में लगा रहता है। ऐसा व्यक्ति अन्य बातों को छोड़कर केवल भोजन को ही सबसे ज्यादा अहमियत देता है। कई बार स्वादिष्ट व्यंजनों के चक्कर में मनुष्य अपने स्वास्थ्य तक से समझौता कर बैठता है। विद्यार्थी को अपनी जीभ पर नियंत्रण रखनी चाहिए, ताकि वह अपने स्वास्थ्य और अपनी विद्या, दोनों का ध्यान रख सके।

सजना-सँवरना और शरीर-सेवा

जिस विद्यार्थी का मन सजने-सँवरने में लग जाता है, वह अपना ज्यादातर समय इन्हीं बातों में गँवा देता है। ऐसे व्यक्ति खुद को हर वक्त

सबसे सुंदर और अलग दिखने के लिए ही मेहनत करते रहते हैं और इसी वजह से हमेशा उनके दिमाग में सौंदर्य, अच्छे पहनावे और रहन-सहन से जुड़ी बातें ही घूमती रहती हैं। सजने-सँवरने के बारे में सोचने वाला व्यक्ति कभी भी एक जगह ध्यान केंद्रित करके विद्या नहीं प्राप्त कर पाता। विद्यार्थी को ऐसी परिस्थितियों से बचना चाहिए।

हँसी-मज़ाक में समय व्यर्थ न करें

किसी अच्छे विद्यार्थी का एक सबसे महत्त्वपूर्ण गुण होता है, गंभीरता। विद्यार्थी को शिक्षा प्राप्त करने और जीवन में सफलता पाने के लिए इस गुण को अपनाना बहुत जरूरी होता है। जो विद्यार्थी अपना सारा समय हँसी-मजाक में व्यर्थ कर देता है, वह कभी सफलता नहीं प्राप्त कर पाता। विद्या प्राप्त करने के लिए मन का स्थिर होना बहुत जरूरी होता है और हँसी-मजाक में लगा रहनेवाला विद्यार्थी अपने मन को कभी स्थिर नहीं रख पाता।

किसी अच्छे विद्यार्थी का एक सबसे महत्त्वपूर्ण गुण होता है, गंभीरता। विद्यार्थी को शिक्षा प्राप्त करने और जीवन में सफलता पाने के लिए इस गुण को अपनाना बहुत जरूरी होता है। जो विद्यार्थी अपना सारा समय हँसी-मजाक में व्यर्थ कर देता है, वह कभी सफलता नहीं प्राप्त कर पाता। विद्या प्राप्त करने के लिए मन का स्थिर होना बहुत जरूरी होता है और हँसी-मजाक में लगा रहनेवाला विद्यार्थी अपने मन को कभी स्थिर नहीं रख पाता।

अधिक नींद से बचें

स्वस्थ मनुष्य के लिए 6 से 8 घंटे तक की नींद पर्याप्त है। विद्यार्थियों को इस बात का ध्यान रखना चाहिए कि वे आवश्यकता से अधिक नींद से बचें। अत्यधिक नींद से शरीर में हमेशा थकान बनी रहती है और अगर शरीर थका हो तो ध्यान केंद्रित करना मुश्किल हो जाता है और अध्ययन के लिए दिमाग का केंद्रित होना अत्यंत आवश्यक होता है।

आत्मविश्लेषण स्मार्टनेस है

जिंदगी में कोई व्यक्ति जन्मजात महान् या खास नहीं होता। वह महान् बनता है तो अपने कार्यों से, अपने सिद्धांतों से। मानव गलतियों का पुतला है, परंतु वह व्यक्ति जीवन की हर दौड़ में आगे निकल जाता है, जो आत्मविश्लेषण कर अपनी गलतियों को सुधारता है व उनकी पुनरावृत्ति नहीं करता।

हर सुबह उठकर हम अपने रोजमर्रा के काम में जुट जाते हैं और हर शाम हमेशा की तरह बिस्तर पर जाकर सो जाते हैं। आखिर इतने समय में हम अपने लिए कितना वक्त निकालते हैं? यदि आप स्वयं से यह सवाल करेंगे, जो जवाब मिलेगा 'बिल्कुल नहीं'।

दूसरों की बुराई करना, उनकी कमियाँ निकालना हमारे लिए बहुत आसान होता है, क्योंकि हमें निंदा करने में एक ऐसे रस की अनुभूति होती है, जिसमें घंटों कैसे बीत जाते हैं, पता ही नहीं चलता, लेकिन कभी आपने आत्मविश्लेषण किया है? यदि आप अपने भीतर टटोलेंगे तो पाएँगे कि आपमें भी कई सारी बुराइयाँ व कमियाँ हैं, जिन्हें जानने की आपने कभी कोशिश ही नहीं की है या फिर उन्हें अनदेखा, अनसुना कर दिया।

आत्मविश्लेषण करने से आपको जहाँ अपनी कमियों का पता चलता है, वहीं उन्हें दूर करने का एक अच्छा मौका भी मिलता है। याद रखें, कोई व्यक्ति सर्वगुण संपन्न नहीं होता, परंतु गुणवान व चरित्रवान बनने की दिशा में प्रयास तो किया जा सकता है।

आत्मविश्लेषण करने से आपको जहाँ अपनी कमियों का पता चलता है, वहीं उन्हें दूर करने का एक अच्छा मौका भी मिलता है। याद रखें, कोई व्यक्ति सर्वगुण संपन्न नहीं होता, परंतु गुणवान व चरित्रवान बनने की दिशा में प्रयास तो किया जा सकता है।

स्वावलंबी किलेंथिस

ग्रीस में किलेंथिस नामक एक बालक एथेंस के तत्त्ववेत्ता जीनो की

पाठशाला में पढ़ता था। किलेंथिस बहुत ही गरीब था। उसके बदन पर पूरे कपड़े नहीं थे, पर पाठशाला में प्रतिदिन जो फीस देनी पड़ती थी, उसे किलेंथिस रोज नियम से दे देता था। पढ़ने में वह इतना तेज था कि दूसरे सब विद्यार्थी उससे ईर्ष्या करते थे। कुछ लोगों ने यह संदेह किया कि किलेंथिस जो दैनिक फीस के पैसे देता है, वह कहीं से चुराकर लाता होगा, क्योंकि उसके पास तो फटे-चिथड़े कपड़ों के सिवा और कुछ नहीं है। आखिरकार उन्होंने उसे चोर बताकर पकड़वा दिया। मामला अदालत में गया। किलेंथिस ने निर्भयता के साथ जज से कहा, "मैं बिल्कुल निर्दोष हूँ। मुझ पर चोरी का दोष सर्वथा मिथ्या लगाया गया है। मैं अपने इस बयान के समर्थन में दो गवाहियाँ पेश करना चाहता हूँ।"

गवाह बुलाए गए। पहला गवाह था, एक माली। उसने कहा, "यह बालक प्रतिदिन मेरे बगीचे में आकर कुएँ से पानी खींचता है और इसके लिए इसे कुछ पैसे मजदूरी के दिए जाते हैं।"

दूसरी गवाही में एक वृद्धा आई। उसने कहा, "मैं वृद्धा हूँ। मेरे घर में कोई अनाज पीसनेवाला नहीं है। यह बालक प्रतिदिन मेरे घर पर अनाज पीस जाता है और बदले में अपनी मजदूरी के पैसे ले जाता है।"

गवाह बुलाए गए। पहला गवाह था, एक माली। उसने कहा, "यह बालक प्रतिदिन मेरे बगीचे में आकर कुएँ से पानी खींचता है और इसके लिए इसे कुछ पैसे मजदूरी के दिए जाते हैं।" दूसरी गवाही में एक वृद्धा आई। उसने कहा, "मैं वृद्धा हूँ। मेरे घर में कोई अनाज पीसनेवाला नहीं है। यह बालक प्रतिदिन मेरे घर पर अनाज पीस जाता है और बदले में अपनी मजदूरी के पैसे ले जाता है।"

इस प्रकार शारीरिक परिश्रम करके किलेंथिस कुछ आने प्रतिदिन कमाता और उसी से अपना निर्वाह करता तथा पाठशाला की फीस भी भरता। किलेंथिस की इस नेक कमाई की बात सुनकर जज बहुत प्रसन्न हुए और उन्होंने उसे इतनी सहायता देनी चाही कि जिससे उसे पढ़ने के लिए मजदूरी न करनी पड़े, परंतु उसने सहायता लेना अस्वीकार कर दिया और कहा, "मैं स्वयं परिश्रम

करके ही पढ़ना चाहता हूँ। किसी से दान लेने के स्थान पर स्वावलंबी बनकर आगे बढ़ना ही मेरे माँ-बाप ने मुझे सिखाया है।"

बाल्यकाल से जीवन में समाविष्ट ये संस्कार ही व्यक्ति को आगे चलकर महामानव बनाते एवं समुदाय को श्रेष्ठ नागरिक देते हैं।

"संघर्ष इनसान को मजबूत बनाता है, फिर चाहे वह कितना भी कमजोर क्यो न हो।"

□

5

क्षमताओं की कसौटी

"जीवन में अनुभवों से सीखकर खुद को बदलने की जरूरत होती है। अगर हम बदलना बंद कर देते हैं तो एक ही जगह रुक जाते हैं। जो बदलता है वही आगे बढ़ता है।"

अगर आप यह सोचते रहें कि आप यह नहीं कर सकते, आप वह नहीं कर सकते—तो आप कभी भी कामयाब नहीं होंगे। यह सब सोचकर अपना समय बरबाद करना बंद करें और काम में जुट जाएँ। अपनी योग्यताओं को कम करके आँकना—यही चीज जो आपके दिमाग में है, आपको सफल होने से रोकती है। आप आत्मसंदेह से घिरे रहते हैं। इससे बाहर निकलिए। आत्मसंदेह का कारण स्वयं में अविश्वास है। अपने वर्तमान भय को खारिज करने के लिए पूर्व उपलब्धियों का उपयोग करें। विश्वास करें कि आप कौन हैं, आप क्या हासिल करने जा रहे हैं, और खतरे उठाने से डरें नहीं।

अपने आप पर बहुत दबाव मत बनाएँ। अधिक सोचने से केवल मामलों को बदतर बनाया जा सकता है। इससे जो समस्या नहीं भी है, वह भी शुरू हो जाती है। अधिक सोचने से आत्मसंदेह खुद ही होने लगता है। भविष्य या अतीत की बजाय वर्तमान पर ध्यान केंद्रित करना आपके मन को बहुत आवश्यक स्पष्टता प्रदान करेगा, जिससे आपको दोबारा फोकस करने और आगे बढ़ने का रास्ता मिल जाएगा।

छोटी सी भी उपलिब्ध आपको अनिश्चितता से बाहर निकालने के लिए

सबसे सरल उपाय है। अपने लक्ष्यों को छोटा और अधिक कारगर योग्य बनाएँ और यह भी स्पस्ट करें कि कहाँ से शुरुआत करनी है, ताकि भारी तनाव को कम किया जा सके। अपने आप को सकारात्मक प्रभाव से घेरे रखना सही दिशा में आगे बढ़ने का एक शानदार तरीका है।

अकसर लोग भयग्रस्त रहते हैं, क्योंकि वे अपने सपनों को सच करने से डरते हैं या वे एक बार विफल हो चुके होते हैं। असल में, विफल रहने में कुछ भी गलत नहीं है, बल्कि जोखिम न उठाना गलती है।

आत्मसंदेह एक द्वंद्व है, जो मन एवं भावनाओं में गहरी दरार पैदा करता है। आत्मसंदेह अनेक मनोविकारों का प्रवेश द्वार है। उससे मन अशांत, भावना अस्थिर एवं शरीर अस्वस्थता का अनुभव करता है। ऐसी स्थिति में हमारी कार्यक्षमता प्रभावित होती है और हमारी शारीरिक व मानसिक विकास यात्रा में व्यवधान आता है। आत्म-जागरूकता की कमी के कारण लोग अपने आपको आत्मसंदेह की स्थिति में डाल लेते हैं।

आत्मसंदेह से ग्रस्त होने के कारण अकसर आप पर दूसरे लोग भरोसा नहीं करते और आपको अयोग्य समझते हैं। लोगों का विश्वास आप पर से समाप्त हो जाता है और लोग आपको कमतर आँकते हैं, लेकिन इसका मतलब यह नहीं कि आपके अंदर कमियाँ-ही-कमियाँ हैं। भले ही दूसरे लोग आपको अयोग्य समझें, लेकिन आप ऐसा मत सोचिए। किसी भी संदेह की स्थिति को मन में स्थान मत दीजिए और विश्वास रखिए कि आपके अंदर पूरी क्षमता और योग्यता है।

आत्मसंदेह से ग्रस्त होने के कारण अकसर आप पर दूसरे लोग भरोसा नहीं करते और आपको अयोग्य समझते हैं। लोगों का विश्वास आप पर से समाप्त हो जाता है और लोग आपको कमतर आँकते हैं, लेकिन इसका मतलब यह नहीं कि आपके अंदर कमियाँ-ही-कमियाँ हैं। भले ही दूसरे लोग आपको अयोग्य समझें, लेकिन आप ऐसा मत सोचिए। किसी भी संदेह की स्थिति को मन में स्थान मत दीजिए और विश्वास रखिए कि आपके अंदर पूरी क्षमता और योग्यता है।

आपकी क्षमता का अंदाजा आपसे बेहतर कोई नहीं लगा सकता है। अपने मन में बार-बार इस बात को दोहराएँ, "मेरे लिए कुछ भी असंभव नहीं है, मैं प्रत्येक कार्य कर सकता हूँ। 'असंभव' शब्द में संभव छिपा हुआ है, मैं योग्य, शक्तिमान और सामर्थ्यवान हूँ।" अपने अंदर विश्वास रखें और अपनी मेहनत पर भरोसा करें। आपके अंदर बहुत सी खूबियाँ हैं, जिनके बारे में शायद आप भी अनजान हैं। आप गुणों की खान हैं। जरूरत है, उनको पहचानने की और दूसरों के सामने अपनी खूबियों को दिखाने की। हर व्यक्ति के अंदर कोई-न-कोई खूबी जरूर होती है। उस खूबी को पहचानकर आगे बढ़ें।

अपनी योग्यता पर विश्वास रखिए। ऐसा कोई काम नहीं है, जो आपकी योग्यता से बढ़कर हो। इस दुनिया में सबकुछ संभव है और जितने भी मुश्किल काम होते हैं, उन्हें सामान्य-से-सामान्य लोग पूरा करते हैं। सामान्य व्यक्ति ही महान् खोजों को अनजाम देते हैं। आपके अंदर भी कुछ अलग करने की योग्यता है। अपनी उस योग्यता पर विश्वास रखें और आगे बढ़ें। अथक प्रयास और कठिन मेहनत से कुछ भी हासिल किया जा सकता है। अगर आप पर लोग विश्वास न कर रहे हों तो हौसला न खोएँ और निरंतर आगे बढ़ते रहें। जहाँ कोई नहीं पहुँच सका, वहाँ आप पहुँचकर दिखाएँगे। इस बात को न केवल मान लीजिए, बल्कि इसे ठान भी लीजिए। इसके लिए कठिन मेहनत कीजिए। फिर देखिए, जो लोग आपसे दूरी बना रहे थे, वे कैसे आपके मुरीद हो जाएँगे?

खुद पर यकीन

पुरानी बात है। युद्ध होनेवाला था। सेना का जनरल अपने ऑफिसर्स के साथ मिलकर युद्ध रणनीति बना रहा था, लेकिन एक अधिकारी ने उसे बीच में ही टोकते हुए कहा, "इससे कुछ नहीं होनेवाला। भगवान् ने पहले ही तय कर दिया है कि कौन जीतेगा?"

इस पर जनरल ने गुस्से से कहा, "तुम यह कहना चाहते हो कि किस्मत ने परिणाम पहले से ही तय कर दिया है?"

ऑफिसर ने जवाब दिया, "जी हाँ।"

इस पर जनरल ने अपनी जेब से एक सिक्का निकाला और कहा,

> ***इस पर जनरल ने अपनी जेब से एक सिक्का निकाला और कहा, "मैं इस सिक्के को उछालूँगा। अगर हेड आया तो हम जीतेंगे और अगर टेल आया तो हम हारेंगे।" ऑफिसर ने कहा, "ठीक है।" जनरल ने सिक्के को उछाला और हेड आया। तब जनरल ने कहा कि "अब तय है और हम जीतेंगे।"***

"मैं इस सिक्के को उछालूँगा। अगर हेड आया तो हम जीतेंगे और अगर टेल आया तो हम हारेंगे।"

ऑफिसर ने कहा, "ठीक है।"

जनरल ने सिक्के को उछाला और हेड आया। तब जनरल ने कहा कि "अब तय है और हम जीतेंगे।"

सेना ने चढ़ाई की और दूसरे देश की सेना को हराकर विजयी हुए। वापस आने के बाद जब जनरल ने उस ऑफिसर से पूछा, "क्या अब भी तुम किस्मत पर भरोसा करते हो?" यह कहते हुए वह आगे बढ़ा और उसने अपनी जेब से वह सिक्का निकाला और दिखाया। उस सिक्के में दोनों तरफ हेड था।

तब जनरल ने कहा, "मैं किस्मत में विश्वास नहीं रखता, खुद में विश्वास रखता हूँ। जब सिपाहियों को लगा कि हम नहीं हार सकते तो मुझे विश्वास हो गया कि हम जरूर जीतेंगे।"

सच में, अगर खुद पर यकीन है तो आप मुश्किल-से-मुश्किल काम सहजता से हल कर सकते हैं।

छोटा रास्ता

सफलता और संतुष्टि के लिए कोई छोटा रास्ता नहीं है।

भगवान् श्रीकृष्ण एक ही दिन में महाभारत का युद्ध जीत सकते थे, लेकिन उन्होंने पांडवों का केवल मार्गदर्शन ही किया। वे चाहते तो पांडवों की ओर से कोई सैनिक नहीं मारा जाता और युद्ध जीता जा सकता था। अर्जुन ने भी श्रीकृष्ण से कहा था कि आप केवल मुझे सही रास्ता दिखाइए। युद्ध मैं अपनी शक्ति से जीतना चाहता हूँ। मुझे आपकी सेना नहीं चाहिए। पांडवों ने पूरे युद्ध में खुद कोई अधर्म नहीं किया, कोई नियम नहीं तोड़ा, वे तो बस वही

करते गए, जो श्रीकृष्ण बताते रहे। इसका कारण यह था कि अगर श्रीकृष्ण युद्ध जीत कर युधिष्ठिर को राजा बना देते तो पांडव कभी उस सफलता का मूल्य नहीं समझ पाते। सफलता के साथ शांति और संतुष्टि, ये दो भाव होना जरूरी है। अगर हम अशांत और असंतुष्ट हैं तो इसका सीधा अर्थ यह है कि हमने सफलता के लिए कोई छोटा रास्ता अपनाया है। छोटे रास्ते से मिली सफलता अस्थायी होती है और यही भाव हमारे मन को अशांत करता है।

सफलता के साथ शांति और संतुष्टि, ये दो भाव होना जरूरी है। अगर हम अशांत और असंतुष्ट हैं तो इसका सीधा अर्थ यह है कि हमने सफलता के लिए कोई छोटा रास्ता अपनाया है। छोटे रास्ते से मिली सफलता अस्थायी होती है और यही भाव हमारे मन को अशांत करता है।

बुरे दौर में भी अपनी योग्यता पर संदेह न करें। बुरे दौर का सामना जिंदगी में हर किसी को कभी-न-कभी करना ही पड़ता है। यह ऐसा समय है, जब चीजें ठीक नहीं होतीं और कड़ी मेहनत के बावजूद सफलता दूर बनी रहती है। इस समय व्यक्ति अपनी योग्यता पर संदेह करने लगता है। कई मौकों पर तो उसकी हिम्मत भी टूटने लगती है। बुरे दौर का डटकर सामना करना आगे बढ़ने के लिए बहुत जरूरी है। इस दौर से पार पाने में कुछ तरीके आपके लिए मददगार हो सकते हैं।

आगे बढ़ें

जब भी जिंदगी में कटु अनुभवों या बुरे दौर से आपका सामना हो तो खुद को उसमें उलझाए रखने की बजाय अपने काम पर ध्यान दें। ऐसे वक्त में अकसर व्यक्ति अपनी कहानी दूसरों को सुनाकर उनसे सहानुभूति चाहता है, लेकिन यह आपकी बहुत मदद नहीं करता। जब भी आप इस कहानी को दूसरों के सामने रखते हैं तो बार-बार उसी कहानी में जिंदगी जीने लगते हैं। बिजनेस का नुकसान, रिश्तों में अलगाव और निराशा से खुद को बाहर निकालने के तरीकों के बारे में सोचना चाहिए। जिस स्थिति में आप खुद को

पा रहे हैं, उस स्थिति से बाहर निकलने के बारे में सोचने पर ध्यान केंद्रित करेंगे तो ज्यादा फायदा पाएँगे।

अगर आप किसी मुसीबत में फँस गए हैं तो यह न सोचें कि आपने यह गलती कर दी है, बल्कि यह सोचें कि इस कदम को आप ठीक कैसे कर सकते हैं? अगर, मगर, यदि, किंतु, परंतु जैसे वाक्यों के साथ अपने मन में नकारात्मक खयाल लाने से आप आगे बढ़ने की क्षमता और योग्यता, दोनों का नुकसान करते हैं। इस तरह के विचारों को छोड़कर आगे बढ़ने के रास्तों को तलाशें।

दोष देना बंद करें

अगर आप ऐसा न करके वैसा करते तो शायद यह नहीं होता। अकसर इस तरह के वाक्यों के सहारे लोग अपने आप को दिलासा देने की कोशिश करते हैं, लेकिन खुद को इस तरह कोसना ठीक नहीं है। अगर आप किसी मुसीबत में फँस गए हैं तो यह न सोचें कि आपने यह गलती कर दी है, बल्कि यह सोचें कि इस कदम को आप ठीक कैसे कर सकते हैं? अगर, मगर, यदि, किंतु, परंतु जैसे वाक्यों के साथ अपने मन में नकारात्मक खयाल लाने से आप आगे बढ़ने की क्षमता और योग्यता, दोनों का नुकसान करते हैं। इस तरह के विचारों को छोड़कर आगे बढ़ने के रास्तों को तलाशें।

दूसरा रास्ता चुनते तो?

आप अकसर यह सोचते हैं कि आपने गलत रास्ता चुन लिया और इस मुसीबत में फँस गए, लेकिन आप इस तरह सोचिए कि अगर आप दूसरा रास्ता चुनते तो शायद ज्यादा बड़ी मुसीबत में फँस सकते थे। अपनी मौजूदा स्थिति के बारे में खुद को कोसने की बजाय यह सोचिए कि आपने अपनी परिस्थितियों को देखते हुए निर्णय लिया था और उस वक्त वह निर्णय बिल्कुल ठीक था। फिर यहाँ खुद पर भरोसा भी रखना होगा कि आप इस स्थिति से भी खुद को बाहर निकाल लेंगे।

अच्छा होगा

किसी भी गलत निर्णय के बाद आप खुद को बहुत सारी शंकाओं के बीच पाते हैं, लेकिन याद रहे कि कोई भी स्थिति हमेशा नहीं रहनेवाली है और समय के साथ आप हर तरह की स्थिति से अपने आप को बाहर निकाल लेते हैं। कोई खुशी हमेशा टिकने वाली नहीं होती और उसी तरह की समस्या भी हमेशा नहीं रहती है। अगर आप अपनी जिंदगी के गुजरे वर्षों को देखेंगे तो पाएँगे कि आपने पहले भी कई मुश्किलों पर जीत दर्ज की है। ऐसे समय में अपनी पुरानी उपलब्धियों को देखना आपको आगे बढ़ने में मदद ही करेगा।

आगे की राह

जब भी आप अपने साथ हुए हादसे में ही फँसे रहते हैं, तब तक उससे बाहर निकलने के रास्ते के बारे में नहीं सोच पाते। इसलिए जितनी जल्दी हो सके, अपने आपको कोसना बंद करें और आगे के बारे में सोचें। अपने साथ हुए बुरे को आप नई राह खुलने का संकेत भी मान सकते हैं, जैसे अगर आपकी नौकरी चली जाए तो उससे डिप्रेशन में जाने की बजाय आपको यह सोचना चाहिए कि अब आप अपना मनचाहा काम तलाश सकते हैं। कोई भी एक राह बंद होती है तो चार नई राहें खुलती हैं, इस बात में यकीन रखें।

कई बार मुसीबत देखकर हम सोचते हैं कि ईश्वर ने हमारे साथ ठीक नहीं किया, जबकि सच तो यह है कि वह मुसीबत भी सोच-समझकर भेजता है। जब आप कोई चीज माँगते हैं और वह मिल जाती है, तो यह अच्छी बात है, लेकिन अगर वह नहीं मिलती, तो और अच्छी बात है, क्योंकि यही ईश्वर की मरजी है।

ईश्वर पर भरोसा

कई बार मुसीबत देखकर हम सोचते हैं कि ईश्वर ने हमारे साथ ठीक नहीं किया, जबकि सच तो यह है कि वह मुसीबत भी सोच-समझकर भेजता है। जब आप कोई चीज माँगते हैं और वह मिल जाती है, तो यह अच्छी बात है, लेकिन अगर वह नहीं मिलती, तो और

अच्छी बात है, क्योंकि यही ईश्वर की मरजी है।

कुम्हार जब घड़ा बनाता है, तो बाहर से तेज थपथपाता है और अंदर प्यार से सहलाता है। एक सुंदर मजबूत इनसान बनने के लिए अपने कुम्हार (ईश्वर) पर भरोसा रखिए। वह हमें टूटने नहीं देगा।

जाड़े का दिन था और शाम होने आई। आसमान में बादल छाए थे। नीम के एक पेड़ पर बहुत से कौए बैठे थे। वे सब बार-बार काँव-काँव कर रहे थे और एक-दूसरे से झगड़ भी रहे थे। इसी समय एक मैना आई और उसी पेड़ की एक डाल पर बैठ गई। मैना को देखते ही कई कौए उस पर टूट पड़े। मैना ने कहा, “बादल बहुत है, इसीलिए आज जल्दी अँधेरा हो गया है। मैं अपना घोंसला भूल गई हूँ, आज रात मुझे यहाँ बैठने दो।”

कौओं ने कहा, “नहीं, यह पेड़ हमारा है। तू यहाँ से भाग जा।”

मैना बोली, “पेड़ तो सारे ईश्वर के बनाए हुए हैं। इस सर्दी में यदि वर्षा पड़ी और ओले पड़े तो ईश्वर ही हमें बचा सकते हैं। मैं बहुत छोटी हूँ, तुम्हारी बहन हूँ। मुझ पर दया करो। मुझे भी यहाँ बैठने दो।”

कौए तो झगड़ालू होते ही हैं। वे शाम को जब पेड़ पर बैठने लगते हैं तो आपस में ही झगड़ते रहते हैं, एक-दूसरे को चोंच मारते हैं और काँव-काँव करके झगड़ते रहते हैं। कौन सा कौआ, किस टहनी पर बैठेगा, यह कोई झटपट तय नहीं हो जाता। उनमें बार-बार लड़ाई होती है। फिर किसी दूसरी चिड़िया को वे पेड़ पर कैसे बैठने दे सकते थे? आपसी लड़ाई छोड़कर वे मैना को मारने दौड़े।

कौओं ने कहा, “हमें तेरी जैसी बहन नहीं चाहिए। तू बहुत ईश्वर का नाम लेती है तो ईश्वर के भरोसे यहाँ से चली क्यों नहीं जाती? तू नहीं जाएगी तो हम सब तुझे मारेंगे।”

कौए तो झगड़ालू होते ही हैं। वे शाम को जब पेड़ पर बैठने लगते हैं तो आपस में ही झगड़ते रहते हैं, एक-दूसरे को चोंच मारते हैं और काँव-काँव करके झगड़ते रहते हैं। कौन सा कौआ, किस टहनी पर बैठेगा, यह कोई झटपट तय नहीं हो जाता। उनमें बार-बार लड़ाई होती है। फिर किसी दूसरी

चिड़िया को वे पेड़ पर कैसे बैठने दे सकते थे? आपसी लड़ाई छोड़कर वे मैना को मारने दौड़े।

कौओं को काँव-काँव करके अपनी ओर झपटते देख बेचारी मैना वहाँ से उड़ गई और थोड़ी दूर जाकर आम के एक पेड़ पर बैठ गई।

रात को तेज आँधी आई, बादल गरजे और बड़े-बड़े ओले पड़ने लगे। बड़े आलू जैसे ओले तड़-तड़ तोप के गोले जैसे गिर रहे थे। कौए काँव-काँव करके चिल्लाए। इधर-से-उधर थोड़े-बहुत उड़े, परंतु ओलों की मार से सब-के-सब घायल होकर जमीन पर गिर पड़े। बहुत से कौए मारे गए।

मैना जिस पेड़ पर बैठी थी, उसकी एक मोटी डाल टूटकर गिर गई। डाल टूटने पर उसकी जड़ के पास एक कोटर बन गया। छोटी मैना उसमें घुस गई और उसे एक भी ओला नहीं लगा।

सवेरा हुआ और दो घड़ी चढ़ने पर चमकीली धूप निकली। मैना कोटर में से निकली, पंख फैलाकर, चहककर उसने भगवान् को प्रणाम किया और उड़ी।

सवेरा हुआ और दो घड़ी चढ़ने पर चमकीली धूप निकली। मैना कोटर में से निकली, पंख फैलाकर, चहककर उसने भगवान् को प्रणाम किया और उड़ी।

जमीन पर घायल पड़े कौओं ने मैना को उड़ते देख बड़े कष्ट से पूछा, "मैना बहन, तुम कहाँ रही? तुमको ओलों की मार से किसने बचाया?"

मैना बोली, "मैं आम के पेड़ पर अकेली बैठी थी और भगवान् से प्रार्थना कर रही थी। दु:ख में पड़े असहाय जीव को ईश्वर के सिवा कौन बचा सकता है?"

जो भी ईश्वर पर विश्वास करता है और ईश्वर को याद करता है, उसकी वे सभी आपत्ति-विपत्ति में सहायता करते हैं और उसकी रक्षा करते हैं।

समय की गति

अहंकारी, अक्खड़ और अदूरदर्शी, जो समय की गति को नहीं पहचान पाते, काल के प्रवाह से उखड़ जाते हैं। जो विनम्र हैं, झुकते हैं, अनावश्यक टकराते नहीं, तालमेल बिठा लेते हैं, वे अपनी सज्जनता का सुफल पाकर रहते

अहंकारी, अक्खड़ और अदूरदर्शी, जो समय की गति को नहीं पहचान पाते, काल के प्रवाह से उखड़ जाते हैं। जो विनम्र हैं, झुकते हैं, अनावश्यक टकराते नहीं, तालमेल बिठा लेते हैं, वे अपनी सज्जनता का सुफल पाकर रहते हैं। फलों से लदा पेड़ ही जमीन की तरफ झुकता है। इसी प्रकार विनम्रता मनुष्य को महानता के और करीब ला देती है। महान् व्यक्तियों में एक बात हमेशा गौर की गई है कि वे अति विनम्र रहे हैं।

हैं। फलों से लदा पेड़ ही जमीन की तरफ झुकता है। इसी प्रकार विनम्रता मनुष्य को महानता के और करीब ला देती है। महान् व्यक्तियों में एक बात हमेशा गौर की गई है कि वे अति विनम्र रहे हैं।

नदी के किनारे विशाल शमी का एक वृक्ष लगा था। बेंत का एक पेड़ भी पास ही लगा था, जिसकी लताएँ फैली हुई थीं। एक दिन नदी में भयंकर बाढ़ आई। प्रवाह प्रचंड था। शमी सोचता था कि मेरी जड़ें तो गहरी और मजबूत हैं। मेरा क्या नुकसान होगा? इसी बीच लहरों ने जड़ों के नीचे की मिट्टी काटनी शुरू कर दी। हर लहर थोड़ी मिट्टी खिसका देती और दूसरी लहर उसे बहा ले जाती। देखते-ही-देखते जंगी वृक्ष जड़ से उखड़ गया। अगले दिन नदी शांत हो चुकी थी और वृक्ष किनारे असहाय पड़ा था।

बेंत का पेड़ भी उसी वक्त बाढ़ से जूझा। जब बाढ़ का प्रवाह तेज हुआ तो वह झुक गया और मिट्टी की सतह पर लेट गया। गरजता पानी उसके ऊपर से गुजर गया। बाढ़ उतरने पर उसने पाया कि वह तो सुरक्षित है, पर उसका पड़ोसी उखड़ा पड़ा था।

किसी छात्र में चाहे गुणों का भंडार ही क्यों न छिपा हो, अगर उसमें आत्मविश्वास नहीं है तो वह गुमनामी की जिंदगी जीता है। बच्चे गीली मिट्टी की तरह होते हैं। उन्हें जिस रूप में भी ढालें, वे वही रूप ले लेते हैं। यह ध्यान में रखते हुए माता-पिता को बचपन से ही बच्चों में आत्मविश्वास बढ़ाने की तरफ ध्यान देना चाहिए।

स्कूल में पढ़ाई के अलावा बच्चों को दूसरी गतिविधियों में भी आगे

बढ़ाएँ। इससे उनकी हिम्मत खुलेगी, आत्मविश्वास बढ़ेगा और उनमें कुछ नया करने की भावना का विकास होगा। बच्चों पर शुरू से ही छोटी-छोटी जिम्मेदारी डालें, जैसे उनका बैग तैयार करना, खुद स्कूल के लिए तैयार होना, सफाई का ध्यान रखना आदि ऐसे काम करने से बच्चे के मन में उत्साह आता है। वे जिम्मेदारी का एहसास करते हैं और इससे भी उनमें आत्मविश्वास बढ़ता है।

बच्चों को एक्टिविटी करने दें, लेकिन उन पर जीत का दबाव न बनाएँ। कई बार इसके दुष्प्रभाव सामने आते हैं, जैसे जीतने के बाद वे स्वयं को अन्य बच्चों से श्रेष्ठ समझने लगते हैं या हराने पर निराश हो जाते हैं; इसलिए बच्चों को सभी चीजें सामान्य तरीके से ही सिखाएँ। अच्छे प्रदर्शन पर बच्चों का उत्साह बढ़ाने के लिए उनकी तारीफ करें, लेकिन ऐसे कि वे अहंकारी न बनें। इससे उनमें कुछ भी सीखने की ललक कम हो जाएगी, क्योंकि वे स्वयं को श्रेष्ठ समझने लगेंगे।

बच्चों को एक्टिविटी करने दें, लेकिन उन पर जीत का दबाव न बनाएँ। कई बार इसके दुष्प्रभाव सामने आते हैं, जैसे जीतने के बाद वे स्वयं को अन्य बच्चों से श्रेष्ठ समझने लगते हैं या हराने पर निराश हो जाते हैं; इसलिए बच्चों को सभी चीजें सामान्य तरीके से ही सिखाएँ। अच्छे प्रदर्शन पर बच्चों का उत्साह बढ़ाने के लिए उनकी तारीफ करें, लेकिन ऐसे कि वे अहंकारी न बनें।

अपने बच्चों के दोस्त बनें। उनसे ऐसा व्यवहार रखें कि वे आपसे अपनी खुशी, परेशानी और गलतियाँ, सबकुछ बिना हिचक बाँटें। इससे आपको बच्चों को समझने में आसानी होगी। अगर बच्चा अपने में कम आत्मविश्वास महसूस कर रहा है तो आप उसकी मदद कर सकेंगे। अगर वह अहंकारी बन रहा है तो आप उसे समझा सकेंगे।

दुर्गुणों से बचाव

किसी भी काम को 'न' से शुरू न करें। ऐसा करने से आपका आत्मविश्वास और उत्साह, दोनों कम होंगे। हमेशा काम के होने की जितनी

भी गुंजाइश है, उसे लेकर चलें। आप जो काम नहीं कर पाते, कल्पना करें कि आप वही काम कर रहे हैं, जिससे सभी खुश हैं। आप भी खुश हैं और सभी आपकी तारीफ कर रहे हैं। इससे आप में सकारात्मक भाव आते हैं, जिनसे आपका आत्मविश्वास बढ़ता है। हमेशा अनुकूल परिणाम की कल्पना न करें। कभी-कभी निराशा भी हाथ लगती है, उसे भी खुशी-खुशी स्वीकार करें, क्योंकि गलतियों से ही इनसान सीखता है। जो नीचे गिरते हैं, वे ही बुलंदियाँ छूते हैं, इसलिए विफलता से अपने आत्मविश्वास को कम न होने दें, बल्कि अपनी गलतियों का अवलोकन करें और उन्हें सुधारें।

क्रोध : क्रोध मनुष्य का एक बहुत खतरनाक अवगुण है। क्रोध वह कीड़ा है, जो सूक्ष्म रूप में मनुष्य के अंदर घुसता है। यदि उस कीड़े पर तुरंत नियंत्रण नहीं किया जाए तो वह विकराल रूप धारण कर लेता है और मनुष्य को विनाश के मार्ग पर धकेल देता है। क्रोध ही है, जो मनुष्य को मूढ़ बना देता है।

महान् लोगों के गुणों को अपने जीवन में शामिल करें। महापुरुषों की जीवनशैली जानें और उन्हें अपने जीवन में उतारें। इससे आपमें अच्छी आदतों का विकास होता है, जिससे अच्छे परिणाम सामने आते हैं और आप स्वयं में आत्मविश्वास का अनुभव करते हैं।

क्रोध : क्रोध मनुष्य का एक बहुत खतरनाक अवगुण है। क्रोध वह कीड़ा है, जो सूक्ष्म रूप में मनुष्य के अंदर घुसता है। यदि उस कीड़े पर तुरंत नियंत्रण नहीं किया जाए तो वह विकराल रूप धारण कर लेता है और मनुष्य को विनाश के मार्ग पर धकेल देता है। क्रोध ही है, जो मनुष्य को मूढ़ बना देता है। बड़े-से-बड़ा ज्ञानी भी क्रोध के बंधन में बँधकर विनाश को प्राप्त हो जाता है। याद रखें, क्रोध पर विजय पाने वाला ही सफलता प्राप्त करता है। क्रोध से बचने के लिए मन में शांति बनाए रखना आवश्यक है। प्रसन्न रहकर क्रोध के आवेग को रोकें।

अहंकार : अहंकार मनुष्य का वह दुर्गुण है, जिसके चलते वह कुछ नहीं होने पर भी स्वयं को सर्वोपरि समझता है या अनेक गुणों के होते हुए भी इस दुर्गुण के कारण अपने सद्गुणों का भी नाश कर बैठता है। अहंकारी

व्यक्ति सफलता की सीढ़ी के सबसे निचले पायदान पर खड़ा रहकर ही स्वयं को सर्वोपरि समझता है। इसी भावावेश में वह सफलता से दूर रह जाता है, उसका स्वाद तक नहीं चख पाता। सर्वगुण संपन्न व्यक्ति भी जब इस अहंकार का शिकार होता है तो यदि वह सफलता के उच्च शिखर पर बैठा हो तो भी धम्म से नीचे आ गिरता है।

अहंकार मूर्ख और चापलूस किस्म के लोगों की औषधि है, जिसे लेते ही उनके शरीर में उत्साह का संचार हो जाता है, जबकि सफलता चाहने वाले लोग इससे दूर भागते हैं, क्योंकि वे इसे विष के समान समझते हैं। अहंकारी व्यक्ति अपने सामने वाले को कुछ नहीं समझता। वह यह भी भूल जाता है कि उसके सामने कौन है ? क्या है ? वह सामने वाले का अपमान करने से भी नहीं चूकता।

चिंता : 'चिंता चिता समान' अर्थात् चिंता को चिता के समान कहा गया है, जिससे यदि मनुष्य नहीं उबर पाता तो सीधा चिता पर ही पहुँचता है। चिंता वह दीमक है, जो मनुष्य को अंदर-ही-अंदर खोखला कर देती है। कोई भी ऐसी समस्या नहीं है, जो चिंता करने से सुलझती हो अथवा चिंता उसका हल हो, अपितु चिंता को छोड़कर उस समस्या को हल करने के उपायों से समस्या सुलझती है। जो व्यक्ति चिंता जैसे महादुर्गुण पर काबू पा लेता है, वही जीवन में सफलता प्राप्त करता है। अधिकतर मनुष्य भविष्य की चिंता में अपना वर्तमान चौपट कर लेते हैं। बस, वे सोचते रहते हैं कि आनेवाले समय में क्या होगा ? जब यह चिंता उन्हें घेरती है तो वे आज को भी भूल जाते हैं। आज के कार्य के लिए उनके पास जो ऊर्जा होती है, उसे वे भविष्य के विषय में सोचकर समाप्त कर देते हैं। क्या चिंता कोई औषधि

चिंता : 'चिंता चिता समान' अर्थात् चिंता को चिता के समान कहा गया है, जिससे यदि मनुष्य नहीं उबर पाता तो सीधा चिता पर ही पहुँचता है। चिंता वह दीमक है, जो मनुष्य को अंदर-ही-अंदर खोखला कर देती है। कोई भी ऐसी समस्या नहीं है, जो चिंता करने से सुलझती हो अथवा चिंता उसका हल हो, अपितु चिंता को छोड़कर उस समस्या को हल करने के उपायों से समस्या सुलझती है।

है, जिसे लेने से वह समस्या हल हो जाएगी ? चिंता औषधि नहीं, अपितु एक धीमा विष है, जो मनुष्य को धीरे-धीरे क्षीण करता जाता है।

भय की आशंका चिंता को जन्म देती है। कहीं ऐसा न हो जाए, वैसा न हो जाए, उधर कोई है, उसने ऐसा कहा आदि-आदि विचार चिंता के मुख्य कारण हैं। मनुष्य का कोई कार्य न होने पर या कोई अन्य कारण से वह चिंताग्रस्त हो जाता है। धीरे-धीरे चिंता उसे अनेक रोगों, जैसे रक्तचाप, हृदयाघात आदि से जकड़ लेती है, जो मनुष्य की सफलता के लिए घातक होते हैं। चिंता को ढूँढ़ने के लिए मनुष्य को कहीं जाना नहीं पड़ता, अपितु यह कहें कि चिंता अपने शिकार को स्वयं ढूँढ़ लेती है। मनुष्य चिंता के अनेकानेक कारण बना लेता है। घर-परिवार की चिंता, बच्चे की बीमारी, पढ़ाई आदि की चिंता, नौकरी की चिंता, शादी की चिंता, धन की कमी, आस-पड़ोस सुखी है, उसे लेकर चिंता, सफेद होते बालों की चिंता, वृद्धावस्था की चिंता आदि-आदि। मनुष्य पग-पग पर चिंता के कारण बना लेता है और उन्हें जबरदस्ती गले लगाकर बैठ जाता है। स्वयं को भ्रम की स्थिति में रखता है।

हीन-भावना से वे मनुष्य ग्रस्त होते हैं, जिनमें आत्मविश्वास की कमी होती है। इस प्रकार की भावना से ग्रस्त व्यक्तियों को अंदर-ही-अंदर भय सताता रहता है कि कोई कुछ कह न दे, उनसे कोई गलती न हो जाए। वे यह नहीं कर सके तो कोई क्या कहेगा ? यह बिना बात का भय उन्हें गर्त में ले जाता है, जिससे वे अपनी शक्तियों को भूल जाते हैं। वे लोगों से छिपते फिरते हैं। अन्य लोगों से नजरें बचाते फिरते हैं। इस प्रकार के लोग एकांतप्रिय होते हैं।

चिंता मनुष्य की योग्यता को चटकर जाती है, क्योंकि चिंता के कारण वह कहीं ओर ध्यान नहीं लगा पाता और अपनी आंतरिक शक्ति को भूल बैठता है। समस्या को कैसे सुलझाना है, उसे भूलकर वह केवल समस्या पर केंद्रित रहता है और उसके चारों ओर घूमता हुआ स्वयं को रोगों से ग्रस्त कर लेता है। इसके विपरीत, यदि वह उस समस्या के हल को खोज ले तो न समस्या रहेगी, न ही चिंता।

हीन-भावना : हीन-भावना मनुष्य को दब्बू बनाती है। हीन-भावना के कारण मनुष्य अकारण स्वयं को दूसरों से कमजोर, असहाय समझने लगता है। हीन-भावना से वे मनुष्य ग्रस्त होते हैं, जिनमें आत्मविश्वास की कमी होती है। इस प्रकार की भावना से ग्रस्त व्यक्तियों को अंदर-ही-अंदर भय सताता रहता है कि कोई कुछ कह न दे, उनसे कोई गलती न हो जाए। वे यह नहीं कर सके तो कोई क्या कहेगा? यह बिना बात का भय उन्हें गर्त में ले जाता है, जिससे वे अपनी शक्तियों को भूल जाते हैं। वे लोगों से छिपते फिरते हैं। अन्य लोगों से नजरें बचाते फिरते हैं। इस प्रकार के लोग एकांतप्रिय होते हैं। ये लोग मित्रों और सगे-संबंधियों तक से दूर भागते हैं कि कहीं उनसे बातचीत न करनी पड़ जाए या ऐसा न हो जाए कि सगे-संबंधी, मित्रादि उनका अपमान कर दें, डाँट दें, आदि-आदि विचार स्वतः ही उनके मन में विचरते रहते हैं। इस प्रकार हीन-भावना से ग्रस्त व्यक्ति अवसरों का लाभ नहीं उठा पाता। हीन-भावना कैसे पैदा होती है? जब किसी से यह कहा जाए कि तुम नकारा हो, निकम्मे हो, जीवन में कुछ नहीं कर सकते। बच्चों को अध्यापक या परिवार वाले जब हर बात पर डाँटते हैं, तुच्छ समझते हैं, तब ऐसे बच्चों को धीरे-धीरे हीन-भावना जकड़ लेती है। वे यह सोचने लगते हैं कि वे कुछ नहीं कर सकते।

हतोत्साहित करने की अपेक्षा बच्चों अथवा बड़ों का उत्साह बढ़ाना चाहिए। विशेषकर बच्चों को तो उत्साहित करना अत्यावश्यक होता है, क्योंकि इस उम्र में उनके उत्साह को न बढ़ाकर उनको हतोत्साहित किया जाए तो वे कुंठित हो जाते हैं और आगे चलकर हीन-भावना से ग्रस्त हो जाते हैं। हीन मनुष्यों की स्थिति ऐसी होती है कि वे अपनी ही परछाईं से डरने लगते हैं और उससे बचने का प्रयास करते हैं। इसी प्रकार हीन-भावना भी मनुष्य का पीछा तब तक नहीं छोड़ती, जब तक कि वह उससे बचने का प्रयास न करे। जहाँ मनुष्य हीन-भावना से बचा, वहीं उसमें सफलता प्राप्त करने के लिए लालसा जागी।

ईर्ष्या : ईर्ष्या वह खतरनाक और नशीला कीड़ा है, जो मनुष्य को एक बार काट ले तो वह हमेशा उसी के मद में चूर रहने लगता है और केवल दुःख-ही-दुःख प्राप्त करता है, क्योंकि वह केवल दूसरों को उन्नत देखकर

परेशान रहता है। दूसरा सुखी है तो उसके प्रति ईर्ष्या है, दूसरा सुंदर है तो ईर्ष्या है, मेरी तरक्की क्यों नहीं हो रही, उसकी हो रही है तो उसे ईर्ष्या है। उसकी सबसे मित्रता है, वह सबसे अच्छा व्यवहार करता है, सभी उसे चाहते हैं, मुझे नहीं, तो उसे ईर्ष्या है। आप स्वयं भी वैसे ही बनें, जिससे आपको किसी से ईर्ष्या करने की आवश्यकता ही न पड़े।

ईर्ष्या मनुष्य को अंदर-ही-अंदर अग्नि के समान जलाती रहती है। ईर्ष्या की अग्नि मनुष्य को क्रोधी बना देती है। वह व्यक्तियों को नीचा दिखाने के अवसर ढूँढ़ता रहता है। ईर्ष्या का भाव मनुष्य के विचारों को मलिन करता है। उसके मन में गलत विचार पैदा होते हैं। गलत विचार मनुष्य को गलत मार्ग पर ले जाते हैं।

ईर्ष्या मनुष्य को अंदर-ही-अंदर अग्नि के समान जलाती रहती है। ईर्ष्या की अग्नि मनुष्य को क्रोधी बना देती है। वह व्यक्तियों को नीचा दिखाने के अवसर ढूँढ़ता रहता है। ईर्ष्या का भाव मनुष्य के विचारों को मलिन करता है। उसके मन में गलत विचार पैदा होते हैं। गलत विचार मनुष्य को गलत मार्ग पर ले जाते हैं।

मनुष्य दूसरों से ईर्ष्या कब करता है? तब, जब वह दूसरों से गुणों में कमजोर हो अर्थात् उसमें सफलता प्राप्त करने के गुण न हों। अपने अवगुणों के कारण वह सफल नहीं होता तो दूसरों की उन्नति को सहन नहीं कर पाता और उसके मन में ईर्ष्या घर कर जाती है। ईर्ष्या के इस भाव से तभी बचा जा सकता है, जब असफल मनुष्य दूसरों के गुणों को देखे, उन्हें अपनाए उनसे प्रेरणा लेकर कार्य करे। अतः दूसरों की उन्नति आदि से ईर्ष्या न करके मनुष्य को सामने वाले की उन्नति के प्रयासों को देखना चाहिए कि उसने किस प्रकार कठिन परिश्रम करके उन्नति प्राप्त की है? बस, फिर वह भी उसकी तरह ही उन्नति करता हुआ सफलता प्राप्त कर सकता है।

आलस्य : आलस्य मनुष्य का महा अवगुण है, जो उसकी सफलता को असफलता में बदलने में महत्त्वपूर्ण भूमिका निभाता है। आलस्य एक रोग की भाँति है, जो एक बार मनुष्य को जकड़ ले तो बहुत मुश्किल से पीछा छोड़ता

है। यह आलस आज अनेक रूपों में दिखाई देता है, जो लोगों को सफलता की ओर नहीं बढ़ने देता।

निराशा : मनुष्य को निराशा कब घेरती है? जब वह किसी काम में असफल होता है। किसी काम में असफल होना, सफलता के लिए अग्रसर होना है, क्योंकि जब ठोकर लगती है, तभी मनुष्य आगे सँभल कर चलता है। निराशा ही मनुष्य में आशा का संचार करती है। निराश व्यक्ति ही विचार मंथन करता है और सोचता है कि उसने कहाँ गलती की? और वह अपनी गलती को सुधारकर अपने कार्य में सफल होता है अर्थात् निराशा से पार पाता है। निराशा अवगुण कब बनता है? जब मनुष्य किसी कार्य में असफल हो और उसे निराशा घेर ले। निराश होकर वह बैठ जाए, उस असफलता का हल न ढूँढ़े, तब निराशा नामक अग्नि जन्म लेती है, जिससे मनुष्य के बाकी सभी गुण जलकर भस्म हो जाते हैं।

एक छोटी सी मुसकान आपके चेहरे पर रौनक ला देती है। ज्यादातर लोग यह भी कहते हैं कि उन्हें मुसकान से सच्ची ताकत मिलती है और उन्हें पहले से पता होता है कि मुसकान आत्मविश्वास की कमी को दूर करने की सबसे बढ़िया दवा है। ज्यादातर लोगों को इन बातों पर यकीन नहीं होता, क्योंकि वे डरे हुए रहते हैं और मुसकराना नहीं चाहते। बड़ी मुसकराहट हमेशा आपका आत्मविश्वास बढ़ाती है।

सच्ची मुसकान

एक छोटी सी मुसकान आपके चेहरे पर रौनक ला देती है। ज्यादातर लोग यह भी कहते हैं कि उन्हें मुसकान से सच्ची ताकत मिलती है और उन्हें पहले से पता होता है कि मुसकान आत्मविश्वास की कमी को दूर करने की सबसे बढ़िया दवा है। ज्यादातर लोगों को इन बातों पर यकीन नहीं होता, क्योंकि वे डरे हुए रहते हैं और मुसकराना नहीं चाहते। बड़ी मुसकराहट हमेशा आपका आत्मविश्वास बढ़ाती है। यह आपका डर भगाती है, आपकी चिंता दूर करती है और आपकी निराशा को खत्म कर देती है। एक सच्ची मुसकान

सिर्फ आपके आत्मविश्वास को ही नहीं बढ़ाती, बल्कि आपके मन की बुरी भावनाओं को भी हटाती है और आपके प्रति लोगों के विरोध को भी पिघला देती है और यह तत्काल होता है।

अगर आप किसी को बड़ी सी मुसकान देते हैं तो सामने वाला व्यक्ति आपसे गुस्सा हो ही नहीं सकता। हमेशा बड़ी मुसकराहट देने का प्रयास करें। आप महसूस करेंगे कि एक बार फिर खुशी के दिन लौट आए हैं, लेकिन आपको मुसकराने में किसी प्रकार की कंजूसी नहीं करनी है। आधी मुसकराहट से काम नहीं चलने वाला। आधी मुसकराहट से सफलता की गारंटी देना संभव नहीं। तब तक मुसकराइए, जब तक आपके दाँत न दिखने लगें। बड़ी मुसकराहट ही सफलता की पूरी गारंटी दे सकती है। मुसकराहट इतनी शक्तिशाली होती है कि आपके मन में फिर से उत्साह झलक पड़ता है।

भावनात्मक ज्ञान

भावनात्मक ज्ञान आपके जीवन में और खास कर आपके ज्ञानार्जन में सफलता के लिए बहुत महत्त्वपूर्ण हो सकता है। लोगों और संबंधों का प्रबंधन करने की क्षमता सभी नेताओं के लिए बहुत महत्त्वपूर्ण है। भावनात्मक ज्ञान का उपयोग दूसरों को आप के अंदर के नेतृत्व और विकासशीलता को दिखाने का एक अच्छा तरीका हो सकता है। हरेक मनुष्य का अलग व्यक्तित्व होता है। हम सबकी जरूरतें विभिन्न होती हैं और हरेक व्यक्ति अपनी भावना अलग तरीके से जाहिर करता है। अपनी भावना को समझने की क्षमता और किस प्रकार से आपकी भावना दूसरों को प्रभावित करती है, की समझ को हम 'भावनात्मक ज्ञान' कह सकते हैं। भावनात्मक ज्ञान में दूसरों के प्रति आपकी धारणा भी शामिल

> ***हरेक मनुष्य का अलग व्यक्तित्व होता है। हम सबकी जरूरतें विभिन्न होती हैं और हरेक व्यक्ति अपनी भावना अलग तरीके से जाहिर करता है। अपनी भावना को समझने की क्षमता और किस प्रकार से आपकी भावना दूसरों को प्रभावित करती है, की समझ को हम 'भावनात्मक ज्ञान' कह सकते हैं।***

है। जब आप दूसरों की भावना को समझते हैं तो आप उनके साथ अच्छे संबंध बना सकते हैं।

जिस व्यक्ति का भावनात्मक ज्ञान अच्छा है, वह गुस्सा नहीं होता, परेशान नहीं होता और झुँझलाता नहीं है। इसलिए दूसरे उनके साथ काम करना पसंद करते हैं। जिस व्यक्ति का भावनात्मक ज्ञान अच्छा होता है, वह ज्यादा-से-ज्यादा काम में सफल होता है। यह इसलिए होता है, क्योंकि दूसरे उनके साथ काम करना पसंद करते हैं। जब उन्हें जरूरत पड़ती है तो दूसरे लोग उनकी मदद करते हैं, क्योंकि उन्हें ऐसे व्यक्ति का साथ अच्छा लगता है और यही कारण है कि अच्छे भावनात्मक ज्ञान वाला व्यक्ति हरेक काम में सफलता प्राप्त करता है।

जिस व्यक्ति का भावनात्मक ज्ञान अच्छा होता है, वह ज्यादा-से-ज्यादा काम में सफल होता है। यह इसलिए होता है, क्योंकि दूसरे उनके साथ काम करना पसंद करते हैं। जब उन्हें जरूरत पड़ती है तो दूसरे लोग उनकी मदद करते हैं, क्योंकि उन्हें ऐसे व्यक्ति का साथ अच्छा लगता है और यही कारण है कि अच्छे भावनात्मक ज्ञान वाला व्यक्ति हरेक काम में सफलता प्राप्त करता है।

आत्म-जागरूकता : भावनात्मक ज्ञान वाले व्यक्ति आम तौर पर आत्म-जागरूक होते हैं। वे अपनी भावना को समझते हैं और इसलिए वे अपनी भावना को अपने ऊपर शासन नहीं करने देते हैं। उनको अपने पर विश्वास होता है, क्योंकि उनको अपने अंतर्ज्ञान पर भरोसा होता है। वे भावनाओं को नियंत्रण से बाहर नहीं होने देते हैं। ईमानदारी के साथ अपने अंदर झाँकने को तैयार रहते हैं। अपनी शक्ति और कमजोरी को समझते हैं और वे अपनी कमजोरी को दूर करने की पूरी कोशिश करते हैं, जिससे कि वे अपने काम में अच्छा प्रदर्शन कर सकें। काफी लोग ऐसा मानते हैं कि आत्म-जागरूकता, भावनात्मक ज्ञान की सबसे जरूरी कड़ी है।

स्व-नियमन : यह भावनाओं और आवेगों को नियंत्रित करने की क्षमता है। जो लोग स्वयं को विनियमित रखते हैं, वे दूसरों पर गुस्सा या उनसे जलन

नहीं करते हैं। वे आवेगी या लापरवाह निर्णय नहीं लेते हैं। वे कोई कार्य करने से पहले सोचते हैं। स्व-नियमन के लक्षण हैं—सोच-विचार में सावधानी, अखंडता और न कहने की क्षमता।

ऊँचे स्तर के भावनात्मक ज्ञान वाले व्यक्ति आम तौर पर अभिप्रेरित होते हैं। वे दूर की सोचते हैं और लंबे समय के बाद आनेवाली बड़ी सफलता के लिए तत्काल परिणाम को स्थगित करने के लिए तैयार रहते हैं। वे अत्यधिक उत्पादक होते हैं। वे चुनौती स्वीकार करते हैं और उनका काम प्रभावित करता है।

अभिप्रेरण : ऊँचे स्तर के भावनात्मक ज्ञान वाले व्यक्ति आम तौर पर अभिप्रेरित होते हैं। वे दूर की सोचते हैं और लंबे समय के बाद आनेवाली बड़ी सफलता के लिए तत्काल परिणाम को स्थगित करने के लिए तैयार रहते हैं। वे अत्यधिक उत्पादक होते हैं। वे चुनौती स्वीकार करते हैं और उनका काम प्रभावित करता है।

सहानुभूति : दूसरों की जरूरतों और दृष्टिकोण को समझने की क्षमता को सहानुभूति कहा जाता है। सहानुभूतिपूर्ण व्यक्ति दूसरों की भावना को समझते हैं, तब भी जब वे स्पष्ट न हों और इसीलिए सहानुभूतिपूर्ण व्यक्ति दूसरों के साथ संबंध जोड़ने में सर्वोत्कृष्ट होते हैं। वे रूढ़िवादी नहीं होते और दूसरों को पहचानने में जल्दीबाजी नहीं करते। वे अपनी जिंदगी एक खुले और ईमानदार तरीके से जीते हैं।

सामाजिक कौशल : आम तौर पर एक अच्छे सामाजिक कौशल वाले व्यक्ति के साथ संपर्क रखना आसान होता है और यह भावनात्मक ज्ञान की एक और निशानी है। जिनका सामाजिक कौशल मजबूत होता है, वे टीम प्लेयर्स होते हैं। अपनी स्वयं की सफलता पर ध्यान केंद्रित करने की बजाय वे दूसरों को विकसित होने में मदद करते हैं। वे विवादों का प्रबंधन कर सकते हैं, उत्कृष्ट संचारक होते हैं और रिश्तों को बनाने और बनाए रखने में माहिर होते हैं।

भावनात्मक ज्ञान सिखाया और विकसित किया जा सकता है। आप इन सुझावों का उपयोग भी कर सकते हैं—

- निरीक्षण करें कि लोगों के प्रति आपकी प्रतिक्रिया क्या है? क्या आप बिना तथ्यों के और जल्दीबाजी में निर्णय करते हैं? क्या आप रूढ़िवादी हैं? आप ईमानदारी के साथ देखें कि अन्य लोगों के साथ आप कैसा बरताव करते हैं। खुद को उनकी जगह पर रखकर देखें और उनके दृष्टिकोण और जरूरतों को स्वीकार करना सीखें।
- आत्म-मूल्यांकन करें। आप में क्या कमजोरी है? क्या आप स्वीकार करते हैं कि आपमें कुछ कमजोरी है और उन क्षेत्रों पर आप काम करने के लिए तैयार हैं, जो आपको एक बेहतर इनसान बनने में मदद कर सकते हैं? अपने अंदर ईमानदारी से देखने का साहस करें। यह आपके जीवन को बदल सकता है।

आत्म-मूल्यांकन करें। आप में क्या कमजोरी है? क्या आप स्वीकार करते हैं कि आपमें कुछ कमजोरी है और उन क्षेत्रों पर आप काम करने के लिए तैयार हैं, जो आपको एक बेहतर इनसान बनने में मदद कर सकते हैं? अपने अंदर ईमानदारी से देखने का साहस करें। यह आपके जीवन को बदल सकता है।

- तनावपूर्ण स्थितियों में आपकी प्रतिक्रिया कैसी होती है, इसका विश्लेषण करें। क्या आप परेशान हो जाते हैं या झुँझलाते हैं, जब किसी काम में देरी हो जाए या जिस तरह से आप चाहते हैं, वह नहीं हो तो? क्या आप दूसरों को दोष देते हैं और उन पर नाराज हो जाते हैं, तब भी जब उनकी गलती नहीं है? व्यापार की दुनिया में और उससे बाहर भी, कठिन परिस्थितियों में शांत और नियंत्रण में रहने की क्षमता अत्यधिक महत्त्वपूर्ण है। जब कोई बात बिगड़ जाए, फिर भी अपनी भावनाओं को नियंत्रण के तहत रखें।
- अपने कार्यों के लिए जिम्मेदारी लें। यदि आप किसी की भावनाओं को चोट पहुँचाते हैं तो उनसे सीधे माफी माँगें। लोग आम तौर पर माफ कर देते हैं और भूल जाते हैं—अगर आप संबंध सुधारने का

एक ईमानदार प्रयास करने के लिए तैयार हैं।

- कोई भी काररवाई करने से पहले जाँच करें कि कैसे आपकी काररवाई दूसरों को प्रभावित करती है? यदि आपका निर्णय दूसरों को प्रभावित करेगा तो खुद को उनकी जगह पर रखकर देखें कि आपको कैसा लगेगा? क्या आप वह अनुभव चाहेंगे? यदि काररवाई करनी जरूरी है तो उसके प्रभाव से बचने में दूसरों की मदद का तरीका खोजें?

आप खास हैं

एक सुप्रसिद्ध वक्ता ने अपने हाथ में दो हजार का एक नोट लेकर सेमिनार हॉल में प्रवेश किया। हॉल में करीब ढाई सौ लोग बैठे थे। उन्होंने दो हजार का नोट सभी को दिखाते हुए पूछा, "कौन-कौन इस दो हजार के नोट को लेने का इच्छुक है?"

हॉल में मौजूद लोगों के हाथ धीरे-धीरे उठने लगे।

वक्ता ने कहा, "मैं आप ही लोगों में से किसी एक को यह दो हजार का नोट देने वाला हूँ, लेकिन पहले आप मुझे यह कर लेने दीजिए।" यह कहकर उन्होंने नोट को मोड़-तरोड़ दिया।

उसके बाद उन्होंने पूछा, "इसे अब भी कोई लेना चाहता है?" अभी भी लगभग सारे हाथ ऊपर थे।

"ठीक है," उन्होंने कहा, "क्या होगा अगर मैं यह करूँ?" यह कहकर उन्होंने दो हजार के नोट को फर्श पर गिरा दिया और उसे अपने जूते से रगड़ने लगे।

एक सुप्रसिद्ध वक्ता ने अपने हाथ में दो हजार का एक नोट लेकर सेमिनार हॉल में प्रवेश किया। हॉल में करीब ढाई सौ लोग बैठे थे। उन्होंने दो हजार का नोट सभी को दिखाते हुए पूछा, "कौन-कौन इस दो हजार के नोट को लेने का इच्छुक है?"
हॉल में मौजूद लोगों के हाथ धीरे-धीरे उठने लगे।

कुछ देर बाद उन्होंने उसे दुबारा हाथ में लिया, लेकिन अब वह नोट

बुरी तरह तुड़-मुड़कर गंदा हो गया था। फिर उन्होंने लोगों से पूछा, "इसे अब भी कोई लेना चाहता है?" इस बार भी लगभग सभी लोगों के हाथ खड़े थे।

"मेरे दोस्तो, आज आपने एक बहुमूल्य बात सीखी। इससे कोई फर्क नहीं पड़ता कि मैंने इस नोट के साथ क्या किया? आप इसे अब भी लेना चाहते हैं, क्योंकि इससे अब भी इसका मूल्य घटा नहीं है। यह अब भी दो हजार का ही है। यही चीज हम सबके साथ होती है। कई बार हम अपने जीवन में गिरते हैं, कठिनाइयों से लड़ते-लड़ते थक जाते हैं। अपने गलत निर्णयों से भारी मुसीबतों का सामना करते हैं। इन सारी परिस्थितियों से जूझ कर हम अपने आपको मूल्यहीन और बेकार समझने लगते हैं, लेकिन इसका कोई अर्थ नहीं है कि हमारे जीवन में क्या हो चुका है और भविष्य में क्या होगा, आप अपना महत्त्व कभी नहीं खो सकते। आप खास हैं—इसे आप कभी न भूलें।

"साधारण बनने से इनकार कीजिए। मध्यम बनने का विरोध कीजिए। इसका सबसे बड़ा उपाय यह है कि आप छोटे कार्य भी इतनी खूबी से कीजिए कि वह गौरवमयी और महान् बन जाए।"

□

6

रचनात्मक सृजन के मायने

"किसी और की नींव पर बना मकान जाने कब गिर जाए। उसकी मजबूती का भरोसा तो तब होता है, जब बुनियाद में हर ईंट अपने हाथों से रखी गई हो।"

हममें से अधिकांश को चक्की चलाने में तथा अपना दैनिक कार्य करते-करते उसमें तल्लीन हो जाने में कोई कठिनाई नहीं होती, किंतु कार्य के उपरांत अवकाश के क्षण हमारे लिए बड़े भारी हो उठते हैं। उस समय जबकि अवकाश के कारण हमारा मन प्रसन्न रहना चाहिए, हम पर चिंता के बादल छा जाते हैं। हम विचार करने लगते हैं, "जीवन में हमारी प्रगति भी हो रही है या नहीं या उसी ढर्रे में पड़े हुए हैं?"

जब हम निठल्ले रहते हैं तो हमारे मस्तिष्क में शून्यता आने लगती है। भौतिक विज्ञान का प्रत्येक विद्यार्थी इस बात को जानता है कि प्रकृति शून्यता पसंद नहीं करती। मस्तिष्क की यह शून्यता अथवा रिक्तता जलते हुए बिजली के लट्टू के अंदर की रिक्तता से बहुत कुछ मिलती-जुलती होती है। आप उस लट्टू को तोड़ दीजिए और प्रकृति उस सैद्धांतिक रिक्तता को वायु से भरकर समाप्त कर देगी। इसी तरह प्रकृति भी रिक्त अथवा शून्य मस्तिष्क को भरने के लिए दौड़ पड़ती है। सामान्यतः वह इस रिक्तता को मनोभावों से भरती है। क्योंकि चिंता, भय, घृणा, ईर्ष्या तथा स्पर्धा के मनोभाव प्राकृत ओज तथा प्राकृत चेतन-शक्ति से संचालित होते हैं। ये मनोभाव इतने प्रबल होते हैं कि वे मस्तिष्क से अन्य सभी शांत एवं सुखद विचारों एवं मनोभावों को बाहर निकाल फेंकते हैं।

मानसिक शक्तियों में कल्पना का स्थान अत्यंत प्रमुख है। इसी अद्‍भुत शक्ति के बल पर संसार के इतिहास में महान् कार्य हुए हैं। कलाकारों, कवियों, नाट्‍यकारों, दार्शनिकों, तत्त्वज्ञानियों ने इसी के बल पर अपनी कला का निर्माण तथा सृष्टि के नाना रहस्यों का उद्‍घाटन किया है। इसी के द्वारा मनुष्य अपना लक्ष्य स्थिर करता तथा उज्ज्वल भविष्य को निहारता है।

यदि हम अपने चारों ओर दृष्टि डालें तो हमें ऐसे बहुत से कार्य आदि दिखाई दे जाएँगे, जिनसे हमें किसी-न-किसी प्रकार की प्रेरणा मिलेगी, भले ही वह कार्य को अच्छे ढंग से करने की प्रेरणा हो अथवा कोई अन्य। ये प्रेरणाएँ हमें जीवन में सफलता की ओर ले जाती हैं। गलत प्रेरणाएँ असफलता की ओर अग्रसर करती हैं।

पुरानी आदत

एक अमीर आदमी अपने बेटे की किसी बुरी आदत से बहुत परेशान था। वह जब भी बेटे से आदत छोड़ने को कहता तो एक ही जवाब मिलता, "अभी मैं इतना छोटा हूँ। धीरे-धीरे यह आदत छोड़ दूँगा।" पर वह कभी भी आदत छोड़ने का प्रयास नहीं करता।

उन्हीं दिनों एक महात्मा गाँव में पधारे। जब आदमी को उनके बारे में पता चला तो वह तुरंत उनके पास पहुँचा और अपनी समस्या बताने लगा। महात्माजी ने उसकी बात सुनी और कहा, "ठीक है, आप अपने बेटे को कल सुबह बगीचे में लेकर आइए। वहीं मैं आपको उपाय बताऊँगा।"

अगले दिन सुबह पिता-पुत्र बगीचे में पहुँचे।

उन्हीं दिनों एक महात्मा गाँव में पधारे। जब आदमी को उनके बारे में पता चला तो वह तुरंत उनके पास पहुँचा और अपनी समस्या बताने लगा। महात्माजी ने उसकी बात सुनी और कहा, "ठीक है, आप अपने बेटे को कल सुबह बगीचे में लेकर आइए। वहीं मैं आपको उपाय बताऊँगा।" अगले दिन सुबह पिता-पुत्र बगीचे में पहुँचे।

महात्माजी बेटे से बोले, "आओ, हम दोनों बगीचे की सैर करते हैं।" और वे धीरे-धीरे आगे बढ़ने लगे।

चलते-चलते महात्माजी अचानक रुके और बेटे से कहा, "क्या तुम इस छोटे से पौधे को उखाड़ सकते हो?"

"जी हाँ, इसमें कौन सी बड़ी बात है?" और ऐसा कहते हुए बेटे ने आसानी से पौधे को उखाड़ दिया।

फिर वे आगे बढ़ गए और थोड़ी देर बाद महात्माजी ने थोड़े बड़े पौधे की तरफ इशारा करते हुए कहा, "क्या तुम इसे भी उखाड़ सकते हो?"

लड़के को तो मानो इन सब में मजा आ रहा था, वह तुरंत पौधा उखाड़ने में लग गया। इस बार उसे थोड़ी मेहनत लगी, पर काफी प्रयत्न के बाद उसने उसे भी उखाड़ दिया।

वे फिर आगे बढ़े और कुछ देर बाद पुनः महात्माजी ने गुड़हल के एक पेड़ की तरफ इशारा करते हुए उससे उसे उखाड़ने के लिए कहा।

बेटे ने पेड़ का ताना पकड़ा और उसे जोर-जोर से खींचने लगा, पर पेड़ तो हिलने का भी नाम नहीं ले रहा था। जब बहुत प्रयास के बाद भी पेड़ टस-से-मस न हुआ तो लड़का बोला, "अरे! यह तो बहुत मजबूत है। इसे उखाड़ना असंभव है।"

बेटे ने पेड़ का ताना पकड़ा और उसे जोर-जोर से खींचने लगा, पर पेड़ तो हिलने का भी नाम नहीं ले रहा था। जब बहुत प्रयास के बाद भी पेड़ टस-से-मस न हुआ तो लड़का बोला, "अरे! यह तो बहुत मजबूत है। इसे उखाड़ना असंभव है।"

महात्माजी ने उसे प्यार से समझाते हुए कहा, "बेटा, ठीक ऐसा ही बुरी आदतों के साथ होता है। जब वे नई होती हैं तो उन्हें छोड़ना आसान होता है, पर वे जैसे-जैसे पुरानी होती जाती हैं, उन्हें छोड़ना मुश्किल होता जाता है।"

लड़का बात समझ गया और उसने बुरी आदत छोड़ने का निश्चय कर लिया।

वैसे तो सभी लोग अपनी क्षमता के अनुसार कार्य करते हैं, किंतु जब कोई व्यक्ति विशेष या कठिन कार्य करके अपनी विशेष क्षमता प्रस्तुत करता है तो वह क्षमता लोगों के लिए प्रेरणा बन जाती है। उस विशेष कार्य करनेवाले से भी यह पूछा जाता है कि आपको प्रेरणा कहाँ से मिली, क्योंकि

उसने औरों से हटकर कार्य किया है। स्वाभाविक है कि उसने भी कहीं-न-कहीं से अलग करने की प्रेरणा पाई होगी अर्थात् किसी भी अच्छे-बुरे कार्य के पीछे अच्छी-बुरी प्रेरणा छिपी होती है। प्रेरणा वह चाबी हो सकती है, जो हमें सफल बना सकती है, लेकिन केवल उनके लिए जो सफल होना चाहते हैं। अत: प्रेरणा भी वही ग्रहण करते हैं, जो जीवन में सफलता प्राप्त करना चाहते हैं।

प्रेरणा वह औषधि होती है, जो एक उत्तेजना की भाँति कार्य करती है। जब कोई ऐसी औषधि (प्रेरणा) ग्रहण करता है तो उसे वही कार्य करने की धुन सवार हो जाती है और वह उस कार्य को अपना लक्ष्य बना लेता है। औषधि अच्छी ही ग्रहण करनी चाहिए अर्थात् प्रेरणा ऐसी होनी चाहिए, जो हमें सही मार्ग दिखाए और वही हमें ग्रहण करनी चाहिए।

प्रेरणा वह औषधि होती है, जो एक उत्तेजना की भाँति कार्य करती है। जब कोई ऐसी औषधि (प्रेरणा) ग्रहण करता है तो उसे वही कार्य करने की धुन सवार हो जाती है और वह उस कार्य को अपना लक्ष्य बना लेता है। औषधि अच्छी ही ग्रहण करनी चाहिए अर्थात् प्रेरणा ऐसी होनी चाहिए, जो हमें सही मार्ग दिखाए और वही हमें ग्रहण करनी चाहिए।

प्रेरणा विवेकपूर्वक लेनी चाहिए। विवेक एक ऐसा महत्त्वपूर्ण गुण है, जो जीवन में पग-पग काम आता है। विवेकानुसार कार्य करने पर मनुष्य सफलता प्राप्त करता है, जबकि अविवेक मनुष्य के लिए खतरे पैदा कर सकता है। विवेकहीन मनुष्य पग-पग पर गलतियाँ करता है। उन गलतियों का उसको पग-पग पर नुकसान भी उठाना पड़ता है, जो कि उसकी सफलता के मार्ग में घातक बाधाएँ होती हैं। मनुष्य को कोई भी कार्य करते समय अपने विवेक से उस कार्य के दोनों पहलुओं को देख लेना चाहिए, जिससे उसे पछताना न पड़े। विवेकशील मनुष्य कार्य करने से पूर्व उस कार्य के प्रत्येक पहलू पर विचार करता है, जिससे उसे उस कार्य में असफलता न मिले, जबकि विवेकहीन व्यक्ति उतावलेपन से कार्य करके अपनी हानि कर बैठता है। साथ ही, दूसरों को भी नुकसान पहुँचाता है।

ईर्ष्या, क्रोध, लालच, गर्व आदि सभी विकार विवेक के शत्रु हैं। जब मनुष्य किसी अन्य की सफलता से ईर्ष्या करता है, तब वह अपना विवेक खोता है और उसके विरुद्ध लोगों को भड़काता है। जब मनुष्य अधीर होता है तो उसे क्रोध आता है। वह क्रोध में आपा खोकर विवेकहीन हो जाता है और अपना अहित करता है, साथ ही दूसरों के लिए भी हानिकारक बन जाता है।

ईर्ष्या, क्रोध, लालच, गर्व आदि सभी विकार विवेक के शत्रु हैं। जब मनुष्य किसी अन्य की सफलता से ईर्ष्या करता है, तब वह अपना विवेक खोता है और उसके विरुद्ध लोगों को भड़काता है। जब मनुष्य अधीर होता है तो उसे क्रोध आता है। वह क्रोध में आपा खोकर विवेकहीन हो जाता है और अपना अहित करता है, साथ ही दूसरों के लिए भी हानिकारक बन जाता है। मनुष्य जब किसी वस्तु आदि के प्रति अत्यधिक आकर्षित हो जाता है तो उसके मन में लालच समा जाता है। वह अवैध तरीके प्रयोग कर उस वस्तु को प्राप्त करने का प्रयास करता है। इसके लिए वह हिंसक प्रवृत्ति तक अपना लेता है। उसके मन में एक ही खयाल रहता है कि किसी भी प्रकार उसे वह वस्तु प्राप्त करनी है, चाहे इसके लिए कुछ भी करना पड़े और यही वह क्षण होता है, जब मनुष्य विवेकहीन हो जाता है।

आंतरिक शक्ति

आंतरिक शक्ति मनुष्य की वह जीवंत शक्ति होती है, जिसके बल पर वह ऐसे बड़े कार्य भी कर लेता है, जो आश्चर्यजनक होते हैं और फिर मनुष्य यह सोचता है, उसने यह कैसे कर लिया ? मनुष्य की आंतरिक शक्ति उसके रंग-रूप, उसकी लंबाई-चौड़ाई की भाँति दिखाई नहीं देती। वह तो उसके वे गुण होते हैं, जिन्हें न तो वह देख सकता है और न ही अन्य कोई, लेकिन जब मनुष्य अपनी आंतरिक शक्ति को पहचानता है तो उसके अतिरिक्त उसके कार्यों को दूसरे लोग भी देखते हैं। मनुष्य प्राय: यही सोचता है कि यह तो बहुत कठिन कार्य है, मेरे वश का नहीं है, लेकिन जब उसे अपनी

आंतरिक शक्ति का ज्ञान होता है तो वह उसको कर जाता है। मनुष्य अपने आंतरिक गुणों को आत्मविश्वास पैदा करके प्राप्त कर सकता है। यदि मनुष्य दृढ़ निश्चय कर ले तो वह किसी भी काम को आसानी से कर सकता है। सर्वप्रथम आवश्यकता है कि मनुष्य स्वयं को पहचाने।

कल्पनाशीलता

कल्पना द्वारा हम अपने भविष्य का निर्माण कर सकते हैं। साथ ही, नाना प्रकार की व्याधियों, पाप और दुःख की आँधियों, कायरता, निरुत्साह, उदासीनता, ग्लानि तथा रोगों की बात भी सोच सकते हैं। कुकल्पना शैतान से भी बढ़कर है। मन की यह अशुभ वृत्ति आयु, सामर्थ्य, मनोबल की सर्वदा हानि करनेवाली है। इसके विपरीत, यदि कल्पना का ठीक प्रकार से विकास एवं उपयोग किया जाए तो यह सब दुःखों, व्याधियों, अंतरस्थ दीनता, अहं की भावना का नाश कर मुक्ति मंदिर में प्रवेश करा सकती है। यह हमारी रक्षा करनेवाली, सद्प्रेरणा, अभ्यंतर स्वतंत्रता देने वाली है। कल्पना शक्ति के दुरुपयोगों से पूर्ण स्वस्थ मनुष्य तक क्षय को प्राप्त हो सकता है तथा सदुपयोग से मरण शय्या पर पड़ा हुआ रोगी भी आरोग्य प्राप्त कर सकता है। मन की स्थिति सुधारने, स्थिरता कायम रखने, नवीन रचनात्मक कार्य करने में कल्पना से अत्यधिक सहायता मिलती है, क्योंकि इसका राज्य भूत, भविष्य एवं वर्तमान, तीनों पर समान रूप से है।

कल्पना शक्ति के दुरुपयोगों से पूर्ण स्वस्थ मनुष्य तक क्षय को प्राप्त हो सकता है तथा सदुपयोग से मरण शय्या पर पड़ा हुआ रोगी भी आरोग्य प्राप्त कर सकता है। मन की स्थिति सुधारने, स्थिरता कायम रखने, नवीन रचनात्मक कार्य करने में कल्पना से अत्यधिक सहायता मिलती है, क्योंकि इसका राज्य भूत, भविष्य एवं वर्तमान, तीनों पर समान रूप से है।

कल्पना जगत्

फ्रांस में एक दोषी को प्राण दंड मिला। कारागार में डॉक्टरों ने उसके

नोट बुक का प्रयोग कीजिए। उसमें अपने आदर्शों, चित्रों तथा मौलिक विचारों को लिख लीजिए। प्रतिदिन अंतःकरण में उठी हुई भावनाओं को कलमबद्ध कीजिए और उनकी सहायता से नव चित्रों का निर्माण कीजिए।

नेत्रों पर पट्टी बाँधकर उसे एक तख्ते पर लिटा दिया और कह दिया कि उसे नसें काटकर मारा जाएगा। उसकी दोनों बाजुओं पर सूइयाँ चुभो दी गईं, जिससे कि वह समझे कि नसें काट दी गई हैं और बाजुओं पर गरम पानी की धार इस प्रकार छोड़ी गई कि वह इस भ्रम में आ गया कि उसकी नसों में से गरम रक्त निकला जा रहा है। फिर झूठ ही यह कहना प्रारंभ किया गया कि रक्त तो बहुत निकल रहा है, अब इतना निकला, अब इतना। कैदी ने कल्पना जगत् में देखा कि वह लहूलुहान हो गया है और मरणासन्न है। कल्पना ने इतना भयंकर स्वरूप उसे दिखाया कि वह कैदी मृत्यु को प्राप्त हुआ।

कल्पना को ठीक पथ में रखना अति आवश्यक है, क्योंकि कल्पना के विकृत स्वरूप से शक्ति का क्षय असद् विचार, मनो जनित रोग उत्पन्न होते हैं। असत् कल्पना विचार, सामर्थ्य और संकल्प को कुंठित कर देती है। कल्पना संहारक भी है। अतः निरर्थक, व्यर्थ के प्रतिकूल विचारों को मनोमंदिर में स्थान देना अत्यंत बुरा है। मानव दृष्टि से केवल सर्वोत्तम चित्रों की ही सृष्टि कीजिए।

- विचारों की एक सुनिश्चित दशा बनाइए। उन्हें अपने आदर्श पर केंद्रीभूत कीजिए। व्यर्थ भटकने न दीजिए।
- कई भावनाओं का एक जगह मेल कराना सीखिए। परस्पर विरोधी बातों का कल्पना द्वारा सामंजस्य हो सकता है और मनुष्य उद्वेग आंतरिक संघर्ष से बच सकता है।
- नोट बुक का प्रयोग कीजिए। उसमें अपने आदर्शों, चित्रों तथा मौलिक विचारों को लिख लीजिए। प्रतिदिन अंतःकरण में उठी हुई भावनाओं को कलमबद्ध कीजिए और उनकी सहायता से नव चित्रों का निर्माण कीजिए।

- विचारों को निश्चित स्थान पर पहुँचाकर ही छोड़िए। यह नहीं कि उन्हें उस दिशा में उन्मुख करते ही छोड़ दें।
- आत्म-निरीक्षण करने के पश्चात् ही अपना जीवन क्रम निश्चित कीजिए। कल्पना-शक्ति द्वारा यह मालूम कीजिए कि किस प्रकार के चित्र आपके दिमाग में अधिक स्पष्टतर उठते हैं?
- संसार में जो वस्तुएँ विद्यमान हैं उनका दर्शन कीजिए, पुस्तकें पढ़िए, लोगों के स्वभावों का अध्ययन कीजिए और अपने प्रत्यक्ष ज्ञान का एक विस्तृत खजाना तैयार कीजिए। जितना अधिक सामान आपके पास होगा, उतनी ही कल्पना नई प्रतिमाएँ तैयार कर सकेगी।
- आदर्श बनाइए, क्योंकि यही कल्पना का केंद्र बनेगा। महापुरुषों की जीवनियों, इतिहास के पुरुषों, लेखकों के चरित्रों में देखकर यह निश्चित कीजिए कि वास्तव में आप क्या बनना चाहते हैं? आदर्श निर्माण के पश्चात् कल्पना उसी केंद्र पर छोड़ दें। रात-दिन उसी का चिंतन, मनन, चित्र निर्माण करें।

रचनात्मकता शिक्षण की एक ऐसी रणनीति है, जिसमें विद्यार्थी के पूर्व ज्ञान, आस्थाओं और कौशल का इस्तेमाल किया जाता है। रचनात्मक रणनीति के माध्यम से विद्यार्थी अपने पूर्व ज्ञान और सूचना के आधार पर नई किस्म की समझ विकसित करता है।

रचनात्मकता

रचनात्मकता शिक्षण की एक ऐसी रणनीति है, जिसमें विद्यार्थी के पूर्व ज्ञान, आस्थाओं और कौशल का इस्तेमाल किया जाता है। रचनात्मक रणनीति के माध्यम से विद्यार्थी अपने पूर्व ज्ञान और सूचना के आधार पर नई किस्म की समझ विकसित करता है। इस शैली पर काम करनेवाला शिक्षक प्रश्न उठाता है और विद्यार्थियों के जवाब तलाशने की प्रक्रिया का निरीक्षण करता है, उन्हें निर्देशित करता है तथा सोचने-समझने के नए तरीकों का सूत्रपात करता हैं।

सभी मनुष्यों में सीखने की बुनियादी चाह होती है और शिक्षक का काम इसी दिलचस्पी को आगे बढ़ाना है। इसमें निम्न कदम शामिल हैं—

- सीखने के लिए एक सकारात्मक माहौल का निर्माण।
- सीखने वाले के उद्देश्य को स्पष्ट करना।
- सीखने के संसाधनों को संगठित कर उपलब्ध करवाना।
- सीखने के बौद्धिक और भावनात्मक पक्षों में संतुलन कायम रखना।
- सीखने वालों के साथ बिना उन पर हावी हुए विचार और भावनाओं को साझा करना।

संकल्प, बल और बुद्धि

सफलता का श्रेय किसे मिले, इस प्रश्न पर एक दिन विवाद उठ खड़ा हुआ। 'संकल्प' ने अपने को, 'बल' ने अपने को और 'बुद्धि' ने अपने को अधिक महत्त्वपूर्ण बताया। तीनों अपनी-अपनी बात पर अड़े हुए थे। अंत में तय हुआ कि 'विवेक' को पंच बनाकर इस झगड़े का फैसला कराया जाए।

तीनों को साथ लेकर विवेक चल पड़ा। उसने एक हाथ में लोहे की टेढ़ी कील ली और दूसरे में हथौड़ा। चलते-चलते वे लोग ऐसे स्थान में पहुँचे, जहाँ एक सुंदर बालक खेल रहा था। विवेक ने बालक से कहा, "बेटा, इस टेढ़ी कील को अगर तुम हथौड़े से ठोककर सीधी कर दो तो मैं तुमको भर पेट मिठाई खिलाऊँगा और खिलौने से भरी एक पिटारी भी दूँगा।"

बालक की आँखें चमक उठीं। वह बड़ी आशा और उत्साह से प्रयत्न करने लगा, पर कील को सीधा कर सकना तो दूर, उससे हथौड़ा उठा तक नहीं। उसके हाथों में भारी औजार उठाने के लायक बल नहीं था। बहुत प्रयत्न करने पर सफलता न मिली तो बालक खिन्न होकर चला गया। इससे उन लोगों ने यह निष्कर्ष निकाला कि सफलता प्राप्त करने के लिए अकेला संकल्प अपर्याप्त है।

चारों आगे बढ़े तो थोड़ी दूर जाने पर एक श्रमिक दिखाई दिया। वह खर्राटे लेता हुआ सो रहा था। विवेक ने उसे झकझोर कर जगाया और कहा कि इस कील को हथौड़ा मार कर सीधा कर दो। मैं तुम्हें दस रुपया दूँगा।

उनींदी आँखों से श्रमिक ने कुछ प्रयत्न भी किया, पर वह नींद की खुमारी में बना रहा। उसने हथौड़ा एक ओर रख दिया और वहीं लेटकर खर्राटे भरने लगा।

निष्कर्ष निकला कि अकेला 'बल' भी काफी नहीं है। सामर्थ्य रखते हुए भी संकल्प न होने से श्रमिक जब कील को सीधा न कर सका तो इसके सिवाय और क्या कहा जा सकता था?

विवेक ने कहा कि हमें लौट चलना चाहिए, क्योंकि जिस बात को हम जानना चाहते थे, वह मालूम पड़ गई। संकल्प, बल और बुद्धि का सम्मिलित रूप ही सफलता का श्रेय प्राप्त कर सकता है। एकाकी रूप में आप लोग तीनों अधूरे अपूर्ण हैं।

चारों आगे बढ़े तो थोड़ी दूर जाने पर एक श्रमिक दिखाई दिया। वह खर्राटे लेता हुआ सो रहा था। विवेक ने उसे झकझोर कर जगाया और कहा कि इस कील को हथौड़ा मार कर सीधा कर दो। मैं तुम्हें दस रुपया दूँगा। उनींदी आँखों से श्रमिक ने कुछ प्रयत्न भी किया, पर वह नींद की खुमारी में बना रहा। उसने हथौड़ा एक ओर रख दिया और वहीं लेटकर खर्राटे भरने लगा।

सीखने में तब आसानी होती है, जब—

- सीखने की प्रक्रिया में छात्र पूरी तरह हिस्सेदारी करता है और उसके स्वरूप व दिशा पर उसका पूर्ण नियंत्रण होता है।
- यह प्रक्रिया बुनियादी तौर पर व्यावहारिक, सामाजिक, निजी और शोध समस्याओं के साथ साक्षात्कार पर आधारित होती है।
- प्रगति या सफलता का मूल्यांकन करने का बुनियादी तरीका आत्म-मूल्यांकन है।

क्या आपको बचपन में खेले जानेवाले खेल याद हैं? हॉपस्कॉच जैसे सामान्य खेल कई अकादमिक और सामाजिक कौशल को सिखा सकते हैं, जैसे टीम प्रबंधन, संचार और नेतृत्व। अनुभवात्मक शिक्षण पद्धति में खेल इतने लोकप्रिय औजार का काम क्यों करते हैं, इसकी बड़ी वजह उनका मनोरंजक होना है। मनोरंजक तरीके से सीखने में सबक को लंबे समय तक याद रखा जा

सकता है। सीखने का मनोरंजक माहौल, हँसी-मजाक और सीखने वाले की क्षमताओं के प्रति सम्मान का भाव आदि अनुभवात्मक शिक्षण के वातावरण को कामयाब बनाने का काम करते हैं। यह जरूरी है कि प्रक्रिया में व्यक्ति को खुद जोड़ा जाए, ताकि वह नए ज्ञान की बेहतर समझ खुद बना सके और लंबे समय तक सूचना को अपने पास रख सके।

- छात्र की निजी रुचियों के प्रासंगिक होने पर ही विषय-वस्तु सिखाने का काम कर सकती है।
- खुद को भयभीत करनेवाला शिक्षण कहीं जल्दी आत्मसात् कर लिया जाता है, बशर्ते बाहरी खतरे न्यूनतम हों।
- खुद को कम खतरे होने पर सीखने की प्रक्रिया तेज हो जाती है।
- खुद की पहल पर शुरू किया गया शिक्षण लंबे समय तक टिकता है और याद रहता है।

दिन में न जाने कितने विचार मानव-मस्तिष्क में उठते और मिटते रहते हैं। चेतन होने के कारण मानव मस्तिष्क की यह प्राकृतिक प्रक्रिया है। विचार वे ही स्थायी बनते हैं, जिनसे मनुष्य का रागात्मक संबंध हो जाता है। बहुत से विचारों में से एक-दो विचार ऐसे होते हैं, जो मनुष्य को सबसे ज्यादा प्यारे होते हैं। वह उन्हें छोड़ने की बात तो दूर, उनको छोड़ने की कल्पना तक नहीं कर सकता। यही नहीं, किसी विचार अथवा विचारों के प्रति मनुष्य का रागात्मक झुकाव विचार को न केवल स्थायी अपितु अधिक प्रखर, तेजस्वी बना देता है। इन विचारों की छाप मनुष्य के व्यक्तित्व तथा कर्तृत्व पर गहराई के साथ पड़ती है।

दिन में न जाने कितने विचार मानव-मस्तिष्क में उठते और मिटते रहते हैं। चेतन होने के कारण मानव मस्तिष्क की यह प्राकृतिक प्रक्रिया है। विचार वे ही स्थायी बनते हैं, जिनसे मनुष्य का रागात्मक संबंध हो जाता है। बहुत से विचारों में से एक-दो विचार ऐसे होते हैं, जो मनुष्य को सबसे ज्यादा प्यारे होते हैं। वह उन्हें छोड़ने की बात तो दूर, उनको छोड़ने की कल्पना तक नहीं कर सकता।

समर्पित जीवन साधना

फ्रांस के सेंट आमेर प्रांत में सन् 1826 में जन्मा जीन फ्रांकाइस ग्रेवलेट दुनिया का एक अद्‌भुत एवं साहसी कलाकार माना जाता है। सामान्य आर्थिक स्थिति के कारण उसे किसी अच्छे स्कूल में पढ़ने का अवसर नहीं मिला। साधारण सी शिक्षा ग्रहण करने के बाद उसने जिमनास्टिक विद्यालय में प्रवेश लिया और कसरत के करतब सीखने लगा। संकल्प के धनी बालक जीन ने घर पर भी अपना अभ्यास जारी रखा। परिणामस्वरूप, मात्र नौ वर्ष की अल्पायु में ही 10 फीट की ऊँचाई पर रस्सा बाँधकर उस पर चलने का सफल सार्वजनिक प्रदर्शन कर दिखाया। अभी वह किशोर ही था कि पिता का साया सिर पर से उठ गया और पूरे परिवार के भरण-पोषण की जिम्मेदारी उस पर आ पड़ी। इस महान् जिम्मेदारी को उसने अपनी कला का सार्वजनिक प्रदर्शन करके पूरा किया। आगे चलकर उसने अपना नाम जीन फ्रांकाइस से बदलकर चार्ल्स ब्लॉन्डिन रख लिया और उसी नाम से विख्यात हुआ।

यह 360 मीटर चौड़ा प्रपात अमेरिका और कनाडा के बीच मध्य रेखा का काम करता है। उसे देखकर जीन ब्लॉन्डिन ने घोषणा की कि वह न्याग्रा जल प्रपात के दोनों सिरों पर रस्सा बाँधकर उसे पार करेगा। जब लोगों ने उसकी इस घोषणा को पढ़ा तो किसी को विश्वास नहीं हुआ और उसे मात्र अपने नाम का प्रचार करनेवाला बताया।

एक बार जब वह अमेरिका के प्रवास पर था तो वहाँ उसने न्याग्रा कजल प्रपात देखा। यह 360 मीटर चौड़ा प्रपात अमेरिका और कनाडा के बीच मध्य रेखा का काम करता है। उसे देखकर जीन ब्लॉन्डिन ने घोषणा की कि वह न्याग्रा जल प्रपात के दोनों सिरों पर रस्सा बाँधकर उसे पार करेगा। जब लोगों ने उसकी इस घोषणा को पढ़ा तो किसी को विश्वास नहीं हुआ और उसे मात्र अपने नाम का प्रचार करनेवाला बताया। पर जब जीन ने निश्चित तिथि पर अमेरिका वाले भाग से कनाडा वाले भाग तक रस्से पर चढ़कर इस प्रकार पार कर दिखाया जैसे कोई दीवार पर चल रहा हो। कनाडा वाले सिरे पर

पहुँचकर उसने पुनः उसी रास्ते अमेरिका जाने की घोषणा कर दी। इस बार उसने अपने साथ कैमरा ले लिया था, जिससे कि न्याग्रा के सुंदर प्राकृतिक दृश्यों का चित्र बीच से लिया जा सके। अभी वह मध्य तक की दूरी ही तय कर पाया था कि संतुलन डगमगा गया और उसके हाथ का बाँस प्रपात में जा गिरा और वह गोते लगाता हुआ अदृश्य हो गया। दुर्घटना की आशंका से हजारों दर्शकों की आहें निकल गईं। कितनों ने भय से आँखें बंद कर लीं, किंतु जब ब्लॉन्डिन ने रस्से से झूलकर अपना संतुलन बना लिया और प्रपात के मध्य रस्से पर खड़े होकर प्राकृतिक दृश्य के फोटो लेने लगा तो उनके आश्चर्य का ठिकाना न रहा। अनेक चित्र लेने के बाद साहसी ब्लॉन्डिन ने संतुलन सँभालते, अनेक करतब दिखाते हुए न्याग्रा को पार कर दिखाया।

तीसरी बार उसने अपने बेटे को कंधे पर बिठाकर न्याग्रा को रस्से पर चढ़कर पार किया। अंतिम बार ब्लॉन्डिन ने एक अन्य व्यक्ति को कंधे पर बैठाकर न्याग्रा को पार किया। पहले तो कोई भी व्यक्ति इस जोखिम भरे कार्य के लिए तैयार नहीं हुआ और जो साहसी व्यक्ति तैयार भी हुआ, उसे जब जीन ने कंधे से उतारा तो वह बेहोश पाया गया। चिकित्सकों ने जाँच करके बताया कि यह व्यक्ति भय के कारण बेहोश हो गया है। एक घंटे बाद उसे होश आया था। ब्लॉन्डिन का पुत्र, जिसने इससे पूर्व अपने पिता के कंधे पर चढ़कर प्रपात को पार किया था, उससे जब लोगों ने पूछा कि तुम्हें भय क्यों नहीं लगा, तो उसने बताया, "मुझे अपने पिता की कुशलता, साहसिकता एवं सफलता पर पूर्ण विश्वास है।"

एक सुनिश्चित ध्येय और उसके प्रति समर्पित जीवन साधना मानव को महामानव के गौरवपूर्ण पद पर पहुँचा देती है। जीन ब्लॉन्डिन की कला-साधना और उसके प्रति समर्पण प्रगति के इच्छुक हर किसी के लिए एक सर्वोत्तम उदाहरण है।

"इससे फर्क नहीं पड़ता कि आप क्या सोचते हैं, आप क्या बोलते हैं, आप क्या सुनते हैं? फर्क इससे पड़ता है कि आप क्या मानते हैं, क्योंकि जो आप मानते हैं, आज नहीं तो कल, आप वही बन जाते हैं।"

□

7

पेशेवर पहल अपनाएँ

"जहाँ आप हैं, वही से शुरू करें; जो कुछ भी आपके पास है, उसका उपयोग करें और वह करें, जो आप कर सकते हैं।"

सजगता में तथा आत्म-निरीक्षण की 'स्व' को विस्तार देनेवाली संवृद्धि में बहुत बड़ा अंतर है। आत्म-निरीक्षण कुंठा की ओर, व्यापक द्वंद्व की ओर ले चलता है, जबकि सजगता 'स्व' के क्रिया-कलाप से निजात की प्रक्रिया है। सजगता का अर्थ है, अपनी नित्य की गतिविधियों के प्रति, अपने विचारों के प्रति, अपने कर्मों के प्रति और अन्य के प्रति सजग होना, उस अन्य को ध्यान से देखना। आप ऐसा तभी कर सकते हैं, जब आप किसी से प्रेम करते हैं, जब आप किसी वस्तु में गहरी अभिरुचि रखते हैं। जब मैं अपने को जानना चाहता हूँ, अपने संपूर्ण व्यक्तित्व को, संपूर्ण अंतर्वस्तु को, न कि उसकी एक या दो तहों को, तो स्पष्ट है कि निंदावृत्ति के लिए कोई जगह नहीं होनी चाहिए।

तब मुझे प्रत्येक विचार, प्रत्येक भावदशा, सभी प्रकार के दमन के प्रति खुलेपन से सजग रहना होगा, और जैसे-जैसे इस जागरूकता में विस्तार होता जाता है, वैसे-वैसे विचार की, लक्ष्यों की रहस्यमय गतिविधियों से निजात मिलती जाती है।

सजगता स्वतंत्रता है, वह स्वतंत्रता लाती है, वह स्वतंत्रता प्रदान करती है, जबकि आत्म-निरीक्षण द्वंद्व को पोषित करता है। वह 'स्व' के दायरे में बंद होते

जाने की प्रक्रिया है। अतः कुंठा और भय सदैव बने रहते हैं। आत्म-निरीक्षण अधिक कुंठा की ओर ले जाता है, क्योंकि उसमें परिवर्तन की आकांक्षा छिपी रहती है, और परिवर्तन केवल एक संशोधित निरंतरता है। सजगता एक ऐसी अवस्था है, जिसमें न तो निंदा है, न औचित्य-समर्थन का जुड़ाव।

हमारे जीवन की विडंबना यही है कि हम शारीरिक रूप से तो जागते रहते हैं, लेकिन चेतना के स्तर पर सोए रहते हैं। जागते हुए जब जागने का एहसास हो तो यह सजग होने की पहली सीढ़ी है। उठने के साथ ही तो हमें एहसास हो जाता है कि हम जग गए। लेकिन इसके कुछ मिनट बाद ही यह एहसास तिरोहित हो जाता है। फिर हम रूटीन के कामों में लग जाते हैं। सजगता का दूसरा चरण वह है, जब हमारी चेतना जागने के एहसास से ऊपर उठकर करने के एहसास तक पहुँच जाती है। अब हम जाग तो गए हैं, लेकिन जागकर कर क्या रहे हैं? हम जो कुछ भी कर रहे हैं, यदि हमारी चेतना उस करने का साथ दे रही है तो यह सजगता का दूसरा चरण हुआ।

रुडोल्फ डीजल

एक किशोर ने 14 साल की उम्र में ही अपने माता-पिता को पत्र लिखा और बताया कि वह भविष्य में इंजीनियर बनना चाहता है। जर्मनी में पढ़ाई पूरी करने के बाद उसका अधिकांश समय आविष्कारों के लिए शोध और नए-नए प्रयोगों के बीच ही निकलने लगा। काम के प्रति उसका समर्पण देखकर हर कोई चकित था।

एक किशोर ने 14 साल की उम्र में ही अपने माता-पिता को पत्र लिखा और बताया कि वह भविष्य में इंजीनियर बनना चाहता है। जर्मनी में पढ़ाई पूरी करने के बाद उसका अधिकांश समय आविष्कारों के लिए शोध और नए-नए प्रयोगों के बीच ही निकलने लगा। काम के प्रति उसका समर्पण देखकर हर कोई चकित था।

एक दिन जब वह अपनी वर्कशॉप में प्रयोग कर रहा था, अचानक उसके इंजन में बहुत जोरदार विस्फोट हुआ। इस विस्फोट से उसका

वर्कशॉप बुरी तरह क्षतिग्रस्त हो गया। बहुत सी महत्त्वपूर्ण चीजें जलकर खाक हो गईं। वह खुद भी बुरी तरह घायल था। उसे लंबे समय तक उपचार के लिए अस्पताल में रुकना पड़ा। इतने बड़े हादसे के बावजूद वह डरा नहीं। न तो उसने हिम्मत छोड़ी और न ही मायूसी और निराशा को अपने करीब फटकने दिया।

स्वस्थ होने के बाद वह फिर अपने वर्कशॉप जा पहुँचा। इतने बड़े हादसे के बावजूद उसके चेहरे पर किसी प्रकार का अफसोस या शिकन नहीं थी। वह पूरे उत्साह के साथ नए सिरे से अपने काम में जुट गया। लोग उसके इस जुझारू और प्रेरणादायक जज्बे को देखकर हैरान थे। इसके बाद उसने कई सफल आविष्कार किए और कई भाप इंजनों का डिजाइन तैयार किया। उसके आविष्कारों में डीजल इंजन प्रमुख रहा। यह महान् इंजीनियर था—रुडोल्फ डीजल। आज का डीजल इंजन रुडोल्फ डीजल के मौलिक सिद्धांत का परिष्कृत और उन्नत संस्करण है। अनेक अविष्कारों के प्रति इस समर्पित भाव और कभी हार न मानने की प्रवृत्ति के कारण रुडोल्फ डीजल आज भी नई पीढ़ी के लिए एक प्रेरणा बने हुए हैं।

लीडर होने का क्या मतलब है? अपने आदर्श दिन के बारे में सोचें और जिन गतिविधियों का आप नेतृत्व करते हैं, उनकी सूची बनाएँ।

अत्यावश्यक कार्यों को हमेशा प्राथमिकता दी जानी चाहिए। ऐसे कार्य हो सकते हैं, जो आप स्वयं करना चाहते हैं, हालाँकि वे अधिक समय लेने वाले हो सकते हैं। आपको इन्हें प्राथमिकता देनी होगी, लेकिन यदि किसी कारण से आपको उन्हें प्रत्यायोजित करने की जरूरत महसूस हो, तो आपको निगरानी

अत्यावश्यक कार्यों को हमेशा प्राथमिकता दी जानी चाहिए। ऐसे कार्य हो सकते हैं, जो आप स्वयं करना चाहते हैं, हालाँकि वे अधिक समय लेने वाले हो सकते हैं। आपको इन्हें प्राथमिकता देनी होगी, लेकिन यदि किसी कारण से आपको उन्हें प्रत्यायोजित करने की जरूरत महसूस हो, तो आपको निगरानी करनी होगी कि वे सामयिक और कुशल तरीके से पूरे किए जाएँ।

करनी होगी कि वे सामयिक और कुशल तरीके से पूरे किए जाएँ।

कोई लक्ष्य साध्य है या नहीं, इसका संबंध इस बात से बहुत ही घनिष्ठ है कि वह लक्ष्य यथार्थवादी हो। लक्ष्यों को यथार्थवादी होना चाहिए, इसका मतलब यह नहीं है कि उन्हें आसान होना चाहिए। साध्य करने में कठिन लक्ष्य तय किए जा सकते हैं, लेकिन इस हद तक नहीं कि सफलता की संभावना ही कम हो जाए। यथार्थवादी लक्ष्य उपलब्ध संसाधनों को ध्यान में रखते हैं, जैसे आवश्यक कौशल, आर्थिक संसाधन, उपकरण, प्रौद्योगिकी इत्यादि। आपको विचार करना चाहिए कि क्या लक्ष्य को प्राप्त करना संभव है ? लक्ष्य को प्राप्त करने के लिए संसाधन उपलब्ध हैं।

निरंतर प्रयास

स्कॉटलैंड का सम्राट् ब्रूस अभी गद्दी पर बैठ भी नहीं पाया था कि दुश्मनों ने आक्रमण कर दिया। बड़ी मुश्किल से सँभला था कि दुबारा फिर हमला कर दिया गया। हारते-हारते बचा। इस बार कई राजाओं ने हमला कर दिया, तो बेचारे की राजगद्दी भी छिन गई। लगातार चौदह बार की असफलताओं के कारण उसके सैनिक भी कहने लगे कि ब्रूस के भाग्य में सबकुछ है, पर विजय नहीं। उन्होंने साथ छोड़ दिया।

निराश ब्रूस एक पहाड़ी पर बैठा था। एक मकड़ी हवा में उड़कर एक पेड़ की टहनी से दूसरे पेड़ की टहनी को जोड़कर जाला बुनना चाहती, पर जाला हर बार टूट जाता। मकड़ी ने बीस बार प्रयत्न किया, फिर भी हिम्मत न हारी। 21वीं बार अंततः वह सफल हो गई, तो ब्रूस उछला और बोला, “ अभी तो सात अवसर बाकी हैं। अभी हिम्मत क्यों हारूँ ?”

उसने एक बार फिर सारी शक्ति लगाकर चढ़ाई की और न केवल अपना राज्य वापस कर लिया, वरन् सभी दुश्मनों को परास्त करता हुआ सबका सम्राट् बन बैठा। बार-बार प्रयत्न करने से ही कार्य सिद्ध होते हैं। सोते हुए सिंह के मुँह में जानवर स्वयं नहीं प्रवेश कर जाते, बल्कि वह शिकार करके उन्हें हासिल करता है। अतः आपकी क्षमताएँ अनंत क्यों न हों, फिर भी निरंतर प्रयासरत रहें।

प्रशंसा और सकारात्मक भाषा

जब हमारी प्रशंसा की जाती है और हमें प्रोत्साहित किया जाता है तो आमतौर पर हम उस समय के मुकाबले काफी अधिक बेहतर महसूस करते हैं, जब हमारी आलोचना की जाती है या हमारी गलती सुधारी जाती है। सुदृढ़ीकरण और सकारात्मक भाषा छात्रों और सभी उम्र के व्यक्तियों के लिए प्रेरणादायक होती है। याद रखें कि प्रशंसा किए गए काम पर लक्षित होनी चाहिए, अन्यथा वह छात्र की प्रगति में मदद नहीं करेगी।

जीवन के हर क्षेत्र में सफल होने के लिए ईमानदारी और सत्यनिष्ठा बहुत ही आवश्यक हैं और सबसे अच्छी बात यह है कि इन दोनों गुणों को कोई भी व्यक्ति अपने अंदर विकसित कर सकता है। हमेशा ईमानदार बनने के लिए हिम्मत करें और कभी भी मेहनत से न डरें।

जीवन के हर क्षेत्र में सफल होने के लिए ईमानदारी और सत्यनिष्ठा बहुत ही आवश्यक हैं और सबसे अच्छी बात यह है कि इन दोनों गुणों को कोई भी व्यक्ति अपने अंदर विकसित कर सकता है। हमेशा ईमानदार बनने के लिए हिम्मत करें और कभी भी मेहनत से न डरें।

आत्मा महान् है और उसका अपना गौरव है, भले ही दुर्गुणों के कारण उसे धूमिल कर लिया गया हो। फिर भी यह प्रवृत्ति बनी रहती है और वह उस ओर आकर्षित होती है, जिस ओर सम्मान मिलता है। आवश्यक नहीं कि किसी की सहायता की जाए और उसके इच्छानुसार सहयोग दिया जाए। इसके लिए उसे भला-बुरा कहने की आवश्यकता नहीं है। इसमें अपनी विवशता बताते हुए भी इनकार किया जा सकता है और उसे इस योग्य समझकर आशा लेकर आने के लिए धन्यवाद दिया जा सकता है। आगंतुक के आने पर उसे बिना छोटे-बड़े का ध्यान रखे नमस्कार कहना, बैठने के लिए आसन देना और आगमन की प्रसन्नता प्रकट करते हुए समाचार पूछना, यह एक सामान्य शिष्टाचार है। यह व्यवहार तो प्रत्येक के साथ होना चाहिए कि किस कारण आगमन हुआ? मैं आपकी क्या सेवा कर सकता हूँ? इसमें कुछ पूँजी नहीं लगती, पर अपनी छाप दूसरों पर पड़ती है। लोक व्यवहार की दृष्टि से भी शिष्टाचार का पालन

अत्यावश्यक है। इससे दूसरे व्यक्ति को अपनी सज्जनता की छाप स्वीकारते बनती है और मित्र बनते हैं। यह सामान्य शिष्टाचार भी समय आने पर बड़ा काम देता है और प्रशंसायुक्त प्रचार करता है।

मानव स्वभाव में विनम्रता जन्मजात धीरे-धीरे विकसित होती है। जब वह जड़ें जमा लेती है तो फिर आदत बन जाती है। दूरदर्शी माता-पिता अपने परिजन को सद्गुण की संपत्ति हस्तगत करते रहते हैं। इस गुण संपत्ति के आधार पर मानव विकास के पथ पर अग्रसर होता है। सज्जनता का प्रथम सोपान विनम्रता से शुरू होता है।

मानव स्वभाव में विनम्रता जन्मजात धीरे-धीरे विकसित होती है। जब वह जड़ें जमा लेती है तो फिर आदत बन जाती है। दूरदर्शी माता-पिता अपने परिजन को सद्गुण की संपत्ति हस्तगत करते रहते हैं। इस गुण संपत्ति के आधार पर मानव विकास के पथ पर अग्रसर होता है। सज्जनता का प्रथम सोपान विनम्रता से शुरू होता है। समान आयु के यहाँ तक कि छोटों के साथ भी वार्त्तालाप एवं व्यवहार इस प्रकार किया जाना चाहिए, जैसे उनके महत्त्व को स्वीकार कर सम्मान दिया जा रहा हो। इसके लिए प्राथमिक प्रयोग यह है कि वाणी से मधुर वचन कहे जाएँ। किसी को यह अनुभव न होने दिया जाए कि उसको उपेक्षा की दृष्टि से देखा जा रहा है। वह इस कटु प्रतिक्रिया को भूल नहीं पाता और उसका शत्रु बन जाता है। मनुष्य सम्मान चाहता है। यह उसकी आत्मिक आवश्यकता है।

विनम्रता

अमेरिका के वॉशिंगटन में एक घुड़सवार व्यक्ति नगर की स्थिति का जायजा लेने के लिए निकला। रास्ते में एक जगह भवन-निर्माण का कार्य चल रहा था। वह कुछ देर के लिए वहीं रुक गया और वहाँ चल रहे कार्य को गौर से देखने लगा। कुछ देर में उसने देखा कि कई मजदूर एक बड़ा सा पत्थर उठाकर इमारत पर ले जाने की कोशिश कर रहे हैं, किंतु पत्थर बहुत ही भारी था, इसलिए वह इतने मजदूरों के उठाने पर भी उठ नहीं आ रहा था।

ठेकेदार उन मजदूरों को पत्थर न उठा पाने के कारण डाँट रहा था, पर खुद किसी भी तरह उन्हें मदद देने को तैयार नहीं था। व्यक्ति यह देखकर उस ठेकेदार के पास आकर बोला, "इन मजदूरों की मदद करो। यदि एक आदमी और प्रयास करे तो यह पत्थर आसानी से उठ जाएगा।"

ठेकेदार रोब से बोला, "मैं दूसरों से काम लेता हूँ, मैं मजदूरी नहीं करता।"

यह जवाब सुनकर व्यक्ति घोड़े से उतरा और पत्थर उठाने में मजदूरों की मदद करने लगा। उसके सहारा देते ही पत्थर उठ गया और आसानी से ऊपर चला गया। इसके बाद वह वापस अपने घोड़े पर आकर बैठ गया और बोला, "सलाम ठेकेदार साहब, भविष्य में कभी तुम्हें एक व्यक्ति की कमी महसूस हो तो राष्ट्रपति भवन में आकर जॉर्ज वॉशिंगटन को याद कर लेना।"

यह जवाब सुनकर व्यक्ति घोड़े से उतरा और पत्थर उठाने में मजदूरों की मदद करने लगा। उसके सहारा देते ही पत्थर उठ गया और आसानी से ऊपर चला गया। इसके बाद वह वापस अपने घोड़े पर आकर बैठ गया और बोला, "सलाम ठेकेदार साहब, भविष्य में कभी तुम्हें एक व्यक्ति की कमी महसूस हो तो राष्ट्रपति भवन में आकर जॉर्ज वॉशिंगटन को याद कर लेना।"

यह सुनते ही ठेकेदार अपने दुर्व्यवहार के लिए क्षमा माँगने लगा। ठेकेदार के माफी माँगने पर राष्ट्रपति वॉशिंगटन बोले, "मेहनत करने से कोई छोटा नहीं हो जाता। मजदूरों की मदद करके तुम उनका सम्मान हासिल करोगे। मदद के लिए सदैव तैयार रहनेवाले को ही समाज में प्रतिष्ठा हासिल होती है। जीवन में ऊँचाइयाँ हासिल करने के लिए व्यवहार में विनम्रता का होना बेहद जरूरी है।"

उस दिन से ठेकेदार का व्यवहार बिल्कुल बदल गया और वह सभी के साथ विनम्रता से पेश आने लगा।

नकारात्मक भावनाएँ

कोई एक बुरी घटना एक क्षण में आपका पूरा दिन खराब कर सकती

है या किसी के साथ कोई झगड़ा या बहस हमारी खुशियों को उस दिन कम देता है। जब भी आपको लगे कि आपके मन में नकारात्मक भावनाएँ आपको परेशान कर रही हैं तो इन्हें नियंत्रित करने के लिए एक डायरी में उस दिन की पाँच ऐसी बातों या घटनाओं को लिख डालिए, जब आपने कृतज्ञता या अहसानमंद होने की भावना महसूस की हो और आप देखेंगे कि कैसे आपका नजरिया बदल जाता है? यह देखा गया है कि प्रशंसा से आप खुश होते हैं और चिंता, नकारात्मकता और तनाव की भावनाएँ आपके पास नहीं आने पातीं।

कोई एक बुरी घटना एक क्षण में आपका पूरा दिन खराब कर सकती है या किसी के साथ कोई झगड़ा या बहस हमारी खुशियों को उस दिन कम देता है। जब भी आपको लगे कि आपके मन में नकारात्मक भावनाएँ आपको परेशान कर रही हैं तो इन्हें नियंत्रित करने के लिए एक डायरी में उस दिन की पाँच ऐसी बातों या घटनाओं को लिख डालिए, जब आपने कृतज्ञता या अहसानमंद होने की भावना महसूस की हो और आप देखेंगे कि कैसे आपका नजरिया बदल जाता है? यह देखा गया है कि प्रशंसा से आप खुश होते हैं और चिंता, नकारात्मकता और तनाव की भावनाएँ आपके पास नहीं आने पातीं।

'यह काम बहुत कठिन है, यह नहीं हो सकता'—जैसी सोच के स्थान पर 'यह हो जाएगा, यह मैं कर सकता हूँ', जैसी भावना मन में भरें। चुनौतियों का सामना साहस के साथ करें न कि रुकावट की तरह।

अस्वीकृति एक कला है, जिससे हमें अपनी असफलताओं को समझने और कमियों को सुधारने का मौका मिलता है, क्योंकि जीवन में कोई भी बिना अस्वीकृति के आगे नहीं बढ़ता। इसलिए अस्वीकृति होने पर परेशान न हों और बुरा होने की आशा न करें। यदि बुरा होने का इंतजार करेंगे, तो बुरा होने की संभावना होती है। इसलिए हमेशा यह सोच रखिए कि अस्वीकृत हो गया तो क्या हुआ, मैं स्वयं की कमियों का सुधार करूँगा। सब ठीक है और मेरे पास अगला मौका है।

सोच से ज्यादा प्रभावी शब्द होते हैं। आप वे हैं, जो अपने बारे में सोचते हैं। आप अपने जीवन के बारे में जो बोलते हैं, वैसा ही आपका जीवन होता है। जो भी आप बोलते हैं, आपका दिमाग वही सुनता है। इसलिए हमेशा अपने लिए अच्छे, सरल और सुंदर शब्दों का प्रयोग करें। आप देखेंगे कि आपका जीवन एक अलग तरह की आभा से दमक उठेगा। आपने अपने जीवन के लिए जो मार्ग चुना है, उसमें आपको अधिक आनंद मिलेगा। हमेशा अपने शब्दों में सकारात्मक रहें।

सोच से ज्यादा प्रभावी शब्द होते हैं। आप वे हैं, जो अपने बारे में सोचते हैं। आप अपने जीवन के बारे में जो बोलते हैं, वैसा ही आपका जीवन होता है। जो भी आप बोलते हैं, आपका दिमाग वही सुनता है। इसलिए हमेशा अपने लिए अच्छे, सरल और सुंदर शब्दों का प्रयोग करें। आप देखेंगे कि आपका जीवन एक अलग तरह की आभा से दमक उठेगा। आपने अपने जीवन के लिए जो मार्ग चुना है, उसमें आपको अधिक आनंद मिलेगा। हमेशा अपने शब्दों में सकारात्मक रहें।

दोहराएँ–

"मैं संपूर्ण हूँ।"
"मैं खुश हूँ।"
"मैं सकारात्मक हूँ।"

आपका रवैया आपके कामों को पूरा करने, उसमें प्रशंसा पाने में तेजी से बदलाव लाता है और हम वैसा पाते हैं, जैसा हम चाहते हैं। रचनात्मक व्यक्ति के पास किसी भी समस्या को सुलझाने का हल होता है। जब आप अपने आस-पास की किसी समस्या को उठाएँ तो उसके समाधान के प्रस्ताव पर भी आपका प्रयास होना चाहिए। समस्या आने पर उससे परेशान होने की बजाय समस्या किस प्रकार हल हो सकती है, इसका प्रयास करना चाहिए।

पेशे में सफलता पाने के लिए हमें अपनी कुछ ऐसी आदतें पीछे छोड़नी पड़ती हैं, जिन्हें छोड़ना नामुमकिन सा लगता है, लेकिन उन्हें छोड़े बिना आगे बढ़ पाना भी असंभव जान पड़ता है। इसलिए एक पेशेवर के तौर पर आपको

मालूम होना चाहिए कि अपने पेशे की बेहतरी और उसे आगे बढ़ाने के लिए आपको क्या करना है ?

सफलता इनसान की चाहत पर नहीं, बल्कि उसकी मेहनत पर निर्भर करती है, फिर वह मेहनत किसी घर को बेहतर तरीके से चलाने के लिए की जाए या फिर किसी पेशे की बेहतरी के लिए। इनसान की मेहनत ही उसकी सफलता की कहानी लिखती है। अपनी काबिलीयत के बल पर आप दुनिया को जीत सकते हैं।

सफलता इनसान की चाहत पर नहीं, बल्कि उसकी मेहनत पर निर्भर करती है, फिर वह मेहनत किसी घर को बेहतर तरीके से चलाने के लिए की जाए या फिर किसी पेशे की बेहतरी के लिए। इनसान की मेहनत ही उसकी सफलता की कहानी लिखती है। अपनी काबिलीयत के बल पर आप दुनिया को जीत सकते हैं।

एक पेशेवर के तौर पर आप खुद ही अपने सबसे बड़े दोस्त हैं और सबसे बड़े दुश्मन भी। सूझ-बूझ के साथ उठाया गया आपका बेहतरीन कदम आपको ऊँचाइयों तक ले जा सकता है, लेकिन यदि वही कदम गलत पड़ गया तो आपकी सारी मेहनत पर पानी फिरने में देर नहीं लगती और सब खत्म हो जाता है, इसलिए आपको उन बातों से बचना होगा, जो आपकी सफलता में रोड़ा बनने का काम कर रही हैं।

आप अपनी क्षमताओं और दूरदर्शिता के अनोखे मेल के साथ खुद में खास हैं, लेकिन इसका मतलब यह बिल्कुल नहीं है कि काम से जुड़ी सभी चीजों पर आपका अधिकार है। यदि आप सचमुच ही सफलता पाना चाहते हैं, तो खुद के भीतर से 'मैं' और 'मेरा' वाली भावना को बाहर निकाल दें। हक और अधिकार जमाना किसी काम की शुरुआत का अंत कर सकता है, ठीक उसी तरह जब संबंधों में अधिकार की बात आती है, तो संबंध खत्म हो जाते हैं।

यदि सफल पेशेवर बनना है, तो किसी भी काम को अकेले करने से बचें। ज्यादा-से-ज्यादा लोगों से जुड़ें और आगे बढ़कर मदद माँगें। कभी-कभी ऐसा भी होता है कि जो हमें मदद माँगने के काबिल नहीं लगता, वह भी हमारे काम आ जाता है। याद रखें, किसी से मदद और सलाह माँगने में

कोई बुराई नहीं है। जब आप मदद माँगने के लिए आगे आएँगे, तो ऐसे कई दोस्त, साथी और जान-पहचान वाले मिल जाएँगे, जिन्हें आपके काम आने में खुशी होगी। एक बात हमेशा याद रखें कि पेशेवरता में सफलता पाना बेहद मुश्किल है, इसलिए हर जिम्मेदारी अपने कंधों पर डालकर बेवजह मुश्किलें बढ़ाने की गलती कभी न करें।

कोई भी व्यक्ति पूर्ण नहीं होता। हर व्यक्ति से गलती हो सकती है, हर व्यक्ति कभी-न-कभी विफल हो सकता है, लेकिन एक सफल इनसान वही है, जो अपनी विफलताओं से सीखते हुए आगे बढ़ता है। जिंदगी चाहे कितनी ही ठोकरें दे, गिरकर उठने का जुनून ही सफलता की सबसे बड़ी निशानी है और इसके लिए जरूरी है खुद को पूर्ण समझने की गलती कभी न करें, क्योंकि खुद को पूर्ण दिखाने की सनक में आप खतरे की चपेट में आ सकते हैं।

चीजों को टालते रहना इनसान का स्वभाव होता है, लेकिन जो लोग सफल होते हैं, वे हमेशा इस बात से दूर रहते हैं। उनके लिए जिस काम को आनेवाले कल पर छोड़ना संभव हो पाता है, वे आज करने में यकीन रखते हैं। जब तक आपकी अपने काम से जुड़ी चीजों में दिलचस्पी नहीं होगी, तब तक आप काम को टालते रहेंगे। याद रहे, अपने काम को सही समय पर पूरा करें। काम को टालने की आदत आपके पेशे पर नकारात्मक प्रभाव डालती है और आपको आपकी मंजिल और लक्ष्य से दूर ले जा सकती है।

कोई भी व्यक्ति पूर्ण नहीं होता। हर व्यक्ति से गलती हो सकती है, हर व्यक्ति कभी-न-कभी विफल हो सकता है, लेकिन एक सफल इनसान वही है, जो अपनी विफलताओं से सीखते हुए आगे बढ़ता है। जिंदगी चाहे कितनी ही ठोकरें दे, गिरकर उठने का जुनून ही सफलता की सबसे बड़ी निशानी है और इसके लिए जरूरी है खुद को पूर्ण समझने की गलती कभी न करें, क्योंकि खुद को पूर्ण दिखाने की सनक में आप खतरे की चपेट में आ सकते हैं। कई बार ऐसा होता है कि आप को वह काम करना आता ही नहीं है, जिसे खुद को परफेक्ट दिखाने के लिए आप अपने कंधों पर उठा लेते हैं। हमेशा दूसरों

से सीखना चाहिए और अपनी गलतियों से भी। कभी-कभी एकदम नासमझ बनकर सीखना अच्छा होता है। जिस काम को आरंभ करें, जब तक वह पूरा न हो जाए, चैन से न बैठें। कार्य करने की यह पद्धति चंचलता का नाश कर देती है।

दूसरों की प्रेरणा से आप अपने पेशे के रास्ते में आनेवाली मुश्किलों को हल करने के तरीके सीख सकते हैं। आप उनसे सफल होना तो सीख सकते हैं, लेकिन उनकी तरह खुद को बनाने की बिल्कुल जरूरत नहीं है, क्योंकि हर व्यक्ति अपने आप में विशिष्ट होता है और किसी के जैसा बनने की कोशिश में वह अपना असली व्यक्तित्व खोने लगता है। दूसरों को आदर्श मानें, लेकिन उनसे अपनी तुलना कभी न करें। दूसरे प्रेरणा लेने के लिए होते हैं, होड़ लगाने के लिए नहीं।

यदि आपको हमेशा किसी-न-किसी बात से शिकायत रहती है, तो अपनी इस आदत को सुधार लें। हमेशा शिकायत करते रहने से आप चीजों के सिर्फ नकारात्मक पहलुओं पर ही ध्यान दे पाएँगे। इस आदत के कारण आप कभी किसी की सराहना नहीं करते। ऐसे में लोग आपका साथ छोड़ते जाते हैं। यदि आप सफल होना चाहते हैं, तो शिकायत करने से पहले दूसरों की खूबियों पर ध्यान देना शुरू करें।

शिकायतों से बाज आएँ

यदि आपको हमेशा किसी-न-किसी बात से शिकायत रहती है, तो अपनी इस आदत को सुधार लें। हमेशा शिकायत करते रहने से आप चीजों के सिर्फ नकारात्मक पहलुओं पर ही ध्यान दे पाएँगे। इस आदत के कारण आप कभी किसी की सराहना नहीं करते। ऐसे में लोग आपका साथ छोड़ते जाते हैं। यदि आप सफल होना चाहते हैं, तो शिकायत करने से पहले दूसरों की खूबियों पर ध्यान देना शुरू करें।

निश्चय की दृढ़ता

बिना मनोयोग के कोई काम नहीं होता। मन के साथ काम का संबंध

होते ही चित्त पर संस्कार पड़ने आरंभ हो जाते हैं और ये संस्कार ही आदत का रूप ग्रहण कर लेते हैं। मन के साथ काम के संबंध में जितनी शिथिलता होती है, आदतों में भी उतनी ही शिथिलता पाई जाती है। यों शिथिलता स्वयं एक आदत है और मन की शिथिलता का परिचय देती है। असल में मन चंचल है, इसलिए मानव की आदत में चंचलता का समावेश प्रकृति से ही मिला होता है, लेकिन दृढ़तापूर्वक प्रयत्न करने पर उसकी चंचलता को स्थिरता में बदला जा सकता है। इसलिए कैसी भी आदत क्यों न डालनी हो, मन की चंचलता की रोकथाम की अत्यंत आवश्यकता है और इसका मूलभूत उपाय है—निश्चय की दृढ़ता। निश्चय में जितनी दृढ़ता होगी, मन की चंचलता में उतनी ही कमी होती है और यह दृढ़ता ही सफलता की जननी है।

सैंडो की संकल्पशीलता

बालक युनेज सैंडो अत्यंत दुर्बल और रोगी था। अपनी बुरी आदतों के कारण उसने बचपन में ही अपना स्वास्थ्य खराब कर लिया। एक दिन सैंडो अपने पिता के साथ अजायबघर देखने गया। रोम की गैलरी में उसने प्राचीनकाल के बलिष्ठ पुरुषों की मूर्तियाँ देखीं। उसे विश्वास नहीं हुआ कि ऐसे मांसल भुजाओं वाले स्वस्थ और बलवान लोग भी इस संसार में हो सकते हैं। सैंडो इन प्रतिमाओं को देखकर प्रभावित हुआ।

उसने पिता से पूछा, "पिताजी, ये प्रतिमाएँ काल्पनिक हैं अथवा ऐसा स्वास्थ्य कभी संभव हो सकता है?"

पिता ने बड़े आत्मविश्वास के साथ कहा, "हाँ-हाँ, संसार में संभव क्या नहीं है? यदि तुम भी नियमित व्यायाम और

बात सैंडो के मन में बैठ गई। पिछली खराब जिंदगी का चोला उसने उतार फेंका और नियमपूर्वक व्यायाम और कठोर श्रम करना प्रारंभ कर दिया। फलतः वह एक प्रख्यात बलवान बना। उसने व्यायाम की अनेक विधाएँ भी निकालीं, जिन्हें 'सैंडो की कलाएँ' कहा जाता है। सच है, दृढ़ आत्मविश्वास और कठिन परिश्रम के बल पर कुछ भी हासिल किया जा सकता है।

परिश्रम करो, संयमी और निरालस्य बन सको तो ऐसा ही स्वास्थ्य प्राप्त कर सकते हो। यह मुमकिन है।"

बात सैंडो के मन में बैठ गई। पिछली खराब जिंदगी का चोला उसने उतार फेंका और नियमपूर्वक व्यायाम और कठोर श्रम करना प्रारंभ कर दिया। फलतः वह एक प्रख्यात बलवान बना। उसने व्यायाम की अनेक विधाएँ भी निकालीं, जिन्हें 'सैंडो की कलाएँ' कहा जाता है।

सच है, दृढ़ आत्मविश्वास और कठिन परिश्रम के बल पर कुछ भी हासिल किया जा सकता है।

बुरी आदतों से बचाव

प्रायः लोगों को शिकायत रहती है कि उनकी बुरी आदतें अभ्यास में आ गई हैं, छूटती ही नहीं। गंदी और ढीठ आदतों पर बहुधा लोग ऐसी सफाई दिया करते हैं। भूल सुधार मनुष्य का सबसे बड़ा विवेक है। बुरे स्वभाव को अच्छे स्वभाव में बदल लेना मनुष्य की सबसे बड़ी चतुराई है। स्व-संशोधन इतनी बड़ी समस्या नहीं, जिसे पूरा न किया जा सके। मनुष्य अपने आपको बदल भी सकता है।

लोग तरह-तरह की योजनाएँ बनाते हैं। कल से जल्दी उठेंगे, टहलने जाएँगे, चाय की बजाय दूध पिएँगे। बुरी आदतों को छोड़ने के लिए योजनाएँ तो बहुत बनती हैं, पर चाहकर भी वे ऐसा कर नहीं पाते। मान्यता भले ही अनुकूल हो, पर यदि व्यावहारिकता में कोई परिवर्तन नहीं आए तो योजनाएँ भी किसी काम की नहीं होतीं। तब प्रश्न उठता है कि क्या इन आदतों से मुक्ति पाने के लिए कोई उपाय नहीं है? मनुष्य का जो अच्छा-बुरा जीवन-क्रम बन गया है, क्या उसमें किसी तरह के परिवर्तन की गुंजाइश नहीं? इस तरह के उलझन भरे प्रश्न प्रायः लोग उठाते हैं, अपने मित्रों, अध्यापकों या अभिभावकों से भी समस्या के हल में मदद माँगते हैं।

स्वभाव की गहराइयों में प्रविष्ट आदतों का सुधार कठिन होता है। वैज्ञानिक सत्य है कि मन के अभ्यास में जो आदतें पड़ जाती हैं, वे बुरी ही क्यों न हों, वह उन्हें छोड़ना नहीं चाहता, पर चूँकि उनसे शारीरिक, आर्थिक

या नैतिक हानि होती है, कष्ट मिलता है या लज्जा का अनुभव होता है, अतः लोग उनसे बचना भी चाहते हैं। याद रखें, आदतों का निर्माण मनुष्य स्वयं करता है। कवि ड्राइडेन का कथन है, "मनुष्य पहले आदतें बनाता है, बाद में आदतें मनुष्य को बनाती हैं।" इस कथन से यही शिक्षा मिलती है कि आदतों के निर्माण में मनुष्य पूर्ण स्वतंत्र है। अतः कुछ आदतों का सुधार मनुष्य स्थानापन्न सिद्धांत से कर सकता है। गिलास में भरी हुई हवा को निकालने का सबसे अच्छा तरीका है, उसमें पानी भर दिया जाए। साइकिल की ट्यूब ज्यादा फूल रही होती है तो साइकिल चालक उसकी हवा निकाल देते हैं। अनावश्यक आदतों के स्थान पर यदि कुछ उपयोगी और मूल्यवान् आदतों को लाया जा सके तो कुछ गंदी आदतें सरलतापूर्वक छूट सकती हैं।

कवि ड्राइडेन का कथन है, "मनुष्य पहले आदतें बनाता है, बाद में आदतें मनुष्य को बनाती हैं।" इस कथन से यही शिक्षा मिलती है कि आदतों के निर्माण में मनुष्य पूर्ण स्वतंत्र है। अतः कुछ आदतों का सुधार मनुष्य स्थानापन्न सिद्धांत से कर सकता है।

सिनेमा में धन बरबाद करने की अपेक्षा उपयोगी पुस्तकें, चरित्र निर्माण की कहानियाँ, महापुरुषों के जीवन चरित्र, कथानक-काव्य आदि से भी वही आनंद मिल सकता है, जो सिनेमा से मिल सकता था। इससे मन और बुद्धि का विकास भी होगा। स्वाध्याय, सत्संग, भ्रमण, स्वास्थ्य-संवर्धन, प्रेमालाप, मैत्री आदि सद्गुणों का विकास करने से कई बुराइयाँ अपने आप छूट जाएँगी, कई दूर बनी रहेंगी।

आलू की थैली

एक बार एक महात्मा ने अपने शिष्यों से कहा कि वे कल से प्रवचन में आते समय अपने साथ एक थैली में बड़े आलू साथ लेकर आएँ। उन आलुओं पर उस व्यक्ति का नाम लिखा होना चाहिए, जिनसे वे घृणा-ईर्ष्या करते हैं। जो व्यक्ति जितने व्यक्तियों से घृणा करता हो, वह उतने ही आलू लेकर आए। अगले दिन सभी लोग आलू लेकर आए। किसी के पास चार

आलू थे, किसी के पास छह या आठ और प्रत्येक आलू पर उस व्यक्ति का नाम लिखा था, जिससे वे नफरत करते थे।

अब महात्मा ने कहा, "अगले सात दिनों तक आप जहाँ भी जाएँ—खाते-पीते, सोते-जागते, ये आलू आप सदैव अपने साथ रखें।"

शिष्यों को कुछ समझ में नहीं आया कि महात्माजी क्या चाहते हैं, लेकिन उनके आदेश का पालन उन्होंने अक्षरश: किया। दो-तीन दिन बाद ही शिष्यों ने शिकायत शुरू कर दी। जिनके आलू ज्यादा थे, वे बड़े कष्ट में थे। जैसे-तैसे उन्होंने सात दिन बिताए और महात्मा की शरण ली। महात्मा ने कहा, "अब अपने-अपने आलू की थैलियाँ निकालकर रख दें।" शिष्यों ने चैन की साँस ली।

महात्माजी ने पूछा, "गत सात दिनों का अनुभव कैसा रहा?"

शिष्यों ने आपबीती सुनाई, अपने कष्टों का विवरण दिया, आलुओं की बदबू से होनेवाली परेशानी के बारे में बताया। सभी ने कहा कि बड़ा हलका महसूस हो रहा है। महात्मा ने कहा, "यह सब मैंने आपको एक शिक्षा देने के लिए किया था। जब केवल सात दिन में ही आपको ये आलू बोझ लगने लगे, तब सोचिए कि आप जिन व्यक्तियों से ईर्ष्या या नफरत करते हैं, उनका कितना बोझ आपके मन पर होता होगा, और वह बोझ आप लोग तमाम जिंदगी ढोते रहते हैं। सोचिए, आपके मन और दिमाग की इस ईर्ष्या के बोझ से क्या हालत होती होगी? यह ईर्ष्या तुम्हारे मन पर अनावश्यक बोझ डालती है। उसके कारण आपके मन में

शिष्यों ने आपबीती सुनाई, अपने कष्टों का विवरण दिया, आलुओं की बदबू से होनेवाली परेशानी के बारे में बताया। सभी ने कहा कि बड़ा हलका महसूस हो रहा है। महात्मा ने कहा, "यह सब मैंने आपको एक शिक्षा देने के लिए किया था। जब केवल सात दिन में ही आपको ये आलू बोझ लगने लगे, तब सोचिए कि आप जिन व्यक्तियों से ईर्ष्या या नफरत करते हैं, उनका कितना बोझ आपके मन पर होता होगा, और वह बोझ आप लोग तमाम जिंदगी ढोते रहते हैं।

भी बदबू भर जाती है, ठीक उन आलुओं की तरह। इसलिए अपने मन से इन बुरी भावनाओं को, बुरी आदतों को निकाल दें।"

आदत बदलने की ये क्रियाएँ पूर्णतया मनोवैज्ञानिक हैं। इनका उपयोग यदि स्वयं को बदलने में किया जा सके तो मनुष्य बुराइयों को दूर करने में आशाजनक सफलता प्राप्त कर सकता है। यह कहते रहने से किसी समस्या का हल नहीं निकलता। उसके लिए रचनात्मक कदम भी उठाने पड़ते हैं।

कार्ल फ्रेडरिक गौस

प्राइमरी क्लास में शिक्षक का प्रवेश होता है। आज शिक्षक का पढ़ाने का मूड नहीं है, अतः वह बच्चों को एक मुश्किल सवाल दे देता है। सवाल में एक से सौ तक की गिनतियों का जोड़ बताना है। अब शिक्षक इत्मीनान से कुरसी से पीठ टिकाकर बैठ जाता है, लेकिन पाँच मिनट बाद ही आठ वर्ष का एक बालक उसके आराम में खलल डाल देता है। शिक्षक की आँखें यह देखकर फटी रह जाती हैं कि उस बालक ने उस सवाल का हल एक विशेष तरीके से बहुत जल्दी निकाल लिया है। यह बालक आगे चलकर महान् गणितज्ञ कार्ल फ्रेडरिक गौस के नाम से प्रसिद्ध हुआ। दुनिया ने उसे 'गणित के राजकुमार' की पदवी दी।

अब शिक्षक इत्मीनान से कुरसी से पीठ टिकाकर बैठ जाता है, लेकिन पाँच मिनट बाद ही आठ वर्ष का एक बालक उसके आराम में खलल डाल देता है। शिक्षक की आँखें यह देखकर फटी रह जाती हैं कि उस बालक ने उस सवाल का हल एक विशेष तरीके से बहुत जल्दी निकाल लिया है। यह बालक आगे चलकर महान् गणितज्ञ कार्ल फ्रेडरिक गौस के नाम से प्रसिद्ध हुआ। दुनिया ने उसे 'गणित के राजकुमार' की पदवी दी।

30 अप्रैल, 1777 को जर्मनी में जनमे गौस ने 15 वर्ष की आयु तक गणितीय क्षेत्र में अनेक महान् खोजें कर ली थीं, जिनमें प्रमुख हैं—बोडीज का नियम, बीजगणित का द्विपद प्रमेय, समांतर-गुणोत्तर श्रेणियों के माध्य संबंधी प्रमेय, द्विघात व्युत्क्रम का नियम तथा अभाज्य संख्या प्रमेय। कुछ समय

बाद उसने ज्यामिति के क्षेत्र में अत्यंत महत्त्वपूर्ण खोज की। यानी पटरी और परकार की सहायता से 17 भुजाओं वाले बहुभुज की रचना।

गौस ने सिद्ध किया कि कोई भी पूर्णांक अधिक-से-अधिक तीन त्रिभुजीय संख्याओं के रूप में लिखा जा सकता है।

बीजगणित का मूल प्रमेय 'किसी भी बहुपद का कम-से-कम एक मूल अवश्य होता है,' को उसने सिद्ध करने में सफलता प्राप्त की। यह कठिन प्रमेय है, जिसे गणित का कोई छात्र ग्रेजुएशन के अंतिम वर्ष में पढ़ता है। रैखिक समीकरणों को हल करने के लिए गौस ने सूत्र दिया, जिसे 'गौस उन्मूलन विधि' नाम से जाना जाता है।

उसने मॉड्यूलर अंकगणित पर काफी कार्य किया। मॉड्यूलर अंकगणित कंप्यूटर की गणनाओं में प्रयुक्त द्विआधारी प्रणाली की स्थापना में अत्यंत उपयोगी सिद्ध हुई। इस गणित के बिना डिजिटल इलेक्ट्रॉनिक्स व कंप्यूटर का कोई अस्तित्व न होता।

गौस ने सिद्ध किया कि कोई भी पूर्णांक अधिक-से-अधिक तीन त्रिभुजीय संख्याओं के रूप में लिखा जा सकता है।
बीजगणित का मूल प्रमेय 'किसी भी बहुपद का कम-से-कम एक मूल अवश्य होता है,' को उसने सिद्ध करने में सफलता प्राप्त की। यह कठिन प्रमेय है, जिसे गणित का कोई छात्र ग्रेजुएशन के अंतिम वर्ष में पढ़ता है। रैखिक समीकरणों को हल करने के लिए गौस ने सूत्र दिया, जिसे 'गौस उन्मूलन विधि' नाम से जाना जाता है।

गौस ने उस समय खोजे गए बौने ग्रह सीरस का पथ ज्ञात किया। तत्पश्चात् उसने खगोलीय पिंडों के रास्तों का अनुमान लगाने के लिए अनेक गणितीय सूत्र ढूँढ़ निकाले। इसी बीच उसने नॉर्मल डिस्ट्रीब्यूशन का कॉन्सेप्ट दिया, जो आधुनिक सांख्यिकी का आधार है और विज्ञान के सभी क्षेत्रों में भविष्य आधारित गणनाओं में इसका इस्तेमाल होता है।

गौस की मानसिक गणना शक्ति अत्यंत विलक्षण थी। अत्यंत मुश्किल गणना वाले सवालों के हल वह मौखिक रूप में प्रस्तुत कर देता था। गौस ने

ही पहली बार अ-यूक्लिडीय ज्यामिति की संभावनाओं पर विचार किया। यूक्लिडीय ज्यामिति समतल सतहों की आकृतियों पर विचार करती है, जबकि अ-यूक्लिडीय ज्यामिति में रचनाओं की सतह वक्र होती है, जैसे कि घड़े पर बनी कोई आकृति।

गौस की मानसिक गणना शक्ति अत्यंत विलक्षण थी। अत्यंत मुश्किल गणना वाले सवालों के हल वह मौखिक रूप में प्रस्तुत कर देता था। गौस ने ही पहली बार अ-यूक्लिडीय ज्यामिति की संभावनाओं पर विचार किया। यूक्लिडीय ज्यामिति समतल सतहों की आकृतियों पर विचार करती है, जबकि अ-यूक्लिडीय ज्यामिति में रचनाओं की सतह वक्र होती है, जैसे कि घड़े पर बनी कोई आकृति।

गौस ने भौतिकविद् वेबर के साथ कार्य करते हुए विद्युत् तथा चुंबक के क्षेत्र में अनेक महत्त्वपूर्ण कार्य किए, जिसमें विद्युत् विभव का गणितीय मॉडल, कम बाधा का सिद्धांत इत्यादि शामिल हैं। पृथ्वी के चुंबकीय क्षेत्र के संबंध में गौस ने अनेक सूत्र खोजे तथा महत्त्वपूर्ण बात बताई कि पृथ्वी के चुंबकीय क्षेत्र के केवल दो ध्रुव हैं, अर्थात् पूरी पृथ्वी बहुत बड़े अकेले चुंबक के रूप में है। गौस की इस क्षेत्र की महान् उपलब्धियों को देखते हुए उनके सम्मान में चुंबकीय क्षेत्र की इकाई को 'गौस' नाम दिया गया।

"जीवन की विडंबना यह नहीं है कि आप अपने लक्ष्य तक नहीं पहुँचे, बल्कि यह है कि पहुँचने के लिए आपके पास कोई लक्ष्य ही नहीं था।"

□

8

विजेता अकेला होता है

"अगर आपने हवाई किले बना रखे हैं, तो आपका काम बेकार नहीं जाना चाहिए, वे वहीं होने चाहिए। बस, अब उनके नीचे नींव डाल दीजिए।"

हमारा शरीर, हमारे गुण, हमारी बुद्धि तथा हमारा आत्मिक बल—ये सब लगातार दूसरों पर प्रभाव डालते आ रहे हैं। इसी प्रकार, उलटे रूप में, दूसरों का प्रभाव हम पर पड़ता चला आ रहा है। हमारे आस-पास यही चल रहा है। संपूर्ण शिक्षा तथा समस्त अध्ययन का एकमेव उद्‌देश्य है, इस व्यक्तित्व को गढ़ना, परंतु हम यह न करके केवल बहिरंग पर ही पानी चढ़ाने का सदा प्रयत्न किया करते हैं। जहाँ व्यक्तित्व का ही प्रभाव है, वहाँ सिर्फ बहिरंग पर पानी चढ़ाने का प्रयत्न करने से क्या लाभ? सारी शिक्षा का ध्येय है, मनुष्य का विकास।

पानी का एक बुलबुला झील के तल से निकलता है। वह ऊपर आता है, परंतु हम उसे देख नहीं सकते, जब तक कि वह सतह पर आकर फूट नहीं जाता। इसी तरह विचार अधिक विकसित हो जाने पर या कार्य में परिणत हो जाने पर ही देखे जा सकते हैं। हम सदा यही कहा करते हैं कि हमारे कर्मों पर, हमारे विचारों पर हमारा अधिकार नहीं चलता। यह अधिकार हम कैसे प्राप्त कर सकते हैं? हम अगर विचारों को मूल के ही अधीन कर सकें, तो इन सूक्ष्म हलचलों पर हमारी हुकूमत चल सकेगी। विचारों को कार्य में परिणत होने के पहले ही जब हम अधीन कर लेंगे, तभी सब पर हमारी हुकूमत चल

सकेगी। पवित्र, सदाचारी मनुष्य स्वयं पर नियंत्रण रखता है। जो अपने मन को जानता है और स्व-अधीन रख सकता है, वह हर मन का रहस्य जानता है और हर मन पर अधिकार रखता है।

कभी असफलता मिलने पर हम यदि बारीकी से उसकी छानबीन करें, तो निन्यानवे प्रतिशत यही पाएँगे कि उसका कारण था, हमारा साधनों की ओर ध्यान न देना। हमें आवश्यकता है, अपने साधनों को पुष्ट करने की और उन्हें पूर्ण बनाने की। यदि हमारे साधन बिल्कुल ठीक हैं, तो साध्य की प्राप्ति होगी ही। हम यह भूल जाते हैं कि कारण ही कार्य का जन्मदाता है। कार्य स्वतः उत्पन्न नहीं हो सकता, और जब तक कारण अभीष्ट, समुचित और सशक्त न हो, कार्य की उत्पत्ति नहीं होगी। एक बार हमने ध्येय निश्चित कर लिया और उसके साधन पक्के कर लिये तो फिर हम ध्येय को लगभग छोड़ सकते हैं, क्योंकि हम आश्वस्त हैं कि यदि साधन पूर्ण हैं, तो साध्य तो प्राप्त ही होगा। जब कारण विद्यमान है, तो कार्य की उत्पत्ति होगी ही। उसके बारे में विशेष चिंता की कोई आवश्यकता नहीं। यदि कारण के विषय में हम सावधान रहें तो कार्य स्वयं संपन्न हो जाएगा। कार्य है ध्येय की सिद्धि और कारण है, साधन। इसलिए साधन की ओर ध्यान देते रहना जीवन का एक बड़ा रहस्य है।

हम कोई काम हाथ में लेते हैं और अपनी पूरी ताकत उसमें लगा देते हैं; उसमें असफलता होती है, पर फिर भी हम उसका त्याग नहीं कर सकते। यह जुड़ाव ही हमारे दुःख का सबसे बड़ा कारण है। हम जानते हैं कि वह हमें हानि पहुँचा रही है और उसमें चिपके रहने से केवल दुःख ही हाथ आएगा, परंतु फिर भी हम उससे अपना छुटकारा नहीं कर सकते।

हम कोई काम हाथ में लेते हैं और अपनी पूरी ताकत उसमें लगा देते हैं; उसमें असफलता होती है, पर फिर भी हम उसका त्याग नहीं कर सकते। यह जुड़ाव ही हमारे दुःख का सबसे बड़ा कारण है। हम जानते हैं कि वह हमें हानि पहुँचा रही है और उसमें चिपके रहने से केवल दुःख ही हाथ आएगा, परंतु फिर भी हम उससे अपना छुटकारा नहीं कर सकते। हर घड़ी

यही अनुभव होता है। हमारे जीवन की छोटी-छोटी बातों का भी यही हाल है। दूसरों के मन हम पर हुकूमत चला रहे हैं और हम सदा यह प्रयत्न कर रहे हैं कि हमारी हुकूमत दूसरों के मनों पर चले। हम जीवन के आनंद का उपभोग करना चाहते हैं, पर वे भोग हमारे प्राणों का ही भक्षण कर जाते हैं। हम प्रकृति से सबकुछ प्राप्त कर लेना चाहते हैं, पर अंततः हम यही देखते हैं कि प्रकृति ने हमारा सर्वस्व हरण कर लिया है। उसने हमें पूरी तरह से चूसकर अलग फेंक दिया है।

प्रत्येक वस्तु से अपने आपको स्वतंत्र बना लेने की शक्ति स्वयं में संचित रखें। वह वस्तु आपको बहुत प्यारी क्यों न हो, आपका प्राण उसके लिए चाहे जितना ही लालायित क्यों न हो, उसके त्यागने में आपको चाहे जितना कष्ट क्यों न उठाना पड़े, फिर भी अपनी इच्छानुसार उसके त्याग करने की अपनी शक्ति सँजोए रहें। दुर्बलता से मनुष्य गुलाम बनता है। दुर्बलता से ही सब प्रकार के शारीरिक और मानसिक दुःख आते हैं। दुर्बलता ही मृत्यु है।

हम बचपन से ही सर्वदा अपने से बाहर किसी दूसरी वस्तु पर दोष मढ़ने का प्रयत्न किया करते हैं। हम सदा दूसरों के सुधार में तत्पर रहते हैं, पर अपने सुधार में नहीं। यदि हम दुःखी होते हैं, तो चिल्लाते हैं, "यह तो शैतान की दुनिया है!" हम दूसरों को दोष देते हैं और कहते हैं, "कैसे मोहग्रस्त पागल हैं!" पर यदि हम सचमुच इतने अच्छे हैं, तो हम ऐसी दुनिया में भला रहते कैसे हैं?

लाखों-करोड़ों कीटाणु हमारे आस-पास हैं, पर जब तक हम दुर्बल नहीं होते, जब तक शरीर उनके प्रति संवेदी नहीं होता, तब तक वे हमें कोई हानि नहीं पहुँचा सकते। ऐसे करोड़ों दुःखरूपी कीटाणु हमारे आस-पास क्यों न मँडराते रहें, पर कुछ चिंता न करें। जब तक हमारा मन कमजोर नहीं होता, तब तक उनकी हिम्मत नहीं कि वे हमारे पास फटकें, उनमें ताकत नहीं कि वे हम पर हमला करें। यह एक बड़ा सत्य है कि बल ही जीवन है और दुर्बलता ही मरण। बल ही अनंत सुख है, अमर और शाश्वत जीवन है, और दुर्बलता ही मृत्यु।

जब तक हम अपने आप को दुर्बल

न बनाएँ, तब तक हम पर कुछ नहीं हो सकता। हमें वही मिलता है, जिसके हम पात्र हैं। आइए, हम अपना अभिमान छोड़ दें और यह समझ लें कि हम पर आई हुई कोई भी आपत्ति ऐसी नहीं है, जिसके हम पात्र न थे। फिजूल चोट कभी नहीं पड़ी; ऐसी कोई बुराई नहीं है, जो मैंने स्वयं अपने हाथों न बुलाई हो। इसका हमें ज्ञान होना चाहिए। आप आत्मनिरीक्षण कर देखेंगे तो पाएँगे कि ऐसी एक भी चोट आपको नहीं लगी, जो स्वयं आपकी ही की गई न हो। आधा काम आपने किया और आधा बाहरी दुनिया ने, और इस तरह आपको चोट लगी।

हम बचपन से ही सर्वदा अपने से बाहर किसी दूसरी वस्तु पर दोष मढ़ने का प्रयत्न किया करते हैं। हम सदा दूसरों के सुधार में तत्पर रहते हैं, पर अपने सुधार में नहीं। यदि हम दुःखी होते हैं, तो चिल्लाते हैं, "यह तो शैतान की दुनिया है!" हम दूसरों को दोष देते हैं और कहते हैं, "कैसे मोहग्रस्त पागल हैं!" पर यदि हम सचमुच इतने अच्छे हैं, तो हम ऐसी दुनिया में भला रहते कैसे हैं? यदि यह शैतान की दुनिया है, तो हम भी शैतान ही हैं, नहीं तो हम यहाँ क्यों रहते? "ओह, संसार के लोग कितने स्वार्थी हैं!" सच है, पर यदि हम उनसे अच्छे हैं, तो फिर हमारा उनसे संबंध कैसे हुआ, जरा यह सोचें।

बहरा विजेता

एक बार एक सीधे पहाड़ पर चढ़ने की प्रतियोगिता हुई। बहुत से लोगों ने हिस्सा लिया। प्रतियोगिता को देखने वालों की सब जगह भीड़ जमा हो गई। माहौल में सरगरमी थी। हर तरफ शोर-ही-शोर था। प्रतियोगियों ने चढ़ना शुरू किया, लेकिन सीधे पहाड़ को देखकर भीड़ में एकत्र हुए किसी भी आदमी को यह यकीन नहीं हुआ कि कोई भी व्यक्ति ऊपर तक पहुँच पाएगा।

हर तरफ यही सुनाई देता, "अरे, यह बहुत कठिन है। ये लोग कभी भी सीधे पहाड़ पर नहीं चढ़ पाएँगे। सफलता का तो कोई सवाल ही नहीं। इतने सीधे पहाड़ पर तो चढ़ा ही नहीं जा सकता।"

और यही हो भी रहा था। जो भी आदमी कोशिश करता, वह थोड़ा ऊपर जाकर नीचे गिर जाता। कई लोग दो-तीन बार गिरने के बावजूद अपने प्रयास में लगे हुए थे, पर भीड़ तो अभी भी चिल्लाए जा रही थी, "यह नहीं

हो सकता, असंभव है” और वे उत्साहित प्रतियोगी भी यह सुन-सुनकर हताश हो गए और अपना प्रयास धीरे-धीरे करके छोड़ने लगे।

लेकिन उन्हीं लोगों के बीच एक प्रतियोगी था, जो बार-बार गिरने पर भी उसी जोश के साथ ऊपर पहाड़ पर चढ़ने में लगा हुआ था। वह लगातार ऊपर की ओर बढ़ता रहा और अंततः सीधे पहाड़ के ऊपर पहुँच गया और इस प्रतियोगिता का विजेता बना। उसकी जीत पर सभी को बड़ा आश्चर्य हुआ। सभी लोग उसे घेरकर खड़े हो गए और पूछने लगे, “तुमने यह असंभव काम कैसे कर दिखाया? भला तुम्हें अपना लक्ष्य प्राप्त करने की शक्ति कहाँ से मिली, जरा हमें भी तो बताओ कि तुमने यह विजय कैसे प्राप्त की?”

लेकिन उन्हीं लोगों के बीच एक प्रतियोगी था, जो बार-बार गिरने पर भी उसी जोश के साथ ऊपर पहाड़ पर चढ़ने में लगा हुआ था। वह लगातार ऊपर की ओर बढ़ता रहा और अंततः सीधे पहाड़ के ऊपर पहुँच गया और इस प्रतियोगिता का विजेता बना। उसकी जीत पर सभी को बड़ा आश्चर्य हुआ। सभी लोग उसे घेरकर खड़े हो गए और पूछने लगे, “तुमने यह असंभव काम कैसे कर दिखाया? भला तुम्हें अपना लक्ष्य प्राप्त करने की शक्ति कहाँ से मिली, जरा हमें भी तो बताओ कि तुमने यह विजय कैसे प्राप्त की?”

तभी पीछे से एक आवाज आई, “अरे, उससे क्या पूछते हो, वह तो बहरा है।”

तभी उस व्यक्ति ने कहा, “हर नकारात्मक बात के लिए मैं बहरा था, बहरा हूँ और बहरा रहूँगा।”

पात्र और प्राप्ति

जिसके हम पात्र हैं, वही हम पाते हैं। जब हम कहते हैं कि दुनिया बुरी है और हम अच्छे, तो यह सरासर झूठ है। ऐसा कभी हो नहीं सकता। यह एक भीषण असत्य है, जो हम अपने से कहते हैं। अतएव, सीखने का पहला पाठ यह है—निश्चय कर लें कि बाहरी किसी भी वस्तु पर आप दोष न मढ़ेंगे,

उसे अभिशाप न देंगे। इसके विपरीत, मनुष्य बनें, उठ खड़े हों और दोष स्वयं अपने ऊपर मढ़ें। आप अनुभव करेंगे कि यह सर्वदा सत्य है। स्वयं अपने को वश में करें।

अपनी चिंता हमें स्वयं ही करनी है। इतना तो हम कर ही सकते हैं। हमें कुछ समय तक दूसरों की ओर ध्यान देने का खयाल छोड़ देना चाहिए। आएँ, हम अपने साधनों को पूर्ण बना लें; फिर साध्य अपनी चिंता स्वयं कर लेगा, क्योंकि दुनिया तभी पवित्र और अच्छी हो सकती है, जब हम स्वयं पवित्र और अच्छे हों। वह है कार्य और हम है उसके कारण। इसलिए आएँ, हम अपने आपको पवित्र बना लें! आएँ, हम अपने आपको पूर्ण बना लें!

मनुष्य की अंतर्निहित पूर्णता को अभिव्यक्त करना ही ज्ञान है। ज्ञान मनुष्य में स्वभाव-सिद्ध है; कोई भी ज्ञान बाहर से नहीं आता; सब अंदर ही है। संसार को जो कुछ ज्ञान प्राप्त हुआ है, वह सब मन से ही निकला है। विश्व का असीम ज्ञान भंडार स्वयं आपके मन में है। बाहरी संसार तो एक सुझाव, एक प्रेरक मात्र है, जो आपको अपने ही मन का अध्ययन करने के लिए प्रेरित करता है। सेब के गिरने से न्यूटन को कुछ सूझ पड़ा और उसने अपने मन का अध्ययन किया। उसने अपने मन में विचार की पुरानी कड़ियों को फिर से व्यवस्थित किया और उनमें एक नई कड़ी को देख पाया। जिसे हम गुरुत्वाकर्षण का नियम कहते हैं, वह न तो सेब में था और न पृथ्वी के केंद्रस्थ किसी वस्तु में।

मनुष्य की अंतर्निहित पूर्णता को अभिव्यक्त करना ही ज्ञान है। ज्ञान मनुष्य में स्वभाव-सिद्ध है; कोई भी ज्ञान बाहर से नहीं आता; सब अंदर ही है। संसार को जो कुछ ज्ञान प्राप्त हुआ है, वह सब मन से ही निकला है। विश्व का असीम ज्ञान भंडार स्वयं आपके मन में है। बाहरी संसार तो एक सुझाव, एक प्रेरक मात्र है, जो आपको अपने ही मन का अध्ययन करने के लिए प्रेरित करता है।

अतः समस्त ज्ञान, चाहे वह लौकिक हो अथवा आध्यात्मिक, मनुष्य के मन में है। बहुधा वह प्रकाशित न होकर ढका रहता है और जब आवरण

धीरे-धीरे हटता जाता है, तो हम कहते हैं कि हम सीख रहे है। ज्यों-ज्यों इस आविष्करण की क्रिया बढ़ती जाती है, त्यों-त्यों हमारे ज्ञान की वृद्धि होती जाती है। जिस मनुष्य पर से यह आवरण उठता जा रहा है, वह अन्य व्यक्तियों की अपेक्षा अधिक ज्ञानी है, और जिस पर यह आवरण तह-पर-तह पड़ा हुआ है, वह अज्ञानी है। जिस पर से यह आवरण पूरा हट जाता है, वह सर्वज्ञ, सर्वदर्शी हो जाता है। चकमक पत्थर के टुकड़े में अग्नि के समान, ज्ञान मन में निहित है। सुझाव या उद्दीपक कारण ही वह घर्षण है, जो उस ज्ञानाग्नि को प्रकाशित कर देता है। सभी ज्ञान और सभी शक्तियाँ भीतर हैं। हम जिन्हें शक्तियाँ, प्रकृति के रहस्य या बल कहते हैं, वे सब भीतर ही हैं। मनुष्य की आत्मा से ही सारा ज्ञान आता है। जो ज्ञान सनातन काल से मनुष्य के भीतर निहित है, उसी को वह बाहर प्रकट करता है, अपने भीतर देख पाता है।

बालक स्वयं अपने आपको शिक्षित करता है। शिक्षक ऐसा समझकर कि वह शिक्षा दे रहा है, सब कार्य बिगाड़ डालता है। समस्त ज्ञान मनुष्य के अंतर में अवस्थित है, उसे केवल जाग्रत्—केवल प्रबोधन की आवश्यकता है और बस इतना ही शिक्षक का कार्य है। हमें बालकों के लिए केवल इतना ही करना है कि वे अपने हाथ, पैर, कान और आँखों के रचित उपयोग के लिए अपनी बुद्धि का प्रयोग करना सीखें।

आप किसी बालक को शिक्षा देने में उसी प्रकार असमर्थ हों, जैसे कि किसी पौधे को बढ़ाने में। पौधा अपनी प्रकृति का विकास आप ही कर लेता है। बालक भी अपने आपको शिक्षित करता है, पर हाँ, आप उसे अपने ही ढंग से आगे बढ़ने में सहायता दे सकते हैं। आप केवल बाधाओं को हटा दें और बस, ज्ञान अपने स्वाभाविक रूप से प्रकट हो जाएगा। जमीन को कुछ नरम बना दें, ताकि उसमें से उगना आसान हो जाए। उसके चारों ओर घेरा बना दें और देखते रहें कि कोई उसे नष्ट कर दे। उस बीज से उगते हुए पौधे की शारीरिक बनावट के लिए आप मिट्टी, पानी और समुचित वायु का प्रबंध कर सकते हैं, और बस यहीं आपका कार्य समाप्त हो जाता है। वह अपनी प्रकृति के

अनुसार जो भी आवश्यक हो, ले लेगा। वह अपनी प्रकृति से ही सबको पचाकर बढ़ेगा। बस, ऐसा ही बालक की शिक्षा के बारे में है। बालक स्वयं अपने आपको शिक्षित करता है। शिक्षक ऐसा समझकर कि वह शिक्षा दे रहा है, सब कार्य बिगाड़ डालता है। समस्त ज्ञान मनुष्य के अंतर में अवस्थित है, उसे केवल जाग्रत्—केवल प्रबोधन की आवश्यकता है और बस इतना ही शिक्षक का कार्य है। हमें बालकों के लिए केवल इतना ही करना है कि वे अपने हाथ, पैर, कान और आँखों के रचित उपयोग के लिए अपनी बुद्धि का प्रयोग करना सीखें।

> *माता-पिता पढ़ने-लिखने के लिए अपने बालकों के सदा पीछे लगे रहते हैं और कहा करते हैं कि तुम कभी कुछ सीख नहीं सकते, तुम गधे बने रहोगे—वहाँ बालक यथार्थ में वैसे ही बन जाते हैं। यदि आप उनसे सहानुभूति भरी बातें करें और उन्हें उत्साह है, तो समय पाकर उनकी उन्नति होना निश्चित है। विद्यार्थी की आवश्यकता के अनुसार शिक्षा में परिवर्तन होना चाहिए।*

स्वाभाविक विकास

किसी ने अपने एक दोस्त को सलाह दी कि गधे को पीटने पर वह घोड़ा बन सकता है। गधे के मालिक ने उसे घोड़ा बनाने की इच्छा से इतना पीटा कि वह बेचारा गधा मर ही गया। तो इस प्रकार लड़कों को ठोक-पीटकर शिक्षित बनाने की जो प्रणाली है, उसका अंत कर देना चाहिए। माता-पिता के अनुचित दबाव के कारण हमारे बालकों को विकास का स्वतंत्र अवसर प्राप्त नहीं होता। हरेक में ऐसी असंख्य प्रवृत्तियाँ होती हैं, जिनके विकास के लिए समुचित क्षेत्र की आवश्यकता होती है। सुधार के लिए जबरदस्ती करने का परिणाम सदैव उलटा ही होता है। यदि आप किसी को शेर बनने का अवसर न देंगे, तो वह सियार ही बनेगा।

माता-पिता पढ़ने-लिखने के लिए अपने बालकों के सदा पीछे लगे रहते हैं और कहा करते हैं कि तुम कभी कुछ सीख नहीं सकते, तुम गधे बने रहोगे—वहाँ बालक यथार्थ में वैसे ही बन जाते हैं। यदि आप उनसे सहानुभूति

हमें तो ऐसी शिक्षा चाहिए, जिससे चरित्र बने, मानसिक बल बढ़े, बुद्धि का विकास हो और जिससे मनुष्य अपने पैरों पर खड़ा हो सके। हमें यांत्रिक और ऐसी सभी शिक्षाओं की आवश्यकता है, जिनसे उद्योग-धंधों की वृद्धि और विकास हो, जिससे मनुष्य नौकरी के लिए मारा-मारा फिरने के बदले अपनी आवश्यकताओं की पूर्ति के लिए पर्याप्त कमाई कर सके और आपातकाल के लिए संचय भी कर सके।

भरी बातें करें और उन्हें उत्साह है, तो समय पाकर उनकी उन्नति होना निश्चित है। विद्यार्थी की आवश्यकता के अनुसार शिक्षा में परिवर्तन होना चाहिए। अतीत के जीवन ने हमारी प्रवृत्तियों को गढ़ा है, इसलिए विद्यार्थी को उसकी प्रवृत्तियों के अनुसार मार्ग दिखाना चाहिए। जो जहाँ पर है, उसे वहीं से आगे बढ़ाएँ।

यदि आप परखे हुए केवल पाँच ही विचार आत्मसात् कर उनके अनुसार अपने जीवन और चरित्र का निर्माण कर लेते हैं, तो आप एक पूरे ग्रंथालय को कंठस्थ करनेवाले की अपेक्षा अधिक शिक्षित हैं। यदि शिक्षा का अर्थ जानकारी ही होता, तब तो पुस्तकालय संसार में सबसे बड़े संत हो जाते और विश्वकोश महान् ऋषि बन जाते। हमें तो ऐसी शिक्षा चाहिए, जिससे चरित्र बने, मानसिक बल बढ़े, बुद्धि का विकास हो और जिससे मनुष्य अपने पैरों पर खड़ा हो सके। हमें यांत्रिक और ऐसी सभी शिक्षाओं की आवश्यकता है, जिनसे उद्योग-धंधों की वृद्धि और विकास हो, जिससे मनुष्य नौकरी के लिए मारा-मारा फिरने के बदले अपनी आवश्यकताओं की पूर्ति के लिए पर्याप्त कमाई कर सके और आपातकाल के लिए संचय भी कर सके।

मन की एकाग्रता ही शिक्षा का संपूर्ण सार है। ज्ञानार्जन के लिए निम्नतम श्रेणी के मनुष्य से लेकर उच्चतम योगी तक को इसी एक मार्ग का अवलंबन करना पड़ता है। रसायनज्ञ अपनी प्रयोगशाला में अपने मन की सारी शाक्तियों को एकाग्र करके एक ही केंद्र में स्थिर करता है और तत्त्वों पर लगाता है—उससे तत्त्व विश्लेषित हो जाते हैं और उसे ज्ञान की प्राप्ति हो जाती है। ज्योतिषी अपने मन की शक्तियों को एकाग्र करके एक ही केंद्र पर लाता है

और दूरदर्शी यंत्र द्वारा उन्हें अपने विषयों पर लगाता है; और बस, तारागण एवं ग्रहसमुदाय सामने चले जाते हैं और अपना रहस्य उसके पास खोलकर रख देते हैं। चाहे विद्वान् अध्यापक हो, मेधावी छात्र हो या अन्य कोई भी हो, यदि वह किसी विषय को जानने की चेष्टा कर रहा है, तो उसे उपयुक्त प्रथा से ही काम लेना पड़ेगा।

एकाग्रता आवश्यक

गुरुकुल में अपनी शिक्षा पूरी करके एक शिष्य अपने गुरु से विदा लेने आया। गुरु ने कहा, "वत्स, यहाँ रहकर तुमने शास्त्रों का समुचित ज्ञान प्राप्त कर लिया, किंतु कुछ उपयोगी शिक्षा शेष रह गई है। इसके लिए तुम मेरे साथ चलो।"

शिष्य गुरु के साथ चल पड़ा। गुरु उसे गुरुकुल से दूर एक खेत के पास ले गए। वहाँ एक किसान खेतों को पानी दे रहा था। गुरु और शिष्य उसे गौर से देखते रहे, पर किसान ने एक बार भी उनकी ओर आँख उठाकर नहीं देखा, जैसे उसे इस बात का एहसास ही न हुआ हो कि पास में कोई खड़ा भी है। वहाँ से आगे बढ़ते हुए उन्होंने देखा कि एक लुहार भट्ठी में कोयला डालकर उसमें लोहे को गरम कर रहा था। लोहा लाल होता जा रहा था। लुहार अपने काम में इस कदर मगन था कि उसने गुरु-शिष्य की ओर जरा भी ध्यान नहीं दिया। गुरु ने शिष्य को चलने का इशारा किया। फिर वे दोनों आगे बढ़े। आगे थोड़ी दूर पर एक व्यक्ति जूता बना रहा था। चमड़े को काटने, छीलने और सिलने में उसके हाथ काफी सफाई के साथ चल रहे थे। गुरु ने शिष्य को वापस चलने को कहा।

शिष्य समझ नहीं सका कि आखिर गुरु का इरादा क्या है? रास्ते में चलते हुए गुरु ने शिष्य से कहा, "वत्स, मेरे पास रहकर तुमने शास्त्रों का अध्ययन किया, लेकिन व्यावहारिक ज्ञान की शिक्षा बाकी थी। तुमने इन तीनों को देखा। ये अपने काम में संलग्न थे। अपने काम में ऐसी ही एकाग्रता आवश्यक है। तभी तुम्हें अपेक्षित सफलता मिलेगी।"

शिष्य समझ नहीं सका कि आखिर गुरु का इरादा क्या है? रास्ते में चलते हुए गुरु ने शिष्य से कहा, "वत्स, मेरे पास रहकर तुमने शास्त्रों का

अध्ययन किया, लेकिन व्यावहारिक ज्ञान की शिक्षा बाकी थी। तुमने इन तीनों को देखा। ये अपने काम में संलग्न थे। अपने काम में ऐसी ही एकाग्रता आवश्यक है। तभी तुम्हें अपेक्षित सफलता मिलेगी।"

अभ्यस्त मन कभी भूल नहीं करता। मनुष्यों और पशुओं में मुख्य भेद केवल चित्त की एकाग्रता-शक्ति का तारतम्य ही है। पशु में एकाग्रता की शक्ति बहुत कम होती है। जिन्होंने पशुओं को सिखाने का काम लिया है, वे इस कठिनाई का अनुभव करते हैं कि पशु को जो कुछ सिखाया जाता है, उसे वह सदा भूल जाया करता है। पशु अपना मन अधिक समय तक किसी बात पर स्थिर नहीं रख सकता। बस, यहीं पर मनुष्यों और पशुओं में अंतर है। मनुष्य-मनुष्य का भेद भी उनकी एकाग्रता-शक्ति के इस तारतम्य से होता है। सबसे निम्न मनुष्य की उच्चतम पुरुष के साथ तुलना करो। उन दोनों में भेद केवल एकाग्रता की मात्रा में है।

किसी भी प्रकार के कार्य की सफलता इसी प्रकार निर्भर करती है। कला, संगीत आदि में अत्युच्च प्रवीणता इसी एकाग्रता का फल है। जब मन को एकाग्र करके उसे अपने ही ऊपर लगाया जाता है, तब वह नौकर बन जाता है, मालिक नहीं रह जाता। यूनानियों ने अपनी एकाग्रता का प्रयोग बाह्य संसार पर किया था और इसके फलस्वरूप उन्हें कला, साहित्य आदि में पूर्णता प्राप्त हुई।

जो मनुष्य दिन-रात सोचता रहता है कि मैं कुछ भी नहीं हूँ, उससे हम कोई आशा नहीं रख सकते। यदि कोई दिन-रात यही सोचता रहे कि मैं दीन-हीन हूँ, नाचीज हूँ तो वह सचमुच नाचीज बन जाएगा। अगर आप सोचें कि मैं कुछ हूँ, मुझमें शक्ति है, तो सचमुच आपमें शक्ति आ जाएगी। यह एक महान् सत्य है, जिसे स्मरण रखना चाहिए।

विचार-शक्ति

सुख और दुःख ज्यों-ज्यों हमारी आत्मा पर से होकर गुजरते हैं, वे उस पर अपनी-अपनी छाप या संस्कार छोड़ जाते हैं और इन सब विभिन्न छापों की समष्टि ही मनुष्य का चरित्र कहलाता है। हम वही हैं, जो हमारे विचारों ने

हमें बनाया है। प्रत्येक विचार हमारे शरीर पर, लोहे के टुकड़े पर हथौड़े की हलकी चोट के समान है और उसके द्वारा हम जो बनना चाहते हैं, बनते जाते हैं। वाणी तो गौण है। विचार सजीव होते हैं; उनकी दौड़ बहुत दूर तक हुआ करती है।

मन को यदि झील की उपमा दी जाए, तो उसमें उठने वाली प्रत्येक लहर, प्रत्येक तरंग जब दब जाती है, तो वास्तव में वह बिल्कुल नष्ट नहीं हो जाती, वरन् चित्त में एक प्रकार का चिह्न छोड़ जाती है तथा ऐसी संभावना का निर्माण कर जाती है, जिससे वह लहर दुबारा फिर से उठ सके। हमारा प्रत्येक कार्य, प्रत्येक अंग-संचालन, प्रत्येक विचार हमारे चित्त पर इसी प्रकार का एक संस्कार छोड़ जाता है; और यद्यपि ये संस्कार ऊपरी दृष्टि से स्पष्ट न हों, परंतु अज्ञात रूप से अंदर-ही-अंदर कार्य करने में विशेष प्रबल होते हैं।

मन को यदि झील की उपमा दी जाए, तो उसमें उठने वाली प्रत्येक लहर, प्रत्येक तरंग जब दब जाती है, तो वास्तव में वह बिल्कुल नष्ट नहीं हो जाती, वरन् चित्त में एक प्रकार का चिह्न छोड़ जाती है तथा ऐसी संभावना का निर्माण कर जाती है, जिससे वह लहर दुबारा फिर से उठ सके। हमारा प्रत्येक कार्य, प्रत्येक अंग-संचालन, प्रत्येक विचार हमारे चित्त पर इसी प्रकार का एक संस्कार छोड़ जाता है; और यद्यपि ये संस्कार ऊपरी दृष्टि से स्पष्ट न हों, परंतु अज्ञात रूप से अंदर-ही-अंदर कार्य करने में विशेष प्रबल होते हैं।

प्रत्येक मनुष्य का चरित्र इन संस्कारों की समष्टि द्वारा ही नियमित होता है। यदि शुभ संस्कारों की प्रबलता रहे तो मनुष्य का चरित्र अच्छा होता है और यदि अशुभ संस्कारों का तो बुरा। यदि कोई मनुष्य निरंतर बुरे शब्द सुनता रहे, बुरे विचार सोचता रहे, बुरे कर्म करता रहे तो उसका मन भी बुरे संस्कारों तथा कार्यों पर अपना प्रभाव डाल देगा। असल में, ये बुरे संस्कार निरंतर अपना कार्य करते रहते हैं। ये संस्कार उसमें दुष्कर्म करने की प्रबल प्रवृत्ति उत्पन्न कर देंगे। वह तो इन संस्कारों के हाथ एक यंत्र सा हो जाएगा।

मन में इस प्रकार के बहुत से संस्कार पड़ने पर वे इकट्ठे होकर आदत

बड़े काम करने के लिए तीन बातों की आवश्यकता होती है। पहला है, हृदय-अनुभव की शक्ति। बुद्धि या विचार-शक्ति में क्या धरा है ? वह तो कुछ दूर जाती है और बस वही रुक जाती है, पर हृदय तो महाशक्ति का द्वार है; अंतःस्फूर्ति वहीं से आती है। प्रेम असंभव को भी संभव कर देता है। यह प्रेम ही जगत् के सब रहस्यों का द्वार है।

या अभ्यास के रूप में परिणत हो जाते हैं। कहा जाता है, 'आदत द्वितीय स्वभाव है,' पर यही नहीं, वह 'प्रथम' स्वभाव भी है और मनुष्य का सारा स्वभाव है। हमारा अभी जो स्वभाव है, वह पूर्ण अभ्यास का फल है। यह जान सकने से कि सबकुछ आदत का ही फल है, मन को सांत्वना मिलती है, क्योंकि यदि हमारा वर्तमान स्वभाव केवल अभ्यासवश हुआ हो, तो हम चाहें तो किसी भी समय उस अभ्यास को नष्ट भी कर सकते हैं। बुरी आदत का एकमात्र प्रतिकार है, उसकी विपरीत आदत। सभी खराब आदतें अच्छी आदतों द्वारा वशीभूत की जा सकती हैं। सतत अच्छे कार्य करते रहें और सदा पवित्र विचार मन में सोचा करें। चरित्र बस पुनः-पुनः अभ्यास की समष्टी मात्र है और इस प्रकार का पुनः-पुनः अभ्यास ही चरित्र का पुनर्गठन कर सकता है।

बड़े काम करने के लिए तीन बातों की आवश्यकता होती है। पहला है, हृदय-अनुभव की शक्ति। बुद्धि या विचार-शक्ति में क्या धरा है ? वह तो कुछ दूर जाती है और बस वही रुक जाती है, पर हृदय तो महाशक्ति का द्वार है; अंतःस्फूर्ति वहीं से आती है। प्रेम असंभव को भी संभव कर देता है। यह प्रेम ही जगत् के सब रहस्यों का द्वार है।

जिस प्रकार जब कछुआ अपने सब अंगों को खपड़े के अंदर समेट लेता है और तब उसे चाहे हम मार ही क्यों न डालें, उसके टुकड़े-टुकड़े ही क्यों न कर डालें, पर वह बाहर नहीं निकलता। इसी प्रकार जिस मनुष्य ने अपने मन और इंद्रियों को वश में कर लिया, उसका चरित्र भी सदैव स्थिर रहता है। वह अपनी अभ्यांतरिक शक्तियों को वश में रखता है और उसकी इच्छा के विरुद्ध संसार की कोई भी वस्तु उसके मन पर कार्य नहीं कर सकती। मन के ऊपर इस प्रकार सद्विचारों एवं सुसंस्कारों का निरंतर प्रभाव पड़ते रहने से

सत्कार्य करने की प्रवत्ति प्रबल हो जाती है और इसके फलस्वरूप हम इंद्रियों (कर्मेंद्रिय तथा ज्ञानेंद्रिय, दोनों) को वश में करने में समर्थ होते हैं। तभी हमारा चरित्र प्रतिष्ठित होता है, तभी हम सत्यलाभ कर सकते हैं।

इच्छा-शक्ति का विकास

इच्छा-शक्ति संसार में सर्वाधिक बलवती है। उसके सामने दुनिया की कोई चीज नहीं ठहर सकती, क्योंकि वह साक्षात् भगवान् से आती है। विशुद्ध और दृढ़ इच्छा-शक्ति सर्वशक्तिमान है। मन की सारी शक्तियों को एकमुखी करना ही ज्ञान-लाभ का एकमात्र उपाय है। हम लोग जितने अधिक शांत होते हैं, उतना ही हमारा कल्याण होता है और हम काम भी अधिक अच्छी तरह कर पाते हैं। भावनाओं के अधीन हो जाने पर हम अपनी शक्तियों का अपव्यय करते हैं, अपनी स्नायुओं को विकृत कर डालते हैं, मन को चंचल बना डालते हैं, लेकिन काम बहुत कम कर पाते हैं। जब मन अत्यंत शांत और एकाग्र रहता है, केवल तभी हमारी पूरी शक्ति सत्कार्य में व्यय होती है। केवल शांत, क्षमाशील स्थिर-चित्त व्यक्ति ही सर्वाधिक काम कर पाते हैं।

मानव-समाज में जो भी गति हो रही है, हमारे चारों ओर जो कुछ हो रहा है, वह सब मन की ही अभिव्यक्ति है। मनुष्य की इच्छा-शक्ति का ही प्रकाश है। कल-पुर्जे, नगर, जहाज, युद्धपोत आदि सभी मनुष्य की इच्छा-शक्ति के विकास मात्र हैं। मनुष्य की यह इच्छा-शक्ति चरित्र से उत्पन्न होती है और चरित्र कर्मों से गठित होता है। अतः जैसा कर्म होता है, वैसी ही इच्छा-शक्ति की अभिव्यक्ति भी होती है।

मानव-समाज में जो भी गति हो रही है, हमारे चारों ओर जो कुछ हो रहा है, वह सब मन की ही अभिव्यक्ति है। मनुष्य की इच्छा-शक्ति का ही प्रकाश है। कल-पुर्जे, नगर, जहाज, युद्धपोत आदि सभी मनुष्य की इच्छा-शक्ति के विकास मात्र हैं। मनुष्य की यह इच्छा-शक्ति चरित्र से उत्पन्न होती है और चरित्र कर्मों से गठित होता है। अतः जैसा कर्म होता है, वैसी ही इच्छा-शक्ति की अभिव्यक्ति भी होती है।

बुद्धि-बल

सुकरात एक बार अपने शिष्यों के साथ बैठे कुछ चर्चा कर रहे थे। तभी वहाँ एक ज्योतिषी आ पहुँचा। वह सबका ध्यान अपनी ओर आकर्षित करते हुए बोला, "मैं ज्ञानी हूँ। मैं किसी का चेहरा देखकर उसका चरित्र बता सकता हूँ। बताओ, तुममें से कौन मेरी इस विद्या को परखना चाहेगा ?"

सभी शिष्य सुकरात की तरफ देखने लगे। सुकरात ने उस ज्योतिषी से अपने बारे में बताने को कहा। वह ज्योतिषी उन्हें ध्यान से देखने लगा। सुकरात बड़े ज्ञानी तो थे, लेकिन देखने में बड़े सामान्य थे, बल्कि उन्हें कुरूप कहना कोई अतिशयोक्ति न होगी।

इतना सुनकर शिष्य और भी क्रोधित हो गए, पर इसके उलट सुकरात प्रसन्न हो गए और ज्योतिषी को इनाम देकर विदा किया। शिष्य सुकरात के इस व्यवहार से आश्चर्य में पड़ गए और पूछा, "गुरुजी, आपने उस ज्योतिषी को इनाम क्यों दिया, जबकि उसने तो जो कुछ भी कहा, वह सब गलत है ?"

ज्योतिषी उन्हें कुछ देर निहारने के बाद बोला, "तुम्हारे चेहरे की बनावट बताती है कि तुम सत्ता के विरोधी हो, तुम्हारे अंदर द्रोह करने की भावना प्रबल है। तुम्हारी आँखों के बीच पड़ी सिकुड़न तुम्हारे अत्यंत क्रोधी होने का प्रमाण देती है।"

ज्योतिषी ने अभी इतना ही कहा था कि वहाँ बैठे शिष्य अपने गुरु के बारे में ये बातें सुनकर गुस्से में आ गए और उस ज्योतिषी को तुरंत वहाँ से चले जाने को कहा, पर सुकरात ने उन्हें शांत करते हुए ज्योतिषी को अपनी बात पूर्ण करने के लिए कहा।

ज्योतिषी आगे बोला, "तुम्हारा बेडौल सिर और माथे से पता चलता है कि तुम एक लालची ज्योतिषी हो, और तुम्हारी ठुड्डी की बनावट तुम्हारे सनकी होने की तरफ इशारा करती है।"

इतना सुनकर शिष्य और भी क्रोधित हो गए, पर इसके उलट सुकरात प्रसन्न हो गए और ज्योतिषी को इनाम देकर विदा किया। शिष्य सुकरात के इस व्यवहार से आश्चर्य में पड़ गए और पूछा, "गुरुजी, आपने उस ज्योतिषी

को इनाम क्यों दिया, जबकि उसने तो जो कुछ भी कहा, वह सब गलत है?"

"नहीं पुत्रो, ज्योतिषी ने जो कुछ भी कहा वह सब सच है, उसके बताए सारे दोष मुझमें हैं। मुझे लालच है, क्रोध है और उसने जो कुछ भी कहा, वह सब है, पर वह एक बहुत जरूरी बात बताना भूल गया। उसने सिर्फ बाहरी चीजें देखीं, पर मेरे अंदर के विवेक को नहीं आँक पाया, जिसके बल पर मैं इन सारी बुराइयों को अपने वश में किए रहता हूँ। बस, वह यहीं चूक गया। वह मेरे बुद्धि-बल को नहीं समझ पाया।"

"जीतने वाले लोग भी हारते हैं, लेकिन वे हार के बाद फिर पूरी ताकत के साथ वापसी करते हैं, वरना कौन ऐसा इनसान है, जिसे जीवन में केवल सफलता ही मिली है?"

□

9

बच्चों को माता-पिता का सहयोग

"बच्चों के आँसू कड़वे होते हैं, उन्हें मीठा करिए। बच्चों की जिज्ञासा गहरी होती है, उसे शांत करिए। बच्चों का दुःख तीव्र होता है, इसे उससे ले लें। बच्चों का दिल कोमल होता है, उसे कठोर न बनाएँ।"

बच्चों के पालन-पोषण और व्यक्तित्व-विकास में प्रेम के साथ-साथ अनुशासन भी आवश्यक है। कई बार बच्चा जब माता-पिता की बात नहीं मानता है तो माता-पिता क्रोध में आकर उसे मारने, डपटने लगते हैं। इससे बच्चे के अंदर विरोधी भावना पैदा होती है और आप जिस चीज के लिए उसे मना करते हैं, वह आपको नकारने के लिए उसे करने लगता है और धीरे-धीरे यह उसकी आदत में शुमार हो जाता है। ऐसी स्थिति में धैर्य के साथ उसे समझाने की जरूरत होती है। हर माता-पिता का लक्ष्य होना चाहिए कि उनका बच्चा उनसे एक कदम आगे हो। यह तभी होगा, जब वे उस माहौल को बदलने की कोशिश करेंगे, जिसमें वे पले-बढ़े हैं।

बच्चे को सही माहौल देने के लिए माता-पिता को स्वयं भी बदलना चाहिए। उन्हें हमेशा खुश दिखना चाहिए। घर में तनाव न हो, कलह न हो इसलिए किसी तरह की उलझन पैदा नहीं करनी चाहिए। उसके साथ जब रहें तो उसकी रुचियों में शामिल हों, इससे वह प्रसन्न होगा। बच्चों पर कभी अपनी इच्छाएँ नहीं थोपनी चाहिए। उनकी रुचि का आकलन कर उस दिशा में बढ़ने में उन्हें सहयोग करना चाहिए। अधिकांश माता-पिता बच्चों पर

अपनी इच्छाएँ थोप देते हैं। इस प्रक्रिया में उन्हें प्रताड़ित किया जाता है, जैसे उनकी रुचि चित्रकला में है, लेकिन माता-पिता उन्हें डॉक्टर, इंजीनियर या कुछ और बनाने की कोशिश करते हैं। ऐसी स्थिति में बच्चों के व्यक्तित्व विकास में बाधा आती है।

बच्चों के सामने यदि कोई कठिनाई या समस्या आ गई हो तो उन्हें हतोत्साहित होने से बचाएँ, उन्हें उत्साहित करें। बताएँ कि समस्याओं से लड़कर ही वे मजबूत बनेंगे। बच्चों के व्यक्तित्व विकास की राह पर उन्हें प्रोत्साहित करें, उन्हें स्वयं समस्या का समाधान करने के योग्य बनाएँ। स्मरण रखें, आप बच्चों को सिर्फ पोषण दे सकते हैं, उन्हें विचार नहीं दे सकते, क्योंकि वे आपसे एक पीढ़ी आगे हैं।

जिस परिवार में बच्चा जन्म लेता है, वही उसकी पहली पाठशाला होता है और परिवार के सभी सदस्य उसके अध्यापक होते हैं। परिवार के अन्य सदस्यों के व्यवहार की नकल करते हुए जीवन की बहुत सी बातें बच्चा जाने-अनजाने में सीखता है। परिजन के प्रत्येक गलत या सही व्यवहार का उसके मानस पटल पर दीर्घकालिक प्रभाव पड़ता है। अतः यदि परिवार के सदस्य आदर्शवादी हैं, संस्कारवान हैं, बुद्धिमान हैं, तो बच्चा भी समाज का योग्य नागरिक बनता है। इसी प्रकार क्रूर या अमानवीय व्यवहार करनेवाले माता-पिता का बच्चा भी असामाजिक कार्यों में शामिल हो सकता है।

बच्चे के स्वस्थ विकास में माता-पिता का सर्वाधिक योगदान होता है। उनका संतुलित व्यवहार ही बच्चे को ऊँचाइयों पर ले जा सकता है। अकसर माता-पिता अपने बच्चे को तीन वर्ष का होते ही किसी अच्छे स्कूल में प्रवेश दिलाकर अपने कर्तव्य की इतिश्री समझ लेते हैं। बच्चे पर ध्यान देने की

बच्चे के स्वस्थ विकास में माता-पिता का सर्वाधिक योगदान होता है। उनका संतुलित व्यवहार ही बच्चे को ऊँचाइयों पर ले जा सकता है। अकसर माता-पिता अपने बच्चे को तीन वर्ष का होते ही किसी अच्छे स्कूल में प्रवेश दिलाकर अपने कर्तव्य की इतिश्री समझ लेते हैं। बच्चे पर ध्यान देने की आवश्यकता नहीं समझते, उसे पर्याप्त समय नहीं देते।

आवश्यकता नहीं समझते, उसे पर्याप्त समय नहीं देते। उनका यह समझ लेना कि बच्चे को अच्छे स्कूल में डाल देना और उसके खर्चों को पूरा करना ही उनकी जिम्मेदारी है, यह उनकी बहुत बड़ी भूल है। सही अर्थों में, तब उनकी जिम्मेदारी शुरू होती है, जब उन्हें अपने बच्चे को लगातार मार्गदर्शन और सहयोग देना है। उसकी प्रत्येक गतिविधि पर नजर रखनी है। उसके खान-पान और स्वास्थ्य संबंधी समस्याओं का ध्यान रखना है, ताकि शिक्षा के साथ-साथ उसका शारीरिक विकास भी निर्बाध रूप से होता रहे। उसकी राह में आनेवाली प्रत्येक परेशानी, प्रत्येक बाधा को दूर करना है, ताकि बच्चे की पढ़ाई में रुचि बनी रहे और वह आगे बढ़ता रहे।

हाई स्कूल तक पहुँचते-पहुँचते बच्चा अपनी किशोरावस्था में प्रवेश कर जाता है। इस दौरान मानसिक विकास के साथ-साथ शारीरिक विकास का भी महत्त्वपूर्ण दौर होता है। इस अवस्था में वह शारीरिक अंगों की परिपक्वता के साथ यौवनावस्था में प्रवेश करने लगता है। यह समय प्रत्येक किशोर के लिए भावनात्मक प्रधान होता है। उमंगें हिलोरे लेने लगती हैं। वह इस संसार को भौतिक आकर्षण का केंद्र मानकर भ्रमित होने लगता है। समय से पूर्व भौतिक आकर्षण के कारण अवांछनीय व्यवहार करना उसके शारीरिक एवं मानसिक विकास में बाधक बन सकता है। अत: अभिभावकों को उसकी भावनाओं को नियंत्रित करने के लिए उसे प्यार, भावनात्मक सहयोग और उचित मार्ग निर्देशन देना आवश्यक है। यह समय उसके चारित्रिक विकास के लिए महत्त्वपूर्ण है। यदि इस समय माता-पिता उससे उपेक्षित व्यवहार करते हैं तो वह भटकाव के रास्ते पर जा सकता है, क्योंकि ऐसी स्थिति में वह अपनी भावनाओं को मित्रों के साथ बाँटता है और वहाँ से अधकचरे ज्ञान एवं असंगत व्यवहार के चंगुल में आने की संभावना बनी रहती है। ऐसी स्थिति में कठोरता के स्थान पर प्यार, सलाह, अपनेपन

> ***आपके मार्गदर्शन में स्पष्टता होनी चाहिए। आपके कथन में विरोधाभास नहीं होना चाहिए। यदि आपकी कथनी और आपकी करनी आपके व्यवहार से मेल खाती है तो बच्चे के बेहतर चरित्र निर्माण की राह आसान हो जाती है।***

का एहसास देकर मार्गदर्शन देना चाहिए। उसे अपने भविष्य निर्माण पर ध्यान देने के लिए प्रेरित करना चाहिए। आपके मार्गदर्शन में स्पष्टता होनी चाहिए। आपके कथन में विरोधाभास नहीं होना चाहिए। यदि आपकी कथनी और आपकी करनी आपके व्यवहार से मेल खाती है तो बच्चे के बेहतर चरित्र निर्माण की राह आसान हो जाती है।

'माँ तुमसे बहुत प्यार करती थी'

कुछ समय पहले जापान में आए सुनामी के दौरान एक दिल को छू लेने वाली घटना हुई। भूकंप के बाद बचाव दल एक महिला के पूर्ण रूप से ध्वस्त हुए घर की जाँच कर रहा था। बारीक दरारों में से महिला का मृत शरीर दिखा, लेकिन वह एक अजीब अवस्था में था। महिला अपने घुटनों के बल बैठी थी, ठीक वैसे ही जैसे मंदिर में लोग भगवान् के सामने नमन करते हैं। उसके दोनों हाथ किसी चीज को पकड़े हुए थे और भूकंप से उस महिला की पीठ और सिर को काफी क्षति पहुँची थी।

काफी मेहनत के बाद दल के सदस्य ने बारीक दरारों में कुछ जगह बनाकर अपना हाथ महिला की तरफ बढ़ाया। बचाव दल को उम्मीद थी कि शायद महिला जिंदा हो, लेकिन महिला का शरीर ठंडा पड़ चुका था और बचाव दल समझ गया कि महिला मर चुकी है।

काफी मेहनत के बाद दल के सदस्य ने बारीक दरारों में कुछ जगह बनाकर अपना हाथ महिला की तरफ बढ़ाया। बचाव दल को उम्मीद थी कि शायद महिला जिंदा हो, लेकिन महिला का शरीर ठंडा पड़ चुका था और बचाव दल समझ गया कि महिला मर चुकी है।

बचाव दल उस घर को छोड़ दूसरे मकानों की ओर चल पड़ा। बचाव दल के प्रमुख का कहना था, "पता नहीं क्यूँ, मुझे उस महिला का घर अपनी तरफ खींच रहा था। कुछ था, जो मुझसे कह रहा था कि मैं इस घर को ऐसे छोड़कर न जाऊँ और मैंने अपने दिल की बात मानने का फैसला किया।"

उसके बाद बचाव दल एक बार फिर उस महिला के घर की तरफ पहुँचा। दल प्रमुख ने मलबे को सावधानी से हटाकर बारीक दरारों में से अपना

हाथ महिला की तरफ बढ़ाया। महिला के शरीर के नीचे की जगह को हाथों से टटोलने लगा। तभी उसके मुँह से निकला, "बच्चा...यहाँ एक बच्चा है।"

अब पूरा दल काम में जुट गया। सावधानी से मलबा हटाया जाने लगा, तब उन्हें महिला के मृत शरीर के नीचे एक टोकरी में रेशमी कंबल में लिपटा हुआ 3 माह का एक बच्चा मिला। दल को समझ में आ चुका था कि महिला ने अपने बच्चे को बचाने के लिए अपने जीवन का त्याग किया है।

भूकंप के दौरान जब घर गिरने वाला था, तब उस महिला ने अपने शरीर से सुरक्षा देकर अपने बच्चे की रक्षा की थी। डॉक्टर भी जल्द ही वहाँ आ पहुँचे। दल ने जब बच्चे को उठाया, तब बच्चा बेहोश था।

बचाव दल ने बच्चे का कंबल हटाया, तब उन्हें वहाँ एक मोबाइल मिला, जिसके स्क्रीन पर संदेश लिखा था, "मेरे बच्चे, अगर तुम बच गए तो बस इतना याद रखना कि तुम्हारी माँ तुमसे बहुत प्यार करती थी।" बचाव दल में मोबाइल एक हाथ से दूसरे हाथ जाने लगा। सभी ने वह संदेश पढ़ा। सबकी आँखें नम हो गईं।

बचाव दल ने बच्चे का कंबल हटाया, तब उन्हें वहाँ एक मोबाइल मिला, जिसके स्क्रीन पर संदेश लिखा था, "मेरे बच्चे, अगर तुम बच गए तो बस इतना याद रखना कि तुम्हारी माँ तुमसे बहुत प्यार करती थी।" बचाव दल में मोबाइल एक हाथ से दूसरे हाथ जाने लगा। सभी ने वह संदेश पढ़ा। सबकी आँखें नम हो गईं।

माता-पिता बच्चे के मार्गदर्शक होते हैं। घर से सीखकर बच्चा समाज में जाता है और वहाँ वही व्यवहार करता है, जैसा अपने घर में देखता और सीखता है। कोई माँ अगर झूठ बोलकर बच्चे की गलतियों पर परदा डालती है तो वह अनजाने ही बच्चे के अंदर झूठ बोलने का बीज बो देती है। वह कोई बात छिपाती है तो बच्चा भी वैसा ही सीखता है और आगे जीवन में यही उसकी आदत हो जाती है। इसलिए माता-पिता को इन बुराइयों से बचना चाहिए।

छोटे बच्चों को बराबर खिझाएँ नहीं, वरना उनमें खीझने की प्रवृत्ति

उत्पन्न हो जाती है। उन पर बात-बात में क्रोध न करें, बिना वजह दोष न निकालें, दूसरे बच्चों से उनकी बराबरी न करें, अन्यथा उनमें हीन-भावना उत्पन्न हो जाएगी। ऐसे बच्चे आक्रामक रुख अख्तियार कर लेते हैं और समाज के लिए मुसीबत बन जाते हैं। बच्चों को गुमराह न करें, सही शिक्षा देकर उनकी जिज्ञासा को शांत करें। बच्चों से चीख-चिल्लाकर न बोलें, अन्यथा उनमें भी इसी तरह की प्रवृत्ति आ जाती है।

घर में माता-पिता का आचरण संयमित होना चाहिए, जिससे कि बच्चों में भी संयमित रहने के गुण विकसित हों। हमें स्मरण है कि बच्चे ईश्वर की सर्वोत्तम कृति हैं। उनके विकास के लिए घर में माता-पिता, विद्यालय में शिक्षक और समाज की हर इकाई, बालसेवी संस्थाओं एवं प्रेरक साहित्य की संयुक्त भूमिका है। इनमें से एक की भी भूमिका विघटित होती है तो बालक का सामाजिक दृष्टि से विकास अवरुद्ध हो जाता है और व्यक्तित्व कुंठित। हर बच्चा अनगढ़ पत्थर की तरह है, जिसमें सुंदर मूर्ति छिपी होती है, जिसे केवल वास्तविक शिल्पकार की आँख ही देख पाती है। वह उसे तराश कर सुंदर मूर्ति में बदल सकता है, क्योंकि मूर्ति पहले से ही पत्थर में मौजूद होती है। शिल्पी तो बस उस फालतू पत्थर को जिससे मूर्ति ढकी होती है, उसे एक तरफ कर देता है। माता-पिता, शिक्षक और समाज बालक को इसी प्रकार सँवार कर खूबसूरत व्यक्तित्व प्रदान करते हैं।

हर बच्चा अनगढ़ पत्थर की तरह है, जिसमें सुंदर मूर्ति छिपी होती है, जिसे केवल वास्तविक शिल्पकार की आँख ही देख पाती है। वह उसे तराश कर सुंदर मूर्ति में बदल सकता है, क्योंकि मूर्ति पहले से ही पत्थर में मौजूद होती है। शिल्पी तो बस उस फालतू पत्थर को जिससे मूर्ति ढकी होती है, उसे एक तरफ कर देता है। माता-पिता, शिक्षक और समाज बालक को इसी प्रकार सँवार कर खूबसूरत व्यक्तित्व प्रदान करते हैं।

बच्चे का सबसे पहला विद्यालय उसका घर और सबसे पहले गुरु उसके माता-पिता होते हैं। शिशु शुरुआती अवस्था में अपने माता-पिता से

ही सारी क्रियाएँ सीखता है और अपना ज्ञान अर्जित करता है। माता-पिता न सिर्फ बच्चों को अच्छी शिक्षा देते हैं, बल्कि सही-गलत की पहचान कराते हुए बच्चों का स्वर्णिम भविष्य बनाने का भी काम करते हैं। बच्चे माता-पिता का मार्गदर्शन पाकर सभी कठिनाइयों पर विजय पाते हुए अपने सपने को साकार करते हैं। दरअसल, माता-पिता के व्यवहार और क्रियाओं का उनके बच्चों पर सीधा प्रभाव पड़ता है। यदि घर में कुछ गलत होता है तो बच्चे गलत सीखते हैं। इसी तरह यदि घर का वातावरण सही होता है तो बच्चों को अच्छी शिक्षा मिलती है। इसलिए सबसे पहले माता-पिता की भूमिका बहुत ही महत्त्वपूर्ण होती है। माता-पिता के रूप में आप जैसा करेंगे, आपके बच्चे वैसा ही सीखने की कोशिश करेंगे। यदि आप अपने बच्चे के भविष्य को सुंदर बनाना चाहते हैं, अपने सपनों को सच कर दिखाना चाहते हैं तो यह बहुत जरूरी है कि आप बच्चों के लिए एक रोल मॉडल बनें। बच्चों के सामने स्वयं एक बेहतर उदाहरण बनें, ताकि इसका सकारात्मक प्रभाव आपके बच्चे पर पड़े।

ऐसे अनेक प्रसंग आए, जिनमें मुझे बहुत क्रोध आया था, पर बाद में पता चला था कि तथ्य कम और भ्रम अधिक था। क्रोध के परिणामों पर विचार करने का अवसर मिलते रहने से उसे कार्यान्वित करने की नौबत न आई और जो शत्रु लगते थे, वे आजीवन मित्र बने रहे। माता की यह सीख ही मुझे इस स्थिति तक पहुँचा पाई, यह कहना अतिशयोक्ति न होगी।

माँ की सीख

दार्शनिक गुरजिएफ ने अपनी आत्मकथा में माता द्वारा दी गई एक बहुमूल्य संपदा का उल्लेख किया है, जिसके कारण वे अनेक भटकावों से बचे और आनंद भरे अनेक अवसर पा सके।

उन्होंने लिखा है कि मेरी माता ने मरते समय कहा, "किसी पर क्रोध आए तो उसकी अभिव्यक्ति चौबीस घंटे से पूर्व नहीं करना।" मैंने वह बात गाँठ बाँध ली और आजीवन उसको निभाया भी।

ऐसे अनेक प्रसंग आए, जिनमें मुझे बहुत क्रोध आया था, पर बाद में पता चला था कि तथ्य कम और भ्रम अधिक था। क्रोध के परिणामों पर विचार करने का अवसर मिलते रहने से उसे कार्यान्वित करने की नौबत न आई और जो शत्रु लगते थे, वे आजीवन मित्र बने रहे। माता की यह सीख ही मुझे इस स्थिति तक पहुँचा पाई, यह कहना अतिशयोक्ति न होगी।

बच्चे छोटे हों या बड़े, सभी माता-पिता से प्यार चाहते हैं। वास्तव में, प्यार एक ऐसी दवा है, जो बच्चों के साथ बड़ों की आदतों को भी अच्छा बना सकती है। प्यार बुराइयों को अच्छाई में बदलने की शक्ति रखता है, खासकर छोटे बच्चे को आप सिर्फ प्यार से ही कोई बात सिखा सकते हैं। इसलिए बच्चों के साथ समय बिताएँ। उस समय यह जानने की कोशिश करें कि आपका बच्चा आपसे क्या कहना चाहता है? उसके दिमाग में क्या चल रहा है? उसकी दैनिक क्रियाएँ कैसी चल रही हैं? उसे क्या पसंद है? वह किस बात से नाराज है? आप रोज थोड़ा समय निकालकर अपने बच्चों की गतिविधियों को और बेहतर कर सकते हैं।

प्यार बुराइयों को अच्छाई में बदलने की शक्ति रखता है, खासकर छोटे बच्चे को आप सिर्फ प्यार से ही कोई बात सिखा सकते हैं। इसलिए बच्चों के साथ समय बिताएँ। उस समय यह जानने की कोशिश करें कि आपका बच्चा आपसे क्या कहना चाहता है? उसके दिमाग में क्या चल रहा है? उसकी दैनिक क्रियाएँ कैसी चल रही हैं? उसे क्या पसंद है? वह किस बात से नाराज है? आप रोज थोड़ा समय निकालकर अपने बच्चों की गतिविधियों को और बेहतर कर सकते हैं।

सभी बच्चों की प्रकृति एक जैसी नहीं होती, इसलिए बच्चों के सीखने के तौर-तरीकों में अंतर होता है। कुछ बच्चे किसी बात को देखकर ही सीख जाते हैं तो कुछ बच्चे उस बात को स्वयं करके सीखते हैं। इसलिए अपने बच्चों के मस्तिष्क को पढ़ने की कोशिश करें। यह जानने की कोशिश करें कि आपका बच्चा चीजों को किस तरह से सीखता है? आप बच्चे के कार्यों में भागीदार बनें और अपने प्रयासों से उसे सीखने का

अवसर दें। शिक्षक बच्चों को खुले दिमाग से सीखने का अवसर देते हैं और माता-पिता को भी यही सलाह देते हैं कि वे बच्चों पर दबाव न डालें। यह एक सही तरीका है। इस प्रक्रिया में आपकी भूमिका एक मार्गदर्शक की तरह होनी चाहिए। आपका बच्चा स्कूल में क्या सीखता है, आपको इन बातों का ध्यान रखना है। बच्चों को स्कूल में जो पाठ पढ़ाया जाता है, उसका अभ्यास घर पर हो, इसकी जिम्मेदारी माता-पिता को निभानी होती है, इसलिए आपको एक सहायक की भूमिका निभानी है। सहायक की भूमिका का मतलब यह है कि आप बच्चों के बुनियादी कौशल को विकसित करने की कोशिश करें, ताकि वे दबाव महसूस न करें।

बच्चों की उम्र के साथ-साथ दुनिया के बारे में उनकी समझ में भी बदलाव होता है। आपके बच्चे को क्या अनुभव प्राप्त हो रहा है? वह स्कूल या दुनिया की घटनाओं के बारे में क्या सोचता है? उन घटनाओं से क्या सीखता है, ऐसी बातों की पूरी जानकारी आपको होनी जरूरी है। आप बच्चों को इन बातों की जानकारी बहुत ही सुलभ तरीके से प्रदान कर सकते हैं।

बच्चों की उम्र के साथ-साथ दुनिया के बारे में उनकी समझ में भी बदलाव होता है। आपके बच्चे को क्या अनुभव प्राप्त हो रहा है? वह स्कूल या दुनिया की घटनाओं के बारे में क्या सोचता है? उन घटनाओं से क्या सीखता है, ऐसी बातों की पूरी जानकारी आपको होनी जरूरी है। आप बच्चों को इन बातों की जानकारी बहुत ही सुलभ तरीके से प्रदान कर सकते हैं।

बड़ों के प्रति सम्मान तथा श्रद्धा, छोटों के प्रति स्नेह, प्यार की अभिव्यक्ति ही पारिवारिक सुख-शांति का मेरुदंड है। यह जिस भी परिवार में जितना ही अधिक होगा, वह उतना ही संगठित रहेगा, आनंद एवं संतोष की निर्झरिणी उन्हीं परिवारों में बहती दिखाई देती है, जिनके प्रत्येक सदस्य सद्‌भावना एवं सदाशयता से ओत-प्रोत रहते हैं। बच्चों को यह शिक्षा आरंभ से ही दी जानी चाहिए कि वे बड़ों का सदा आदर करें। शालीनता एवं नम्रता उनके संस्कारों में घोलने के लिए प्रत्यक्ष एवं परोक्ष हर प्रकार के संभव प्रयास किए जाने चाहिए। इसमें एक कड़ी और भी जोड़नी होगी कि

परिवार में जो बड़े हैं, उन्हें बच्चों की भावनाओं की उपेक्षा नहीं करनी चाहिए। उनकी भी कुछ मनोवैज्ञानिक कठिनाइयाँ और समस्याएँ होती हैं, जिनकी उपेक्षा करने पर उनके भीतर कुंठा एवं निराशा की भावना पनपती है। इन छोटी-छोटी बातों की प्राय: अधिकांश लोग उपेक्षा कर जाते हैं, जबकि ये ही पारिवारिक एकता एवं विकास का मूलभूत आधार हैं, जिनका अवलंबन करके हर परिवार अपनी सामान्य परिस्थिति में भी सुख एवं शांति से भरी परिस्थितियों का लाभ उठा सकता है।

जिस प्रकार माली उद्यान के हर वृक्ष को निराई, गुड़ाई, सिंचाई द्वारा विकसित करने में लगा रहता है, उसी प्रकार सभी बच्चों—चाहे वह पुत्र हो या पुत्री—परमात्मा द्वारा प्रदत्त पुष्प-वृक्षों की तरह हैं। उनका लालन-पालन समान भाव से करना चाहिए। भावनाओं का बच्चों के जीवन से प्रत्यक्ष संबंध होता है। बच्चों के सामाजिक एवं भावनात्मक विकास का व्यापक प्रभाव उनके शारीरिक व मानसिक विकास पर पड़ता है। साधरणतया भावनात्मक रूप से सुरक्षित बच्चा स्वस्थ, प्रसन्न और समाज के प्रति कर्तव्यनिष्ठ होता है। सबसे पहले बच्चों के अंतरमन में यह निश्चिंतता होनी चाहिए कि माता-पिता उसे भरपूर प्यार करते हैं। उनके मन में इस भावना का उदय होना चाहिए कि वह घर, परिवार और समाज का अभिन्न अंग है। माता-पिता को बच्चों के स्वतंत्र विचार, कल्पना एवं परामर्श का सम्मान करना चाहिए। यथा समय बच्चों की प्रशंसा करके उन्हें उत्साहित करना चाहिए। बच्चों को माता-पिता की स्नेहपूर्ण छत्रच्छाया में उचित मार्गदर्शन मिलना नितांत जरूरी

सबसे पहले बच्चों के अंतरमन में यह निश्चिंतता होनी चाहिए कि माता-पिता उसे भरपूर प्यार करते हैं। उनके मन में इस भावना का उदय होना चाहिए कि वह घर, परिवार और समाज का अभिन्न अंग है। माता-पिता को बच्चों के स्वतंत्र विचार, कल्पना एवं परामर्श का सम्मान करना चाहिए। यथा समय बच्चों की प्रशंसा करके उन्हें उत्साहित करना चाहिए। बच्चों को माता-पिता की स्नेहपूर्ण छत्रच्छाया में उचित मार्गदर्शन मिलना नितांत जरूरी है।

है। बच्चों में यह भावना होनी चाहिए कि माता-पिता उन पर विश्वास करते हैं और चाहते हैं कि वे जीवन में उन्नति करें। बच्चों के भावनात्मक विकास में सबसे मुख्य बात यह है कि बच्चों के मन में सुरक्षा की भावना का उदय होना चाहिए। अतः माता-पिता को इस भावना के प्रति पूर्ण सजग होना चाहिए।

तीन से सात वर्ष की आयु के बच्चे अपनी शारीरिक, मानसिक व सामाजिक आवश्यकता की पूर्ति के लिए पूर्णतया अपने माता-पिता पर आश्रित होते हैं। जब इस अवस्था में वे स्कूल जाना प्रारंभ करते हैं तो इन भावनाओं को शिक्षकों के प्रति स्थानांतरित कर लेते हैं। यदि इस बीच बच्चों को माता-पिता द्वारा प्रेम व सुरक्षा के अभाव का एहसास होता है तो वे जिद्दी और चिड़चिड़े बन जाते हैं अर्थात् उनके बाल्यकाल की मूल भावनाओं की वृद्धि नहीं हो पाती। बड़े होने पर भी उनमें बचपना बना रहता है।

स्कूल जाने के एक-दो वर्ष बाद बच्चे भावनात्मक रूप से अपने माता-पिता पर कम आश्रित रहते हैं। अपनी आयु के बच्चे उन्हें प्रिय लगते हैं, साथ ही वे स्वतंत्र रहना चाहते हैं। यथार्थ के प्रति बच्चों की अभिरुचि तब प्रकट होती है, जब वे माता-पिता से सही-गलत तथ्यों पर विचार-विमर्श करने लगते हैं एवं माता-पिता की आज्ञा का अक्षरशः पालन करने के पूर्व चिंतन करते हैं। इस अवधि में यदि बच्चों को माता-पिता का स्नेह नहीं मिलता तो उनके लिए दूसरों को प्रेम करना मुश्किल हो जाता है। इस अवस्था में बच्चों की जिज्ञासा चरम सीमा पर रहती है। उनमें कार्यों को सुचारु रूप से करने की क्षमता का विकास भी इसी आयु में होता है। इससे उन्हें आत्मसंतोष एवं आत्मविश्वास प्राप्त होता है।

इस अवधि में यदि बच्चों को माता-पिता का स्नेह नहीं मिलता तो उनके लिए दूसरों को प्रेम करना मुश्किल हो जाता है। इस अवस्था में बच्चों की जिज्ञासा चरम सीमा पर रहती है। उनमें कार्यों को सुचारु रूप से करने की क्षमता का विकास भी इसी आयु में होता है। इससे उन्हें आत्मसंतोष एवं आत्मविश्वास प्राप्त होता है।

बालक नेपोलियन

अपनी बहन इलाइजा के साथ एक किशोर बालक घूमने निकला। रास्ते में एक किसान की लड़की मिली। वह सिर पर फलों का टोकरा रखे हुए उन्हें बेचने बाजार जा रही थी। इलाइजा ने भूल से टक्कर मार दी, जिससे सब फल वहीं गिरकर गंदे हो गए। कुछ फट गए, कुछ में कीचड़ लग गई। गरीब लड़की रो पड़ी, "अब मैं अपने माता–पिता को क्या खिलाऊँगी जाकर? उन्हें कई दिन तक भूखा रहना पड़ेगा।" इस तरह अपनी दीनता व्यक्त करती हुई फल वाली लड़की खड़ी रो रही थी। इलाइजा ने कहा, "भैया, चलो भाग चलें। कोई आएगा तो हम पर मार पड़ेगी और दंड भी देना पड़ेगा। अभी तो यहाँ कोई है भी नहीं।"

"बहन, देख ऐसा मत कह। जब लोग ऐसा मान लेते हैं कि यहाँ कोई नहीं देख रहा, तभी तो पाप होते हैं। जहाँ मनुष्य स्वयं उपस्थित है, वहाँ एकांत कैसा? उसके अंदर बैठी हुई आत्मा ही गिर गई तो फिर ईश्वर भले ही दंड न दे, पर वह आप ही मर जाता है। गिरी हुई आत्माएँ ही संसार में कष्ट भोगती हैं, इसे तू नहीं जानती, मैं जानता हूँ।"

"बहन, देख ऐसा मत कह। जब लोग ऐसा मान लेते हैं कि यहाँ कोई नहीं देख रहा, तभी तो पाप होते हैं। जहाँ मनुष्य स्वयं उपस्थित है, वहाँ एकांत कैसा? उसके अंदर बैठी हुई आत्मा ही गिर गई तो फिर ईश्वर भले ही दंड न दे, पर वह आप ही मर जाता है। गिरी हुई आत्माएँ ही संसार में कष्ट भोगती हैं, इसे तू नहीं जानती, मैं जानता हूँ।"

इतना कहकर उस बालक ने अपनी जेब में रखे तीन आने पैसे उस ग्रामीण कन्या को दिए और उससे कहा, "बहन, तू मेरे साथ चल। हमने गलती की है तो उसका दंड भी हमें सहर्ष स्वीकार करना चाहिए, तुम्हारे फलों का मूल्य घर चलकर चुका दूँगा।"

तीनों घर पहुँचे, बालक ने सारी बात माँ को सुनाई। माँ ने एक तमाचा इलाइजा को जड़ा तथा दूसरा उस लड़के को और गुस्से से बोली, "तुम लोग नाहक घूमने क्यों गए? घर खर्च के लिए पैसे नहीं, अब यह दंड कौन भुगते?"

बच्चे ने कहा, "माँ! देख मेरे जेब खर्च के पैसे तू इस लड़की को दे दे।

मेरा दोपहर का विद्यालय का नाश्ता बंद रहेगा, मुझे उसमें रत्ती भर भी आपत्ति नहीं है। अपनी गलती के लिए प्रायश्चित्त भी तो मुझे ही करना चाहिए।"

माँ ने उसके डेढ़ महीने के जेब खर्च के पैसे उस लड़की को दे दिए। लड़की प्रसन्न होकर घर चली गई। डेढ़ महीने तक विद्यालय में उस लड़के को कुछ भी नाश्ता नहीं मिला। इसमें उसने जरा भी अप्रसन्नता प्रकट नहीं की। अपनी मानसिक त्रुटियों पर इतनी गंभीरता से विजय पाने वाला यही बालक आगे चलकर विश्व विजेता नेपोलियन बोनापार्ट के नाम से विश्व विख्यात हुआ।

मालिकाना हक नहीं

अगर माता-पिता अपने बच्चों के खराब दोस्त होते हैं, तो बच्चे अपने लिए दूसरे दोस्त बनाते हैं। चूँकि उनके दोस्त भी उन्हीं की अवस्था और मानसिकता के होते हैं, इसलिए वे उनको बेतुकी सलाह ही देते हैं। बेहतर स्थिति यह है कि अगर बच्चों को कोई समस्या है तो वे आपके पास आएँ, लेकिन अगर आप खुद को बॉस समझते हैं तो वे आपके पास नहीं आएँगे। अगर आपको लगता है कि उनके जीवन पर आपका मालिकाना हक है या अगर आप एक कठोर माता-पिता हैं तो वे आपके पास नहीं आएँगे।

आप अपने किशोरों के साथ निबटने की कोशिश न करें, बल्कि खुद को उनके लिए हमेशा उपलब्ध रखें। उन्हें हर चीज या काम के लिए जिम्मेदार बनाएँ। कभी इतनी हिम्मत दिखाएँ कि एक सप्ताह के

अगर माता-पिता अपने बच्चों के खराब दोस्त होते हैं, तो बच्चे अपने लिए दूसरे दोस्त बनाते हैं। चूँकि उनके दोस्त भी उन्हीं की अवस्था और मानसिकता के होते हैं, इसलिए वे उनको बेतुकी सलाह ही देते हैं। बेहतर स्थिति यह है कि अगर बच्चों को कोई समस्या है तो वे आपके पास आएँ, लेकिन अगर आप खुद को बॉस समझते हैं तो वे आपके पास नहीं आएँगे। अगर आपको लगता है कि उनके जीवन पर आपका मालिकाना हक है या अगर आप एक कठोर माता-पिता हैं तो वे आपके पास नहीं आएँगे।

लिए उन्हें घर चलाने की जिम्मेदारी सौंप दें। आपको बड़े पैमाने पर बदलाव दिखेगा। अगर आप वाकई अपने बच्चों के साथ कुछ करना चाहते हैं तो आपको उन्हें अपने विस्तार का मौका दें, क्योंकि यही तो वे भी करने की कोशिश कर रहे हैं। ऐसा नहीं है कि इस समय सिर्फ उनका शरीर ही बढ़ रहा है, बल्कि बतौर इनसान उनकी क्षमता भी बढ़ रही है। इसलिए उनके उस विस्तार को रोकने की बजाय आपकी कोशिश उस विस्तार को बढ़ावा देने की होनी चाहिए।

आपने अपने बच्चों के शरीर का निर्माण किया है, आत्मा का नहीं, क्योंकि उनकी आत्मा भविष्य के घर में रहती है, जहाँ आप जा नहीं सकते, सपने में भी नहीं। उनके जैसे बनने की कोशिश करें, उन्हें अपने जैसा हरगिज न बनाएँ, क्योंकि जिंदगी पीछे नहीं जाती, न ही अतीत से लड़ती है।

सबसे पहले तो इस विचार को छोड़ दीजिए कि बच्चे के जीवन पर आपका अधिकार है। विचार करें—

- आपके बच्चे आपकी संतान नहीं हैं। वे तो जीवन की स्वयं के प्रति जिजीविषा के फलस्वरूप उपजे हैं। वे आपके भीतर से आए हैं, लेकिन आपके लिए नहीं आए हैं। वे आपके साथ जरूर हैं, लेकिन आपके नहीं हैं। आप उन्हें अपना प्रेम दे सकते हैं, अपने विचार नहीं, क्योंकि उनके विचार उनके अपने हैं।
- आपने अपने बच्चों के शरीर का निर्माण किया है, आत्मा का नहीं, क्योंकि उनकी आत्मा भविष्य के घर में रहती है, जहाँ आप जा नहीं सकते, सपने में भी नहीं। उनके जैसे बनने की कोशिश करें, उन्हें अपने जैसा हरगिज न बनाएँ, क्योंकि जिंदगी पीछे नहीं जाती, न ही अतीत से लड़ती है।
- आपके बच्चे आपके बच्चे नहीं हैं। वे जीवन की खुद के प्रति लालसा के पुत्र-पुत्रियाँ हैं। वे आपके द्वारा आए, पर आपसे नहीं आए, हालाँकि वे आपके साथ हैं, फिर भी आपके नहीं हैं।
- आपकी संतान आपके माध्यम से उत्पन्न हुई है, परंतु आपसे नहीं।

आप उसे अपना प्यार तो दे सकते हैं, किंतु विचार नहीं, क्योंकि वे अपने ही विचार रखते हैं। आप उनके समान बनने की कोशिश तो कर सकते हैं, परंतु उन्हें अपने समान बनाने की लालसा न रखें।

इससे स्थिति स्पष्ट हो जाती है कि बच्चे क्या हैं? उनके साथ आप किस तरह से पेश आएँ? उनको जो बनना है, बनने दें। जिंदगी की अपनी समझ के मुताबिक उनको ढालने की कोशिश न करें। जरूरी नहीं कि आपने अपनी जिंदगी में जो किया, वही आपका बच्चा भी करे।

- अगर आप ईमानदारी से अपने बच्चों की अच्छी परवरिश करना चाहते हैं तो सबसे पहले खुद को एक शांत और प्रेम से भरपूर इनसान बनाना होगा।
- यदि बच्चा आपको पसंद करता है, तो उसका अनुशासन में रहना आसान हो जाएगा।
- बच्चे को सम्मान देना, उसकी प्रशंसा करना और उसे प्रोत्साहित करना।
- बच्चे की क्षमताओं, गुणों और रुचियों को ध्यान में रखते हुए उससे उचित अपेक्षाएँ रखना।
- अनुशासन के प्रति अटल और दृढ़ रहना।
- नियम निर्धारित करना और उनका पालन करना।
- बच्चे की पिटाई करने और उस पर चिल्लाने की बजाय गैर-नुकसानदेह तरीकों का इस्तेमाल करना।
- बच्चे की पिटाई करने अथवा डाँटने से उसका स्वाभिमान कम होता है। इससे आपके साथ उसके संबंध भी प्रभावित हो सकते हैं।
- एक सा दृष्टिकोण अपनाएँ। परिवार के सभी सदस्यों को नियमों का सम्मान करना चाहिए और उनका पालन करना चाहिए।

हमेशा बच्चे को खुद से चिपकाकर न रखें। अगर आप ही उसके लिए सबकुछ कर देंगे तो वह आगे बाहर निकलकर मुश्किलों का सामना नहीं कर पाएगा। एक चिड़िया की तरह जब तक जरूरत है, बच्चे को चोंच से खाना खिलाएँ, लेकिन जरूरत खत्म होने पर उसे उड़ना भी सिखाएँ, ताकि उसकी

आप पर निर्भरता कम हो सके। उम्र के अनुसार उसे अपने काम खुद करने दें। लड़कियों के संबंध में यह बात और भी महत्त्वपूर्ण है, क्योंकि माता-पिता डर के कारण उन्हें कठिन परिस्थितियों का सामना नहीं करने देते, जबकि आपकी बेटी को तो एक दिन आपकी छत्रच्छाया से बाहर जाना ही है। ऐसे में उसे इतना आत्मनिर्भर बनाएँ कि आपकी छत्रच्छाया के बिना भी वह डगमगाए नहीं।

बच्चे को जब बाहर पढ़ने या काम करने जाना हो तो अपने आँसुओं को उसकी कमजोरी न बनाएँ। उसे आगे बढ़ने के लिए प्रोत्साहित करें। बच्चा अगर कोई गलत काम कर रहा है तो उसे रोकने से कभी न कतराएँ। अगर माता या पिता में से कोई एक बच्चे को गलत काम के लिए डाँट रहा है तो दूसरा बच्चे को शह न दे। ऐसा न होने पर बच्चा अपनी गलती को नहीं समझ पाता और वह डाँटने वाले को सम्मान देना भी कम कर देता है।

बच्चे को जब बाहर पढ़ने या काम करने जाना हो तो अपने आँसुओं को उसकी कमजोरी न बनाएँ। उसे आगे बढ़ने के लिए प्रोत्साहित करें। बच्चा अगर कोई गलत काम कर रहा है तो उसे रोकने से कभी न कतराएँ। अगर माता या पिता में से कोई एक बच्चे को गलत काम के लिए डाँट रहा है तो दूसरा बच्चे को शह न दे। ऐसा न होने पर बच्चा अपनी गलती को नहीं समझ पाता और वह डाँटने वाले को सम्मान देना भी कम कर देता है।

छोटा सा पत्थर

एक किसान था। उसके खेत में पत्थर का एक हिस्सा जमीन से ऊपर निकला हुआ था, जिससे ठोकर खाकर वह कई बार गिर चुका था और कितनी ही बार उससे टकराकर खेती के औजार भी टूट गए थे। रोजाना की तरह आज भी वह सुबह-सुबह खेती करने पहुँचा और इस बार भी वही हुआ, किसान का हल पत्थर से टकराकर टूट गया। किसान क्रोधित हो उठा और उसने निश्चय किया कि आज जो भी हो जाए, वह इस चट्टान को जमीन से निकालकर इस खेत के बाहर फेंक देगा।

वह तुरंत गाँव से 4-5 लोगों को बुला लाया। सभी को लेकर वह उस पत्थर के पास पहुँचा और बोला, "यह देखो, जमीन से निकले चट्टान के इस हिस्से ने मेरा बहुत नुकसान किया है और आज हम सभी को मिलकर इसे उखाड़कर खेत के बाहर फेंक देना है।" और ऐसा कहते ही वह फावड़े से पत्थर के किनारे पर वार करने लगा, पर यह क्या ? अभी उसने एक-दो बार ही मारा था कि पूरा-का-पूरा पत्थर जमीन से बाहर निकल आया। साथ खड़े लोग भी अचरज में पड़ गए और उन्हीं में से एक ने मजाक करते हुए पूछा, "क्यों भाई, तुम तो कहते थे कि तुम्हारे खेत के बीच में एक बड़ी सी चट्टान दबी हुई है, पर यह तो एक मामूली सा पत्थर निकला।"

किसान भी आश्चर्य में पड़ गया। सालों से जिसे वह एक भारी-भरकम चट्टान समझ रहा था, दरअसल वह बस एक छोटा सा पत्थर था। उसे पछतावा हुआ कि काश, उसने पहले ही इसे निकालने का प्रयास किया होता तो न उसे इतना नुकसान उठाना पड़ता और न ही दोस्तों के सामने उसका मजाक बनता।

हम भी कई बार जिंदगी में आनेवाली छोटी-छोटी बाधाओं को बहुत बड़ा समझ लेते हैं और उनसे निपटने की बजाय तकलीफ उठाते रहते हैं। जरूरत इस बात की है कि हम बिना समय गँवाए उन मुसीबतों से लड़ें और जब हम ऐसा करेंगे तो कुछ ही समय में चट्टान सी दिखने वाली समस्या एक छोटे से पत्थर के समान दिखने लगेगी, जिसे हम आसानी से हल करके आगे बढ़ सकते हैं।

"साधारण चीजें ही सबसे असाधारण होती हैं और सिर्फ बुद्धिमान लोग ही उन्हें पहचान सकते हैं।"

□

10

छात्र व अध्यापक का नाता

“दो तरह के शिक्षक होते हैं। एक वे जो आपको इतना भयभीत कर देते हैं कि आप हिल न सकें, और दूसरे वे, जो आपको पीछे से थोड़ा सा थपथपा देते हैं और आप आसमान छू लेते हैं।”

छात्र-जीवन में शिक्षक का अत्यंत महत्त्वपूर्ण स्थान है। प्रारंभिक जीवन के लंबे शिक्षाकाल में विद्यार्थी और शिक्षक का संपर्क बड़े ही महत्त्व का है। यदि इस समय में बच्चों के जीवन निर्माण की दिशा में शिक्षक गहन ध्यान दें तो कोई संदेह नहीं कि इन्हीं बच्चों में से महापुरुष, विद्वान्, तपस्वी, लोकसेवी, जननायक, कुशल नेता निकलकर न आएँ। हमारे देश, समाज, सभ्यता, संस्कृति का भार बहुत कुछ शिक्षकों के कंधों पर ही रखा है। अपने इस उत्तरदायित्व को समझते हुए बच्चों के उत्कृष्ट व्यक्तित्व का निर्माण करने में अधिकाधिक प्रयास आवश्यक है। आज के शिक्षकों की यह बड़ी जिम्मेदारी है।

भारत में प्राचीन काल से ही गुरु और शिष्य का रिश्ता आस्था, श्रद्धा व विश्वास पर आधारित है। औपचारिक शिक्षा के साथ-साथ व्यावहारिक जीवन में भी व्यक्ति को कहीं-न-कहीं सीखने की आवश्यकता होती है। विद्यालय में हम जो शिक्षा प्राप्त करते हैं, वह हमारी औपचारिक शिक्षा होती है, परंतु व्यक्तिगत जीवन में भी अनेक अवसरों पर अपने कार्य, व्यवहार, आध्यात्मिक जीवन समेत जीवन के विविध व्यावहारिक पक्षों में कोई-न-कोई शिक्षक के रूप में हमारा मार्गदर्शन करता रहता है। जीवन के किसी भी पक्ष में

शिक्षक के साथ हमारे संबंध हमेशा अधिकार और कर्तव्य पर आधारित होते हैं, जो परस्पर एक-दूसरे के पूरक हैं। एक अच्छी भावना के साथ समाज में अधिकार और कर्तव्य का अनुपालन हो तथा ऐसा वातावरण बने, जिसमें सभी शिक्षक समाज में शिक्षा और ज्ञान प्रसार के वाहक बन सकें।

शास्त्रों में माता-पिता और शिक्षक तीनों को बालक के जीवन-निर्माण में महत्त्वपूर्ण माना गया है। माँ-बाप उसका पालन-पोषण-संवर्धन करते हैं तो आचार्य उसके बौद्धिक, आत्मिक, चारित्रिक गुणों का विकास करता है, उसे जीवन और संसार की शिक्षा देता है। उसकी चेतना को जागरूक बनाता है। इसीलिए हमारे यहाँ आचार्य, गुरु को महत्त्वपूर्ण स्थान दिया गया है, उसे पूजनीय माना गया है। आचार्य के शिक्षण, उसके जीवन व्यवहार, चरित्र से ही बालक जीवन जीने का ढंग सीखता है। आचार्य की महती प्रतिष्ठा हमारे यहाँ इसीलिए हुई।

छात्र को अपने अध्ययन-कार्य को उत्साह तथा तत्परता के साथ करना चाहिए, ऐसा करके वह विद्या के लिए अनुराग उत्पन्न कर सकता है। छात्र में वैज्ञानिक दृष्टिकोण का होना भी परम आवश्यक है, क्योंकि वे ही भावी नागरिक हैं, जो आगे चलकर देश तथा समाज की स्थापना का भार अपने कंधों पर लेंगे।

छात्र बहुत कुछ शिक्षक के कार्य, दर्शन आदि से सीखता है। जैसा शिक्षक का दर्शन होगा, वैसा ही छात्र अपने जीवन में दर्शन बनाने की चेष्टा करेगा। इसी कारण शिक्षक को आशावादी बनने के लिए कहा गया है। शिक्षक का जो दृष्टिकोण शिक्षण कार्य के प्रति होगा, वैसा ही उसके छात्रों पर उसका प्रभाव पड़ेगा। निष्ठा सीखने की प्रक्रिया को प्रोत्साहित करती है। इसलिए उसे अपने शिक्षण तथा विषय दोनों में पूर्ण निष्ठा होनी चाहिए। यदि वह ऐसा नहीं करेगा तो अपने छात्रों के व्यक्तित्व को विकसित नहीं कर पाएगा, जो कि शिक्षा का मुख्य लक्ष्य है।

छात्र को अपने अध्ययन-कार्य को उत्साह तथा तत्परता के साथ करना चाहिए, ऐसा करके वह विद्या के लिए अनुराग उत्पन्न कर सकता है। छात्र

में वैज्ञानिक दृष्टिकोण का होना भी परम आवश्यक है, क्योंकि वे ही भावी नागरिक हैं, जो आगे चलकर देश तथा समाज की स्थापना का भार अपने कंधों पर लेंगे। यदि छात्रों में वैज्ञानिक दृष्टिकोण का विकास नहीं किया जाएगा तो वे सफल सामाजिक जीवन व्यतीत करने में असमर्थ रहेंगे और समाज के संघर्षों, अहितों तथा कलह को भी दूर नहीं कर सकेंगे।

इसके साथ ही छात्र में उदार दृष्टिकोण का होना भी अनिवार्य है। इस दृष्टिकोण से वह विनम्रता, सहानुभूति, प्रेम आदि गुणों का विकास कर सकता है। यदि उसमें इस दृष्टिकोण का अभाव रहेगा तो वह मानव–समाज का कल्याण करने में असमर्थ रहेगा तथा विश्वबंधुत्व की भावना उत्पन्न नहीं कर सकेगा। अतः छात्र में उदार दृष्टिकोण का होना अति आवश्यक है।

छात्र एक आदर्श नागरिक हो, उसमें आदर्श नागरिकता के गुणों का समावेश हो और वह उसके अनुसार आचरण करता हो। उसे नागरिक के कर्तव्य तथा अधिकारों का पूर्ण ज्ञान हो। इसके साथ ही वह उनके अनुसार आचरण करके समाज के समक्ष एक आदर्श प्रस्तुत करे, अन्य लोगों के अधिकारों को सम्मान की दृष्टि से देखे तथा समाज में सहयोग, सहकारिता, प्रेम, सत्यनिष्ठा तथा उत्साह के साथ कार्य करे। जाति, उपजाति एवं वर्गों से युक्त समाज में छात्रों में सहिष्णुता, धैर्य, सहानुभूति, मानवों के प्रति उदारता एवं दया, लोकतांत्रिक दृष्टिकोण आदि गुणों का होना आवश्यक है।

छात्र एक आदर्श नागरिक हो, उसमें आदर्श नागरिकता के गुणों का समावेश हो और वह उसके अनुसार आचरण करता हो। उसे नागरिक के कर्तव्य तथा अधिकारों का पूर्ण ज्ञान हो। इसके साथ ही वह उनके अनुसार आचरण करके समाज के समक्ष एक आदर्श प्रस्तुत करे, अन्य लोगों के अधिकारों को सम्मान की दृष्टि से देखे तथा समाज में सहयोग, सहकारिता, प्रेम, सत्यनिष्ठा तथा उत्साह के साथ कार्य करे।

छात्रों में सामाजिक सक्रियता का होना आवश्यक है। उन्हें समाज की सेवा करनी चाहिए तथा उन्हें स्थानीय तथा प्रादेशिक सामाजिक कार्य में पूर्ण

सक्रियता के साथ भाग लेना चाहिए और उनका नेतृत्व ग्रहण करना चाहिए। उन्हें सामाजिक तथा नीति कार्य में पूर्णतया क्रियाशील रहकर भाग लेना चाहिए और समाज के समक्ष सहयोग, सहकारिता, न्यायप्रेम, सहानुभूति आदि गुणों को अपने व्यवहार में लाकर आदर्श प्रस्तुत करना चाहिए।

छात्र का व्यक्तित्व ही सफल समाज की आधारशिला है। छात्र के व्यक्तित्व में इन गुणों का शामिल होना अनिवार्य है—जीवनशक्ति, अच्छा स्वास्थ्य, सत्याचरण, शुभचिंतक, आशावादिता, निष्पक्षता, धैर्य, मौलिकता, सहयोग, सहनशीलता, प्रेम, आत्म-नियंत्रण, विशाल हृदय, सहृदयता, तत्परता, उत्साह, निष्ठा आदि।

छात्र का व्यक्तित्व ही सफल समाज की आधारशिला है। छात्र के व्यक्तित्व में इन गुणों का शामिल होना अनिवार्य है—जीवनशक्ति, अच्छा स्वास्थ्य, सत्याचरण, शुभचिंतक, आशावादिता, निष्पक्षता, धैर्य, मौलिकता, सहयोग, सहनशीलता, प्रेम, आत्म-नियंत्रण, विशाल हृदय, सहृदयता, तत्परता, उत्साह, निष्ठा आदि।

छात्र शैक्षिक प्रक्रिया का एक महत्त्वपूर्ण अंग है। छात्रों के बिना शिक्षा की प्रक्रिया सफल रूप से नहीं चल सकती। छात्र-शिक्षा की क्रिया और व्यवहार का प्रभाव अन्य विद्यार्थियों, विद्यालय और समाज पर भी पड़ता है। इसी दृष्टि से कहा जाता है कि छात्र राष्ट्र-निर्माता होते हैं।

एक कक्षा में अलग-अलग प्रकार के छात्र होते हैं, उनकी भिन्न-भिन्न समस्याएँ होती हैं। वे भलीभाँति सीख सकें, इसके लिए उनकी समस्याओं का समाधान होना आवश्यक है। एक शिक्षक उसी स्थिति में छात्रों की समस्याओं का समाधान कर सकता है, जब वह उनसे परिचित हो और समस्याओं के संबंध में जानने के लिए शिक्षक को मनोविज्ञान का ज्ञान होना आवश्यक है। मनोविज्ञान का ज्ञान होने पर ही शिक्षक छात्र की रुचि, योग्यता, क्षमता, बुद्धि आदि को समझ सकता है और उसके आधार पर निर्देशन का कार्य सफलतापूर्वक कर सकता है। एक अच्छा छात्र वही है, जिसमें हमेशा सीखने की ललक बनी रहती है। दूसरे शब्दों में, हम कह

सकते हैं कि एक अच्छा छात्र वही है, जो हमेशा विद्यार्थी बना रहता है। अच्छे छात्र का एक महत्त्वपूर्ण गुण उसका समय के प्रति पाबंद होना है। वह समय पर विद्यालय में जाए, प्रार्थना सभा में उपस्थित हो तथा समय समाप्त होने पर ही विद्यालय छोड़े।

एक स्मार्ट छात्र का प्रभावशाली होना भी आवश्यक है। छात्र का व्यक्तित्व प्रभावशाली तभी हो सकता है, जब उसमें निम्नलिखित गुण हों—

वेशभूषा

स्मार्ट छात्र को अपना व्यक्तित्व प्रभावशाली रखने के लिए साफ-सुथरी, प्रेस की हुई वरदी पहननी चाहिए। बालों को ढंग से सँवारकर कक्षा में आना चाहिए। इससे अन्य शिक्षार्थियों पर अच्छा प्रभाव पड़ता है।

स्मार्ट छात्र का शारीरिक रूप से स्वस्थ होना भी आवश्यक है। यदि छात्र स्वस्थ नहीं होगा तो वह कक्षा में क्या पढ़ेगा और क्या सीखेगा? शारीरिक रूप से अस्वस्थ होने पर वह मानसिक रूप से भी अस्वस्थ रहेगा। इसलिए स्मार्ट छात्रों का शारीरिक एवं मानसिक रूप से स्वस्थ होना आवश्यक है।

अच्छा स्वास्थ्य

स्मार्ट छात्र का शारीरिक रूप से स्वस्थ होना भी आवश्यक है। यदि छात्र स्वस्थ नहीं होगा तो वह कक्षा में क्या पढ़ेगा और क्या सीखेगा? शारीरिक रूप से अस्वस्थ होने पर वह मानसिक रूप से भी अस्वस्थ रहेगा। इसलिए स्मार्ट छात्रों का शारीरिक एवं मानसिक रूप से स्वस्थ होना आवश्यक है।

चारित्रिक दृढ़ता

स्मार्ट छात्र को चारित्रिक रूप से सुदृढ़ होना चाहिए, उसके चरित्र का प्रभाव अन्य विद्यार्थियों पर भी पड़ता है। अतः स्मार्ट छात्र को अपने साथी विद्यार्थियों के समक्ष अपने आपको अच्छे रूप में प्रस्तुत करना चाहिए। उनके सामने कोई गलत या अनैतिक हरकत कभी भी नहीं करनी चाहिए।

नेतृत्व शक्ति

स्मार्ट छात्र में नेतृत्व शक्ति भी होनी चाहिए। उसे अपने साथी विद्यार्थियों को प्रत्येक क्षेत्र, पाठ्य सहगामी प्रक्रिया, किसी विषय में विचार-विमर्श, अनुशासन बनाए रखने आदि में कुशल एवं प्रभावशाली नेतृत्व प्रदान करना चाहिए, जिससे कि वे इन सभी क्षेत्रों में सफलतापूर्वक कार्य कर सकें।

धैर्य

स्मार्ट छात्र में धैर्य का गुण होना आवश्यक है। बात-बात में झुँझलाना नहीं चाहिए, बल्कि धैर्य के साथ सोच-समझकर सवालों के उत्तर देने चाहिए।

उत्साह

स्मार्ट छात्र उत्साही होता है। जो भी कार्य उसे दिया जाता है, वह पूर्ण उत्साह के साथ उसे करता है। इससे सह-छात्रों में भी रुचि उत्पन्न होती है और वे भी उसका पूर्ण उत्साह के साथ सहयोग करते हैं, जिससे कार्य में पूर्ण सफलता मिलने की संभावना बढ़ जाती है।

स्मार्ट छात्र उत्साही होता है। जो भी कार्य उसे दिया जाता है, वह पूर्ण उत्साह के साथ उसे करता है। इससे सह-छात्रों में भी रुचि उत्पन्न होती है और वे भी उसका पूर्ण उत्साह के साथ सहयोग करते हैं, जिससे कार्य में पूर्ण सफलता मिलने की संभावना बढ़ जाती है।

आत्म-सम्मान

स्मार्ट छात्र में आत्म-सम्मान की भावना होनी आवश्यक है। स्मार्ट छात्र अध्यापकों, प्रधानाध्यापक तथा अन्य के सामने गलत बात के लिए कभी झुकता नहीं है। किसी प्रकार का अन्याय सहन नहीं करता है, गलत बात पर समझौता नहीं करता। जो स्मार्ट छात्र अपने कर्तव्यों और अधिकारों के प्रति सचेत रहते हैं, वे ही अपने आत्मसम्मान की रक्षा कर पाते हैं।

स्मार्ट छात्र का कार्य सिर्फ इतना ही नहीं है कि वह कक्षा में जाकर अपना पाठ पढ़ ले। उसे यह भी देखना चाहिए कि सह-छात्रों पर उसका

कितना प्रभाव पड़ता है? वह इस बात को तभी देख सकता है, जब उसका साथी विद्यार्थियों के साथ मधुर संबंध स्थापित हो। इसके लिए उसे प्रत्येक छात्र की ओर व्यक्तिगत रूप से ध्यान देना चाहिए। उनकी समस्याओं का उचित समाधान करना चाहिए, उनके साथ मित्रता रखनी चाहिए।

जिस समाज में विद्यालय स्थित है, छात्रों को चाहिए कि वे उस समाज से भी अच्छे संबंध बनाएँ। इससे समाज के व्यक्ति विद्यालय की उन्नति में सहायक सिद्ध हो सकते हैं। समुदाय के साथ संबंध बनाने की दृष्टि से विद्यार्थी अध्यापकों का सहयोग ले सकते हैं।

स्वावलंबन

ईश्वर चंद्र विद्यासागर कलकत्ता में अध्यापन कार्य करते थे। वेतन का उतना ही अंश घर-परिवार के लिए खर्च करते, जितने में कि औसत नागरिक स्तर का गुजारा चल जाता। शेष भाग वे दूसरे जरूरतमंदों की, विशेषतया छात्रों की सहायता में खर्च कर देते थे। आजीवन उनका यही व्रत रहा। वे गरीबी में पढ़े और निर्धनों की आवश्यकताएँ पूरी करने में अपना सारा धन लगा दिए।

ईश्वर चंद्र विद्यासागर कलकत्ता में अध्यापन कार्य करते थे। वेतन का उतना ही अंश घर-परिवार के लिए खर्च करते, जितने में कि औसत नागरिक स्तर का गुजारा चल जाता। शेष भाग वे दूसरे जरूरतमंदों की, विशेषतया छात्रों की सहायता में खर्च कर देते थे। आजीवन उनका यही व्रत रहा। वे गरीबी में पढ़े और निर्धनों की आवश्यकताएँ पूरी करने में अपना सारा धन लगा दिए।

एक दिन वे बाजार में चले जा रहे थे। एक हताश युवक ने भिखारी की तरह उनसे एक पैसा माँगा। विद्यासागर दानी तो थे, पर सत्पात्र की परीक्षा किए बिना किसी की बात में नहीं आते थे। युवक से जवानी में हट्टे-कट्टे होते हुए भी भीख माँगने का कारण पूछा। सारी स्थिति जानने पर माँगने का औचित्य लगा, सो एक पैसा तो दे दिया, पर उसे रोककर उससे पूछा कि यदि अधिक मिल जाए तो वह क्या करेगा?

युवक ने कहा, "यदि एक रुपया मिल जाए तो उसका सौदा लेकर

गलियों में फेरी लगाने लगूँगा और अपने परिवार का पोषण करने में स्वावलंबी हो जाऊँगा।"

विद्यासागर ने उसे एक रुपया और दे दिया। उसे लेकर उसने छोटा व्यापार आरंभ कर दिया। काम दिन-पर-दिन बढ़ने लगा। कुछ महीनों में वह बड़ा व्यापारी बन गया।

एक दिन विद्यासागर उस रास्ते से निकल रहे थे कि व्यापारी दुकान से उतरकर उनके चरणों में गिर पड़ा, फिर दुकान दिखाने ले गया और बोला, "यह आपके दिए एक रुपए की पूँजी का चमत्कार है।" विद्यासागर प्रसन्न होकर बोले, "जिस प्रकार तुमने सहायता प्राप्त करके उन्नति की, उसी प्रकार का लाभ जरूरतमंदों को भी देते रहना। मात्र लेकर ही निश्चिंत नहीं हो जाना चाहिए, वरन् वैसा ही लाभ समर्थ होने पर अन्य लोगों तक भी पहुँचाने की उदारता बरतनी चाहिए।"

व्यापारी ने वैसा करते रहने का वचन दिया।

खुशमिजाजी

अगर आप एक खुशनुमा माहौल में होते हैं तो आपका शरीर व दिमाग सर्वश्रेष्ठ तरीके से काम करता है। अगर आप एक भी पल बिना उत्तेजना, चिड़चिड़ाहट, चिंता, बेचैनी या गुस्से के रहते हैं, अगर आप सहज रूप से खुश रहते हैं, तो कहा जाता है कि बुद्धि का इस्तेमाल करने की आपकी क्षमता एक ही दिन में सौ फीसदी बढ़ सकती है। आपका खुशहाल अस्तित्व, आपको बोध की उच्च क्षमता और कामकाज के लिए अधिक सक्षम बनाता है। जब तक आप खुद खुशमिजाज नहीं होंगे, तब तक आप किसी और को खुश रहने के लिए प्रेरित नहीं कर सकते। अगर हम खुशमिजाज हैं तो हम जो भी करेंगे, जो भी बनाएँगे, जिसकी भी रचना करेंगे, उसमें यह खूबी दिखेगी।

चाहे कोई विद्यार्थी हो या कोई कारोबारी, चाहे देश चलाना हो या दुनिया के अन्य सभी काम, जब हम बहुत ज्यादा लक्ष्य-केंद्रित हो जाते हैं तो बस अंतिम नतीजा महत्त्वपूर्ण हो जाता है, जीवन नहीं। हम चाहे जो भी काम करें, चाहे उसका जो भी नतीजा निकले, हमारा फोकस इस बात पर होना चाहिए

कि हम उस काम को ईमानदारी और सच्चाई से सबसे सुंदर तरीके से कैसे करें? अभी तक हम लोग सिर्फ बच्चों को शिक्षित करने के बारे में सोचते रहे हैं। सबसे महत्त्वपूर्ण चीज है कि शिक्षकों को लगातार विकसित होना चाहिए और निखरते रहना चाहिए। बच्चों में उत्साह और जोश कुछ ऐसा होता है कि आपको उन्हें सँभालने के लिए दस लोगों की ऊर्जा की जरूरत होती है।

चाहे कोई विद्यार्थी हो या कोई कारोबारी, चाहे देश चलाना हो या दुनिया के अन्य सभी काम, जब हम बहुत ज्यादा लक्ष्य-केंद्रित हो जाते हैं तो बस अंतिम नतीजा महत्त्वपूर्ण हो जाता है, जीवन नहीं। हम चाहे जो भी काम करें, चाहे उसका जो भी नतीजा निकले, हमारा फोकस इस बात पर होना चाहिए कि हम उस काम को ईमानदारी और सच्चाई से सबसे सुंदर तरीके से कैसे करें?

ईमानदारी और सच्चाई

सऊदी अरब में बुखारी नामक एक विद्वान् रहते थे। वे अपनी ईमानदारी के लिए मशहूर थे। एक बार वे समुद्री जहाज से लंबी यात्रा पर निकले। उन्होंने सफर के खर्च के लिए एक हजार दीनार अपनी पोटली में बाँधकर रख लिये। यात्रा के दौरान बुखारी की पहचान दूसरे यात्रियों से हुई। बुखारी उन्हें ज्ञान की बातें बताते। एक यात्री से उनकी नजदीकियाँ कुछ ज्यादा बढ़ गईं। एक दिन बातों-बातों में बुखारी ने उसे दीनार की पोटली दिखा दी। उस यात्री को लालच आ गया। उसने उनकी पोटली हथियाने की योजना बनाई। एक सुबह उसने जोर-जोर से चिल्लाना शुरू कर दिया, “हाय, मैं मर गया। मेरे एक हजार दीनार चोरी हो गए।” वह रोने लगा। जहाज के कर्मचारियों ने कहा, “तुम घबराते क्यों हो? जिसने चोरी की होगी, वह यहीं होगा। हम एक-एक की तलाशी लेते हैं। वह पकड़ा जाएगा।”

यात्रियों की तलाशी शुरू हुई। जब बुखारी की बारी आई तो जहाज के कर्मचारियों और यात्रियों ने उनसे कहा, “अरे साहब, आपकी क्या तलाशी ली जाए? आप पर तो शक करना ही गुनाह है।” यह सुनकर बुखारी बोले,

यात्रियों की तलाशी शुरू हुई। जब बुखारी की बारी आई तो जहाज के कर्मचारियों और यात्रियों ने उनसे कहा, "अरे साहब, आपकी क्या तलाशी ली जाए? आप पर तो शक करना ही गुनाह है।" यह सुनकर बुखारी बोले, "नहीं, जिसके दीनार चोरी हुए हैं, उसके दिल में शक बना रहेगा। इसलिए मेरी भी तलाशी ली जाए।"

"नहीं, जिसके दीनार चोरी हुए हैं, उसके दिल में शक बना रहेगा। इसलिए मेरी भी तलाशी ली जाए।"

बुखारी की तलाशी ली गई। उनके पास से कुछ नहीं मिला। दो दिन बाद उसी यात्री ने उदास मन से बुखारी से पूछा, "आपके पास तो एक हजार दीनार थे, वे कहाँ गए?"

बुखारी ने मुसकराकर कहा, "उन्हें मैंने समुद्र में फेंक दिया। तुम जानना चाहते हो क्यों? क्योंकि मैंने जीवन में दो ही दौलत कमाई थीं—एक ईमानदारी और दूसरा, लोगों का विश्वास। अगर मेरे पास से दीनार बरामद होते और मैं लोगों से कहता कि ये मेरे हैं तो लोग यकीन भी कर लेते, लेकिन फिर भी मेरी ईमानदारी और सच्चाई पर लोगों का शक बना रहता। मैं दौलत तो गँवा सकता हूँ, लेकिन ईमानदारी और सच्चाई को खोना नहीं चाहता।"

देश में यह नियम बनाया जाना चाहिए कि हर माँ-बाप को अपने बच्चे के स्कूल में साल में कम-से-कम तीन बार जरूर जाना चाहिए और कम-से-कम एक दिन स्कूल में जरूर बिताना चाहिए। उनको इस बात की जानकारी अवश्य होनी चाहिए कि स्कूल में किस तरह की शिक्षा दी जा रही है, कैसे यह शिक्षा दी जा रही है और उनके बच्चे क्या कर रहे हैं? बच्चों की शिक्षा में उनके माता-पिता की भागीदारी की एक संस्कृति तैयार करनी जरूरी है। बिना भागीदारी के कभी भी कोई सुंदर और अच्छी चीज घटित नहीं हो सकती। शिक्षा पद्धति एक ऐसी मशीनरी की तरह नहीं होनी चाहिए, जिसमें से होकर हमारे बच्चे बाहर आ जाएँ। अभी तक हम लोग सिर्फ बच्चों को शिक्षित करने के बारे में सोचते रहे हैं। सबसे महत्त्वपूर्ण चीज है कि शिक्षकों को लगातार विकसित होना चाहिए और निखरते रहना चाहिए। उनमें यह

विकास सिर्फ पढ़ाने की काबिलीयत के तौर पर ही नहीं आना चाहिए, बल्कि एक इनसान के तौर पर भी उनका विकास होना चाहिए।

बात सिर्फ एक विषय को पढ़ाने भर की नहीं है, बल्कि पढ़ाने की प्रक्रिया में पूरी तरह से तल्लीन, उद्यमशील, नएपन से भरपूर, प्रेरणा देने वाला शिक्षक ही पढ़ाई को खूबसूरत बना सकता है। इसी से यह तय होता है कि छात्र पढ़ाई में आनंद ले रहे हैं या नहीं।

लोग अपने जीवन के कई साल शिक्षण संस्थानों में बिताते हैं। ये ऐसी जगहें हैं, जहाँ हर चीज ढलती और आकार पाती है, इसलिए उनका अच्छा होना जरूरी है। आज जिस तरह की हमारी शिक्षा प्रणाली है, वह मोटे तौर पर औपनिवेशिक युग की याद दिलाती है। हमने उस शिक्षा प्रणाली में छोटे-मोटे बदलाव तो किए हैं, लेकिन हमने वास्तव में शिक्षा को पुनर्गठित नहीं किया है।

शिक्षक के लिए यह जानना जरूरी है कि उसके विद्यार्थी क्या सोचते हैं, कैसे सोचते हैं और उन्हें किस तरह से मदद दी जा सकती है? बच्चे अपने समाज व संस्कृति को ग्रहण करते हुए बड़े होते हैं। समाज व संस्कृति उनके सीखने के स्वभाव को निर्धारित करती है। बहुत हद तक इस स्वभाव से तय होता है कि बच्चा क्या सीखेगा और कैसे सीखेगा या किन बातों को सीखना उसके लिए सरल होगा और किनको सीखना मुश्किल? एक शिक्षक के लिए ये महत्त्व की बातें हैं। हमारे स्कूलों में अकसर दो तरह के बच्चे आते हैं। एक वे जो स्कूल के लिए, स्कूल के माहौल के लिए अच्छे से तैयार हैं। यानी जिनके घरों में शिक्षित लोग हैं, जो काफी ऐसी बातें अपने बच्चों को सिखा पाते हैं,

शिक्षक के लिए यह जानना जरूरी है कि उसके विद्यार्थी क्या सोचते हैं, कैसे सोचते हैं और उन्हें किस तरह से मदद दी जा सकती है? बच्चे अपने समाज व संस्कृति को ग्रहण करते हुए बड़े होते हैं। समाज व संस्कृति उनके सीखने के स्वभाव को निर्धारित करती है। बहुत हद तक इस स्वभाव से तय होता है कि बच्चा क्या सीखेगा और कैसे सीखेगा या किन बातों को सीखना उसके लिए सरल होगा और किनको सीखना मुश्किल?

जो स्कूली संस्कृति का हिस्सा होती हैं, परंतु दूसरी तरफ वे बच्चे होते हैं, जो इन सुविधाओं से वंचित होते हैं और उनका स्कूल और वहाँ की संस्कृति से करीबी परिचय नहीं होता। यहाँ बहुत कुछ उन्हें नया लगता है। ऐसे में शिक्षक से करीबी रिश्ता बना पाना और अलग-अलग स्तरों पर उससे बात कर पाना बच्चे के लिए काफी लाभकारी होता है, जो शिक्षक को भी बच्चे को समझने का अवसर देता है। अध्यापकों का उत्तरदायित्व बनता है कि वे अपने बच्चों को सही शिक्षा, प्रेरणा, सहनशीलता, व्यवहार में परिवर्तन तथा मार्गदर्शन प्रदान करें, उनके भविष्य को उज्ज्वल बनाएँ। शिक्षक अपने प्रत्येक छात्र को बेहतर तरीके से जानकर सकारात्मक रिश्ता स्थापित करने हेतु नींव डाल सकते हैं।

सरल और कोमल

चीन में कन्फ्यूशियस नामक एक विख्यात महात्मा और दार्शनिक हुए हैं। वे बड़े ज्ञानी, विद्वान् और अनुभवी विचारक थे। धर्म और ज्ञान की अनेक बातें वे इस प्रकार सहज भाव से समझा दिया करते थे कि किसी के मन में शंका के लिए गुंजाइश नहीं रह जाती और उसका सहज समाधान हो जाता। जब वे मृत्यु के निकट थे और प्राण निकलने में कुछ ही क्षण शेष थे, उन्होंने अपने शिष्यों को पास बुलाकर अपने जीवन का अंतिम उपदेश देने के उद्‌देश्य से धीरे-धीरे कहा, "मेरे प्यारे शिष्यो, जरा मेरे मुँह के भीतर झाँककर देखो तो कि जीभ है या नहीं?"

चीन में कन्फ्यूशियस नामक एक विख्यात महात्मा और दार्शनिक हुए हैं। वे बड़े ज्ञानी, विद्वान् और अनुभवी विचारक थे। धर्म और ज्ञान की अनेक बातें वे इस प्रकार सहज भाव से समझा दिया करते थे कि किसी के मन में शंका के लिए गुंजाइश नहीं रह जाती और उसका सहज समाधान हो जाता।

एक शिष्य ने झाँककर देखा और बोला, "गुरुदेव, जीभ तो है।"

इसके बाद उन्होंने एक अन्य शिष्य की ओर संकेत करते हुए दूसरा प्रश्न पूछा, "देखो तो, मेरे मुँह में दाँत हैं या नहीं?"

उस शिष्य ने उत्तर दिया, "गुरुदेव, आपके मुँह में दाँत तो एक भी नहीं हैं।"

महात्मा कन्फ्यूशियस ने फिर पूछा, "पहले दाँत का जन्म हुआ या जीभ का?"

इस बार सब शिष्यों ने एक साथ उत्तर दिया, "गुरुदेव, जीभ का।"

"ठीक," कहकर महात्मा कन्फ्यूशियस ने अपने शिष्यों से पुनः प्रश्न किया, "शिष्यो, जीभ जो दाँत से उम्र में बड़ी है, अब भी मौजूद है, किंतु दाँत जो जीभ से उम्र में छोटे थे, नष्ट क्यों हो गए?"

इस प्रश्न को सुनकर सब शिष्य एक-दूसरे का मुँह ताकने लगे। किसी से भी उत्तर देते न बन पड़ा। तब गुरुदेव ने उन्हें समझाया, "सुनो, जीभ सरल और कोमल है, इसी से वह अभी तक मौजूद है। दाँत क्रूर और कठोर थे, इसी से शीघ्र नष्ट हो गए। तुम भी जीभ के समान सरल और कोमल बनो।"

इतना कहकर कन्फ्यूशियस ने अपनी आँखें सदा के लिए मूँद लीं।

"एक औसत दर्जे का शिक्षक बताता है; एक अच्छा शिक्षक समझाता है; एक बेहतर शिक्षक करके दिखाता है और एक महान् शिक्षक प्रेरित करता है।"

□

11

आप सबसे खास हैं

"प्रत्येक व्यक्ति अलग होता है। हर किसी की क्षमताएँ और कमजोरियाँ अलग-अलग होती हैं, इसलिए न तो किसी और से अपनी तुलना करें और न तो किसी और के जैसा बनने की कोशिश करें।"

क्या आप स्वयं को खास मानते हैं? यकीनन आप खास हैं। आपका चेहरा खास है। आपकी उँगलियों के निशान किसी अन्य उँगलियों से मेल नहीं खाते। आपके बाल अपने ही ढंग से उगते हैं, आपकी प्रतिभा अनन्य है, आपकी छवि अनन्य है और सचमुच आप जैसा पूरी दुनिया में कोई नहीं है। मानिए कि आप सबसे खास हैं। आपका उन्नति करने का अपना खास ढंग है। दुनिया भर में हरेक व्यक्ति ने अपने खास व्यक्तित्व, अपने खास परिवेश, अपनी खास प्रतिभा के बलबूते ही सफलता प्राप्त की है। आइए, कुछ ऐसे ही लोगों की जीव्य-जीवटता पर दृष्टि डालते हैं, जिनकी कहानियाँ निश्चित ही प्रेरणा का मील के पत्थर साबित होंगी।

कार्ल स्टीन मिट्ज

बौना कद सूखी लकड़ी सी टाँगें, उनमें भी लँगड़ाहट, कंधे ढलके तथा कूबड़ निकला हुआ, कुल मिलाकर अजीबोगरीब शक्ल-सूरत का था वह लड़का। कार्ल स्टीन मिट्ज दसवीं कक्षा में जब प्रथम स्थान पर आया तो उसकी बदसूरती और कुबड़ेपन के कारण उसे सबके साथ सनद नहीं

लेने दी गई। विद्यालय के लोग ऐसे लड़के का पहले नंबर पर पास होना स्कूल की बदनामी समझते थे। अच्छी पोशाक पहने जब कार्ल स्टीन मिट्ज को समारोह में नहीं जाने दिया गया तो वह बहुत रोया। उसके पिता ने धैर्य बँधाते हुए कहा, "तुम दुःखी क्यों होते हो? तुम्हारा शरीर ही तो खराब है, दिमाग तो बहुत बढ़िया है। तुम्हारे पास आत्मविश्वास की अमूल्य संपदा है, इन सब गुणों से शरीर की कमी को पूरा करो।" कार्ल ने आँसू पोंछ डाले।

उसने बहुत सी खोजें कीं। विज्ञान की दुनिया में कार्ल स्टीन मिट्ज का नाम बहुत ऊँचा है। उसी की खोजों से बिजली की मशीनों का युग शुरू हुआ।

न्यूयॉर्क में एक महान् संगीतकार था। वह लड़कियों को ऑपेरा के लिए प्रशिक्षित किया करता था। उसकी शिष्याओं में एक ऐसी लड़की थी, जिसमें संगीत की महान् योग्यता छिपी थी, पर उस लड़की में आत्मविश्वास नाममात्र का भी नहीं था। संगीत शिक्षक ने उसे परामर्श दिया कि वह झिझक त्यागे, आत्मविश्वास जगाकर अपना व्यक्तित्व प्रकट करे। इस कार्य के लिए उसने उसे उपाय सुझाया कि वह प्रतिदिन दर्पण के सम्मुख खड़ी होकर पूरी ताकत से बार-बार दोहराया करे कि 'मैं स्वयं संगीत हूँ। मैं ईश्वर की संगीत-शक्ति की प्रतिमा हूँ। मैं स्वर-झनकार से परिपूर्ण हूँ, मैं अपना अभिनय बहुत उत्तम रूप से कर सकती हूँ। मैं अपनी भूमिका करते समय सभी को मुग्ध कर दूँगी। मैं सबसे श्रेष्ठ अभिनेत्री हूँ। अपने अभिनय को और सम्माननीय और गौरवपूर्ण बनाऊँगी।'

मैं ईश्वर की संगीत-शक्ति की प्रतिमा हूँ। मैं स्वर-झनकार से परिपूर्ण हूँ, मैं अपना अभिनय बहुत उत्तम रूप से कर सकती हूँ। मैं अपनी भूमिका करते समय सभी को मुग्ध कर दूँगी। मैं सबसे श्रेष्ठ अभिनेत्री हूँ। अपने अभिनय को और सम्माननीय और गौरवपूर्ण बनाऊँगी।'

उस लड़की ने अपने शिक्षक की इस बात का अक्षरशः पालन आरंभ किया। वह लड़की, जो संकोच, लज्जा में डूबी रहती थी, लोगों के सामने

झिझकती, कतराती थी, अपने शिक्षक के परामर्श से उसने वह काम कर दिखाया, जो अनेक प्रयासों द्वारा संगीत और अभिनय का पाठ पढ़ाने से भी नहीं हो सकता था। शिक्षक के बताए मार्ग से उसका आत्मविश्वास इतना अधिक बढ़ गया कि उसकी शंका और संदेह मिट गए, उसका संकोच दूर हो गया और वह रंगमंच पर बिजली सी चमक उठी।

मिस्टर इनग्राम

लंदन इलस्ट्रेटेज न्यूज समाचार-पत्र को छापने वाले मिस्टर इनग्राम 15 किलोमीटर तक केवल इसलिए पैदल चले जाते थे कि उन्हें अपने एक ग्राहक को नियत समय पर समाचार-पत्र की एक प्रति देनी थी। उन्होंने अपने वायदे को पूरा करने के लिए 15 किलोमीटर पैदल चलने के श्रम को एक खेल समझा। एक बार रात्रि 2 बजे वे शैया से उठ बैठे और पैदल लंदन चले गए, क्योंकि वहाँ से छपे हुए समाचार-पत्र की प्रतियाँ उन्हें अपने ग्राहकों के पास यथासंभव पहुँचानी थीं और डाक का प्रबंध नहीं था। ऐसे ही दृढ़ इच्छा वाले व्यक्तियों को सफलता का श्रेय मिलता है।

हेनरी फास्ट

हेनरी फास्ट नामक एक अंग्रेज युवक की जीवनी भी बड़ी उज्ज्वल और रोमांचकारी है। हेनरी फास्ट शिकार के लिए गया था। दुर्भाग्य से उसकी दोनों ही आँखों पर बंदूक का छर्रा लग गया, जिससे दोनों आँखें चली गईं। पुत्र की ऐसी दशा देखकर पिता के दुःख का ठिकाना न रहा, परंतु हेनरी फास्ट ने अपने संतप्त पिता से कहा, "पिताजी आप कुछ भी विचार न करें। मुझे जीवन में जो सफलता प्राप्त करनी है, उसमें मेरे अंधे होने से कोई बाधा नहीं पड़ेगी।" इस घटना के बाद एक हृदय कँपाने वाला दृश्य लंदन की सड़कों पर देखने में आता था कि पार्लियामेंट के मेंबर हेनरी फास्ट को उनकी पितृ भक्त पुत्री सहारा दिए घुमाया करती थी।

हेनरी फास्ट अंधे होने पर भी इंग्लैंड के महान् पुरुषों में गिने गए। अपनी बेटी के सहारे नगर में घूमने वाला यदि एक नेत्रहीन मनुष्य पार्लियामेंट का

मेंबर हो जाए और जिस कार्य में हाथ डाल दे, उसी में सफल हो जाए तो क्या कम महत्त्व की बात है यह!

कर्तव्य-परायण, निर्भीक और साहसी पुत्री अपने पिता की आँखें ही नहीं बनी, अपितु उसने ऑक्सफोर्ड कॉलेज में सीनियर रेंगलर का अत्यंत प्रतिष्ठित पद भी प्राप्त किया, जिसे ग्लैस्टन जैसे महान् पुरुषों ने ही प्राप्त किया था। उस समय तक यह पद किसी स्त्री को प्राप्त नहीं हुआ था। इसलिए फास्ट की बेटी की यह अद्वितीय सफलता समस्त संसार की दृष्टि में एक ज्वलंत उदाहरण बन गई।

कर्तव्य-परायण, निर्भीक और साहसी पुत्री अपने पिता की आँखें ही नहीं बनी, अपितु उसने ऑक्सफोर्ड कॉलेज में सीनियर रेंगलर का अत्यंत प्रतिष्ठित पद भी प्राप्त किया, जिसे ग्लैस्टन जैसे महान् पुरुषों ने ही प्राप्त किया था। उस समय तक यह पद किसी स्त्री को प्राप्त नहीं हुआ था। इसलिए फास्ट की बेटी की यह अद्वितीय सफलता समस्त संसार की दृष्टि में एक ज्वलंत उदाहरण बन गई।

एलिजाबेथ ब्लैकवेल

एलिजाबेथ ब्लैकवेल भी इसी श्रृंखला में सम्मानीय महिला के रूप में जानी जाती हैं, जिन्होंने गरीबी की चुनौती का डटकर मुकाबला किया। वे पहली महिला डॉक्टर थीं। अत: उन्हें अत्यधिक असफलता एवं घोर विरोध का शिकार होना पड़ा। वे न्यूयॉर्क के जेनेवा विद्यालय में औषधि पाठ्यक्रम (डॉक्टरी) के लिए चयनित की गई थीं। उनका सभी जगह मजाक उड़ाया गया और बहुत से लोग उनकी मीटिंग का बहिष्कार करके चले गए। उन्हें पंगु बनाने वाले आर्थिक अभाव की समस्या इतनी जटिल थी, जो आसानी से हल नहीं की जा सकती थी।

तमाम तरह की परिस्थितियों पर विजय प्राप्त करते हुए सन् 1859 में एलिजाबेथ ऑनर्स के साथ स्नातक बनने में कामयाब रहीं। सर्जन की उपाधि पाने के लिए एलिजाबेथ को समुद्री जहाज द्वारा अटलांटिक महासागर को पार करना पड़ा था। वे मजबूर होकर पेरिस भी गईं, क्योंकि अमेरिका के सभी अस्पतालों ने उन्हें अपने यहाँ रखने से इनकार कर दिया था। पेरिस

में भी उनका अनुरोध ठुकरा दिया गया। एलिजाबेथ ने 'लामेटेलिटे' में धाय का पाठ्यक्रम स्वीकार किया। वे फिर से न्यूयॉर्क वापस गईं, लेकिन विपरीत परिस्थितियों ने यहाँ भी उनका साथ नहीं छोड़ा। एलिजाबेथ को गर्ल्स हॉस्टल से निकाल दिया गया। कोई भी व्यक्ति महिला डॉक्टर को कमरा किराए पर देने में कतराता था। अपने दृढ़ संकल्प के साथ उन्होंने एक मकान खरीदने के लिए कुछ धन उधार लिया। शीघ्र ही महिला चिकित्सकों में अग्रदूत के रूप में उनकी ख्याति बहुत दूर-दूर तक फैल गई। सेंट पीट्सबर्ग मेडिकल स्कूल एवं स्वीडन के मेडिकल कॉलेजों ने उनके लिए अपने द्वार खोल दिए। इंग्लैंड के रॉयल फ्र हॉस्पिटल ऑफ मेडिसिन ने एलिजाबेथ ब्लैकवेल के स्वप्न को साकार कर दिया था।

कौन जानता था कि महाराष्ट्र के एक साधारण सरदार का पुत्र शिवाजी आगे चलकर छत्रपति के नाम से प्रसिद्ध होगा ? किसे पता था कि एक दिन यही बच्चा इतना बड़ा होगा कि उसका जन्मदिन हिंदू जाति गौरव और श्रद्धा से मनाएगी ? शिवाजी 14 वर्ष के हुए, तभी से उनको स्वतंत्र होने की प्रबल इच्छा सताने लगी थी। वे अपनी दृढ़ इच्छा की पूर्ति करने के लिए प्रयत्न करने लगे।

वीर शिवाजी

कौन जानता था कि महाराष्ट्र के एक साधारण सरदार का पुत्र शिवाजी आगे चलकर छत्रपति के नाम से प्रसिद्ध होगा ? किसे पता था कि एक दिन यही बच्चा इतना बड़ा होगा कि उसका जन्मदिन हिंदू जाति गौरव और श्रद्धा से मनाएगी ? शिवाजी 14 वर्ष के हुए, तभी से उनको स्वतंत्र होने की प्रबल इच्छा सताने लगी थी। वे अपनी दृढ़ इच्छा की पूर्ति करने के लिए प्रयत्न करने लगे। पहली कठिनाई उनके सामने यह उपस्थित हुई कि अपने मंतव्य में लगने से उन्हें अपने पिता का भी बुरा बनना पड़ा, परंतु उन्होंने पिता की नाराजगी की कुछ भी परवाह नहीं की और अपनी इच्छा को पूर्ण करने के लिए घात-प्रतिघात सहते हुए स्वतंत्र होने के लिए युद्ध शुरू कर दिया। उन्होंने

पहले ही युद्ध में विजयश्री प्राप्त की। फिर क्या था! इच्छा-शक्ति बढ़ती ही गई और उसी के सहारे वे आनेवाली आपत्तियों को सहते हुए एक के बाद एक विजय प्राप्त करते चले गए और संसार में यह ज्वलंत उदाहरण छोड़ गए कि जो सफलता कठिनाइयों से प्राप्त होती है, वह बहुत महत्त्वपूर्ण और चिरस्थायी होती है। कहाँ शिवाजी और कहाँ मुगल साम्राज्य, परंतु उन्होंने अगणित कठिनाइयों को झेलते हुए उसकी भी जड़ें हिला दी थीं।

जमशेदजी टाटा

महापुरुष जे.एन. टाटा एक साधारण परिवार में जन्मे थे। उनके बारे में बचपन में एक ज्योतिषी ने भविष्यवाणी की थी कि यह देश-विदेश घूमेगा और धन से घर भर देगा और सात मंजिला मकान बनवाएगा। गाँव के लोग जब उनके पिता से मिलते थे, तब उनसे हँसी-मजाक किया करते थे कि कहो भाई, इतना धन कहाँ रखोगे और सात मंजिला मकान कहाँ बनाया जाएगा? जब जे.एन. टाटा गाँव के स्कूल की पढ़ाई समाप्त कर चुके तो उनके पिता मुंबई में एक मकान किराए पर लेकर पुत्र के साथ रहने लगे।

महापुरुष जे.एन. टाटा एक साधारण परिवार में जन्मे थे। उनके बारे में बचपन में एक ज्योतिषी ने भविष्यवाणी की थी कि यह देश-विदेश घूमेगा और धन से घर भर देगा और सात मंजिला मकान बनवाएगा। गाँव के लोग जब उनके पिता से मिलते थे, तब उनसे हँसी-मजाक किया करते थे कि कहो भाई, इतना धन कहाँ रखोगे और सात मंजिला मकान कहाँ बनाया जाएगा?

होनहार बिरवान के होत चीकने पात। कॉलेज की पढ़ाई समाप्त कर चुकने पर उनके पिता उनको दुकान पर बैठाने लगे।

जमशेदजी टाटा बहुत साहसी थे। जिस काम का विचार करते, उसको संलग्नता से पूर्ण करने में लगे रहते। उन्होंने अपने परिश्रम से धीरे-धीरे अपने व्यापार को बढ़ाया। कभी-कभी ऐसा घाटा हुआ कि पैसे-पैसे के लिए मोहताज हो गए, पर वे हिम्मत न हारे। धुन के पक्के रहे और नित नई कठिनाइयों का सामना करते हुए, फिर व्यापार शुरू कर दिया। थोड़े दिनों

बाद व्यापार में उनको फिर ऐसा घाटा हुआ कि वे दिवालिया हो गए और अपना सारा सामान तक बेच डाला, परंतु फिर भी उन्होंने अपना साहस नहीं छोड़ा और धीरे-धीरे फिर व्यापार शुरू किया। इतने प्रतिघातों को सहन करने पर सफलता मिलने लगी। इतनी मुसीबतें सहने के बाद टाटा ने वह प्रसिद्धि पाई, जो भारत में सदा अमर रहेगी।

इंग्लैंड में अनेक कवि और लेखक हुए हैं और अब तो कहना ही क्या ? इतनी पुस्तकें हर साल लिखी और छापी जाती हैं कि उनसे पुस्तकालय और वाचनालय भर गए हैं, परंतु लेखकों और पुस्तकों की भरमार होने पर भी विलियम शेक्सपियर, लॉर्ड टैनिसन, विलियम वड्र्सवर्थ, मिल्टन, गोल्डस्मिथ और लॉर्ड ब्रायन की रचनाएँ काफी अच्छी समझी जाती हैं तथा उत्साह से पढ़ी जाती हैं। ये सब महापुरुष दुःख और प्रतिघात के शिकार रहे हैं।

गोल्डस्मिथ

जरा गोल्डस्मिथ का जीवन वृत्त सुनिए। चेचक से उनका चेहरा इतना बिगड़ गया था कि बच्चे उनका मजाक उड़ाते थे। जीवन-निर्वाह करने के लिए बाजार में फेरी देने वाले गवैयों के लिए वे छोटे-छोटे गीत लिखकर देते थे। दिनभर में कहीं चार पैसे इन्हें गीतों की रचना से प्राप्त होते थे। फ्रांस और इटली की यात्रा उन्होंने माँगते-खाते की थी। काश्तकारों के घरों में जाकर बाँसुरी बजाकर वे भिक्षा माँगा करते थे। 28 वर्ष की उम्र में वे लंदन में पाई-पाई के लिए मोहताज थे और भिखारियों के मोहल्ले में रहते थे। दीनता ने जब

जरा गोल्डस्मिथ का जीवन वृत्त सुनिए। चेचक से उनका चेहरा इतना बिगड़ गया था कि बच्चे उनका मजाक उड़ाते थे। जीवन-निर्वाह करने के लिए बाजार में फेरी देने वाले गवैयों के लिए वे छोटे-छोटे गीत लिखकर देते थे। दिनभर में कहीं चार पैसे इन्हें गीतों की रचना से प्राप्त होते थे। फ्रांस और इटली की यात्रा उन्होंने माँगते-खाते की थी। काश्तकारों के घरों में जाकर बाँसुरी बजाकर वे भिक्षा माँगा करते थे।

बहुत सताया तो वे लंदन के निकटवर्ती स्थानों में चिकित्सा करने लगे। जब वे डॉक्टर बने फिरते थे, तब बाजार से सेकेंड हैंड खरीदा हुआ कोट पहनते थे, जिसमें फटे हुए स्थानों में जोड़ और पैबंद लगे होते थे।

जब किसी के घर घुसते तो अपने कोट के फटे हुए स्थान को छिपाने में लगे रहते थे। एक बीमार को इन पर दया आ गई और उसने उन्हें अपना कोट देना चाहा, परंतु उन्होंने मना कर दिया। अपने वस्त्रों को भी उन्हें कई बार रोटियों के लिए गिरवी रखना पड़ता था। इस दीन दशा में भी उन्होंने अपनी लेखन-कला को मरने नहीं दिया।

गोल्डस्मिथ ने अपने 'वॉल्टेयर' के जीवन चरित्र को 4 पौंड में बेच डाला। बड़ी कठिनाइयों से उन्होंने अपनी पुस्तक 'पोलाइट लर्निंग इन यूरोप' प्रकाशित कराई, जिससे वे जनता में प्रख्यात होने लगे। तदनंतर उनका 'यात्री' नामक ग्रंथ छपा, जिससे भिखारियों के मोहल्ले में फटे-पुराने वस्त्र पहनने वाले गोल्डस्मिथ की कीर्ति शिक्षित समाज में गूँज उठी। एक मकान की मालकिन ने, जिसकी कोठरी में वे किराए पर रहते थे, किराया न देने पर उनको गिरफ्तार तक करा दिया था और उनके एक मित्र डॉक्टर जॉनसन ने किराया देकर उन्हें छुड़ाया तथा उनकी पुस्तक 'विकार ऑफ वेकफील्ड' की पांडुलिपि उठा लाए। उस पुस्तक को 6 पौंड में बेचकर उन्होंने अपनी रकम की भरपाई की।

अपने प्रख्यात काव्य 'डिजर्टेड विलेज' को गोल्डस्मिथ ने दो वर्ष तक अपने पास रखा और उसको दोहरा-दोहरा कर उसमें सुधार करते रहे। यह काव्य भारत में भी हाई स्कूल के पाठ्यक्रम में बहुधा पढ़ाया जाता रहा है।

आत्म-गौरव, अहंकार और अनाप-शनाप खर्च करने के कारण गोल्डस्मिथ ज्यादातर कर्जे से दबे रहते थे, हालाँकि उनके एक ग्रंथ 'हिस्टरी ऑफ द अर्थ ऐंड एनिमेटेड नेचर' के लिए उन्हें 800 पौंड मिले थे और उनकी दूसरी रचना 'शी स्टूप्स कंक्वर' की बिक्री बहुतायत से हुई थी। इतने घात-प्रतिघात, दारिद्रय और विपत्ति का सामना करके भी वे सफल और प्रख्यात हो गए।

इसका हिंदी अनुवाद पंडित श्रीधर पाठक (प्रयाग) ने किया था।

आत्म-गौरव, अहंकार और अनाप-शनाप खर्च करने के कारण गोल्डस्मिथ ज्यादातर कर्जे से दबे रहते थे, हालाँकि उनके एक ग्रंथ 'हिस्टरी ऑफ द अर्थ ऐंड एनिमेटेड नेचर' के लिए उन्हें 800 पौंड मिले थे और उनकी दूसरी रचना 'शी स्टूप्स कंक्वर' की बिक्री बहुतायत से हुई थी। इतने घात-प्रतिघात, दारिद्रय और विपत्ति का सामना करके भी वे सफल और प्रख्यात हो गए। उनकी गणना उच्च श्रेणी के लेखकों में हुई और उनका शव 'वेस्ट मिनिस्टर एबे', जहाँ महापुरुषों के शव दफनाए जाते हैं, में दफनाया गया।

विलियम शेक्सपियर

विलियम शेक्सपियर का जीवन भी अवरोधों से भरा रहा। उन्हें भी सफलता मिली। उनका जन्म स्ट्रेटफोर्ड ऑन एवन नामक एक साधारण बस्ती में हुआ था। महारानी एलिजाबेथ उस समय इंग्लैंड की रानी थीं। लड़कपन में शेक्सपियर को एक बार हिरन के शिकार की सूझी। हिरन मारते समय वे पकड़ लिये गए। जिस व्यक्ति के शिकारगाह से उन्होंने हिरन की चोरी की थी, उसने उनको दंड दिया। शेक्सपियर ने क्रोध में आकर उसकी बुराई में कुछ तुकबंदियाँ लिख डालीं, जिससे उसकी नाराजगी और भी बढ़ गई। शेक्सपियर वहाँ से लंदन भाग गए और एक थिएटर में उन्होंने साधारण नौकरी कर ली। साधारण नौकरी करते-करते उन्होंने नाटक लिखना आरंभ कर दिया। लिखते-लिखते नाटक रचना में वे ऐसे प्रवीण हुए कि उनके नाटक अत्यंत प्रशंसनीय समझे जाने लगे। उनकी ख्याति महारानी एलिजाबेथ तक पहुँच गई। आरंभ में उन्होंने अपने नाटक बहुत सस्ते दामों में बेचे थे, परंतु फिर भी उनके नाटकों का प्रचार हुआ तो ऐसा हुआ कि एक बृहत् नाटक-मंडली उन्हीं के नाटक खोजने के लिए बन गई।

आज इस संसार में ऐसी कोई भाषा नहीं है, जिसमें उनके प्रमुख नाटकों का अनुवाद न हुआ हो और संसार में कोई ऐसा देश नहीं है, जहाँ उनके नाटक न खेले जाते हों। नाटक-रचना में वे इस तर्क-कुतर्क के समय में भी अद्वितीय समझते जाते हैं। अंग्रेजी भाषा पर तो उनके काव्य और उदाहरणों

की ऐसी मोहर लग गई है कि उनके लिखे हुए वाक्य और पद हर प्रकार की लिखा-पढ़ी में प्रयुक्त होते हैं। भारत के विद्वानों ने शेक्सपियर की तुलना महाकवि कालिदास से की है। यह किसको मालूम था कि हिरन चुराने वाला स्ट्रेटफोर्ड ऑन एवन में जन्मा हुआ बालक कठिनाइयों को पार करता हुआ संसार का महाकवि हो जाएगा और संसार को अपना काव्य स्वरूप बहुमूल्य धन सदा के लिए दे जाएगा।

भारत के विद्वानों ने शेक्सपियर की तुलना महाकवि कालिदास से की है। यह किसको मालूम था कि हिरन चुराने वाला स्ट्रेटफोर्ड ऑन एवन में जन्मा हुआ बालक कठिनाइयों को पार करता हुआ संसार का महाकवि हो जाएगा और संसार को अपना काव्य स्वरूप बहुमूल्य धन सदा के लिए दे जाएगा।

महाकवि मिल्टन

महाकवि मिल्टन ने भी अपने महाकाव्य 'पैराडाइज लॉस्ट' और 'पैराडाइज रिगेंड' उस समय नहीं लिखे थे, जब क्राम्बल के समय में वे राजनीतिक और शारीरिक रूप से शक्तिमान थे, बल्कि उन्होंने तब इन ग्रंथों को लिखा था, जब वे बुढ़ापे और रुग्णावस्था के कारण बहुत अशक्त हो गए थे और उनके राजनीतिक समुदाय का पतन हो चुका था।

जितने महाकवि और लेखक हुए हैं, उन सबके जीवन कष्ट में व्यतीत हुए हैं। प्रकृति ने उनकी क्षमता और मस्तिष्क शक्ति की परीक्षा ली है। सैमुअल जॉनसन, डैंटे इमर्सन (अमेरिकी), डेविड लीविंगस्टोन, जॉर्ज इलियट, फारलाइफ जोला, जे.एन. स्ब्रक्स, अधी फेनी क्रासबाई (अमेरिकी), जे.आर. ग्रीन, शिलर, राजरेकन, बेन जॉनसन, जॉड ब्रायन आदि जितने भी अच्छे लेखक या कवि हुए हैं, सब ही दीन दशा में जनमे और कष्टों में पले-बढ़े हैं। इन सबको किसी-न-किसी प्रकार की घोर विपत्ति का लगातार सामना करना पड़ा है तथा सफलता प्राप्त करने में अनेक प्रकार के कष्ट झेलने पड़े हैं। दूसरे शब्दों में कहें, तो श्रम और कठिनाई वास्तविक कामयाब जीवन के अंग-प्रत्यंग हैं।

हमारे देश के महान् समाज सुधारक कबीर आदि के जीवन चरित्र को पढ़ने से हम इसी निष्कर्ष पर पहुँचते हैं कि सच्चा और चिरस्थायी महत्त्व दीनता और कष्ट में ही छिपा है। प्रत्येक व्यवसाय के प्रमुख नेता, ज्ञान-विज्ञान के आविष्कारक दुःख भरे जीवन में प्रगति करके ही सफलता को प्राप्त हुए हैं। उनके पास पर्याप्त सामग्री और साधन न थे, खाने-पीने और पहनने के लिए वस्त्रों की जरूरत को पूरा करने के लिए भी उन्हें दुःख उठाने पड़े।

आइजक न्यूटन

सर आइजक न्यूटन, जिन्होंने आकर्षण शक्ति के सिद्धांत की खोज की, वाष्प से चलने वाले इंजन का आविष्कारक जेम्सवॉट, वस्तुओं की अंतर्गत उष्णता का पता लगाने वाले डॉक्टर ब्लैक, हम्फ्री डेवी और फैराडे जिन्होंने विद्युत् के सिद्धांत दिए, मारक्विस वोरसेस्टर, जिन्होंने कारावास में वाष्प के सिद्धांत पर अनुभव प्राप्त किया और जिन्होंने कैद से छुटकारा पाने पर 'आविष्कारों की शताब्दी' नामक पुस्तक लिखी, इलीह वाश वर्म, जो अमेरिका में राज्य-कोष के संरक्षक हुए।

हमारे देश के महान् समाज सुधारक कबीर आदि के जीवन चरित्र को पढ़ने से हम इसी निष्कर्ष पर पहुँचते हैं कि सच्चा और चिरस्थायी महत्त्व दीनता और कष्ट में ही छिपा है। प्रत्येक व्यवसाय के प्रमुख नेता, ज्ञान-विज्ञान के आविष्कारक दुःख भरे जीवन में प्रगति करके ही सफलता को प्राप्त हुए हैं। उनके पास पर्याप्त सामग्री और साधन न थे, खाने-पीने और पहनने के लिए वस्त्रों की जरूरत को पूरा करने के लिए भी उन्हें दुःख उठाने पड़े।

बाल्यावस्था में फटे पायजामे में पिन लगाकर काम चलाने वाले गारफील्ड बाद में अमेरिका की राज्य परिषद् के प्रेसीडेंट बने। माइकल एंजेलो, जिन्होंने पत्थर की मूर्तियाँ बनाकर अपने आपको अमर किया, आर्क राइट, जो बचपन में हजामत बनाने का काम करते थे, मरते समय करोड़ों की संपत्ति छोड़ गए। विलियम मर्डोक,

जिन्होंने 18वीं शताब्दी के अंत में कोयले की गैस को नलों द्वारा ले जाकर प्रकाश का आविष्कार किया, गैलीलियो, जिन्होंने आकाश के दूरस्थ तारों की खोज की, अंधे हेनरी फास्ट, जिनको इंग्लैंड के मंत्री ग्लैडस्टन ने पोस्ट मास्टर जनरल नियुक्त किया, विलियम मिलवर्न, जो बाल्यावस्था से अंधे थे और बाद में अमेरिका के कांग्रेस से चेपलेन (धर्म-गुरु) नियुक्त हुए, चांसी, जिन्होंने अपना बचपन और युवावस्था पेड़ों के काटने और बढ़ई के कार्य में व्यतीत की और जो बाद में पीतल के घंटे बनाकर 600 पाउंड प्रति दिन पैदा करने लगे, ये सब लोग अत्यंत कष्ट उठाकर सफल हुए।

जॉन बेनियन जैसे लेखक को यदि कारावास में भी डाल दिया जाए तो उसकी लेखनी चले बिना नहीं रहेगी, बल्कि उसका हृदय संतप्त होने के कारण वह जो कुछ लिखेगा, पहले से भी अच्छा लिखेगा। पं. लोकमान्य तिलक भी अपने माँडले-जेल प्रवास के समय 'गीता-रहस्य' नामक ग्रंथ लिखकर अमर हो गए।

सूरदास, मिल्टन और होमर ने नेत्रहीन होने के बावजूद सुंदर काव्यों की रचना की थी। कतिपय महान् पुरुषों के शरीर में किसी-न-किसी अंग-प्रत्यंग या कर्णेंद्रिय की हानि प्रकृति इसीलिए उत्पन्न करती है कि वे अपनी समस्त शक्ति को बहुत से कामों में विभक्त न कर एक ही प्रयोजन में लगा दें।

एडीसन ने एक के बाद एक आविष्कार किए। वे बहरे थे। उन्होंने स्वीकार भी किया कि बहरा होने का उन्हें बड़ा लाभ हुआ, उन्हें लोगों की बातें कम सुनने के कारण अपने प्रयोगों को करने के लिए अनुकूल समय व वातावरण मिला।

जॉन बेनियन जैसे लेखक को यदि कारावास में भी डाल दिया जाए तो उसकी लेखनी चले बिना नहीं रहेगी, बल्कि उसका हृदय संतप्त होने के कारण वह जो कुछ लिखेगा, पहले से भी अच्छा लिखेगा। पं. लोकमान्य तिलक भी अपने माँडले-जेल प्रवास के समय 'गीता-रहस्य' नामक ग्रंथ लिखकर अमर हो गए।

क्रिस्टोफर कोलंबस

क्रिस्टोफर कोलंबस ने सन् 1436 में जेनेवा नगर में जन्म लिया था। बचपन से ही भूगोल की पुस्तकें पढ़ने का उसके मन में कुछ ऐसा प्रेम जगा कि 14वें वर्ष में ही पढ़ना-लिखना छोड़कर लिस्बन में जहाज चलाने की नौकरी स्वीकार कर ली। उस समय यूरोप वालों की यह मान्यता थी कि मडिरा और किनारों के द्वीपों के आगे पानी के अतिरिक्त भूमि नहीं है, परंतु भौगोलिक चित्रों से कोलंबस ने पता लगाया कि अटलांटिक महासागर के पश्चिम में और भी द्वीप हैं। उसने पुर्तगाल के महाराज को सहायता के लिए प्रार्थना पत्र भेजा, परंतु उसे नामंजूर कर दिया गया। पुतर्गाल के अन्य लोगों ने भी उसकी खूब हँसी उड़ाई। कोलंबस ने अपने दृढ़ विचार को नहीं छोड़ा। अपने बच्चों व पत्नी सहित उसने सन् 1484 में पुर्तगाल छोड़ दिया और अपने भाई को इंग्लैंड के महाराज हेनरी अष्टम के पास सहायतार्थ भेजा। भाई को रास्ते में ही लूट लिया गया और इंग्लैंड से उसे कोई मदद नहीं मिली।

कोलंबस ने उत्तर-पश्चिम की फिर यात्रा की। रास्ते में उसे और भी अनेक द्वीपों का ज्ञान हुआ। 1494 में स्पेन पहुँचकर उसने अपनी समस्त यात्रा का वृत्तांत सबको बताया। महाराज ने बड़ी प्रसन्नता व्यक्त की और कोलंबस को खूब पुरस्कार दिए। कोलंबस ने इस कहावत को खूब चरितार्थ किया कि साहस के दूसरे किनारे पर विजय होती है।

अंततः उसने अपना प्रार्थना पत्र स्पेन के राजकुमार को भेजा। उन्होंने उसे जहाज के बेड़े से सहायता दी। कोलंबस रवाना तो हो गया, परंतु जहाज पर खास वस्तुओं की पर्याप्त सामग्री न होने के कारण उसके साथी भी उससे नाराज हो गए। जहाज पर गदर मच गया। लोग वापस आना चाहते थे, परंतु इसी समय कुछ पक्षी उड़ते हुए दिखाई दिए। जहाज वाले मल्लाहों ने बेंत और पत्ते भी समुद्र पर तैरते देखे। रात्रि में दूर कुछ उजाला भी नजर आने लगा, जिससे मल्लाहों को संतोष हुआ। सवेरा होते-होते जहाज टापू के पास पहुँचा। वहाँ के लोगों के लिए जहाज एक नवीन वस्तु थी, जिसे देखकर वे जहाज वालों

को अपनाने लगे। कोलंबस ने उनसे मेल बढ़ाया। वहाँ उन लोगों को कपड़े और अनेक वस्तुएँ बाँटी और स्पेन का झंडा वहाँ गाड़ दिया। उन्होंने टापू का नाम सेस्साल वेडार रखा।

कोलंबस ने उत्तर-पश्चिम की फिर यात्रा की। रास्ते में उसे और भी अनेक द्वीपों का ज्ञान हुआ। 1494 में स्पेन पहुँचकर उसने अपनी समस्त यात्रा का वृत्तांत सबको बताया। महाराज ने बड़ी प्रसन्नता व्यक्त की और कोलंबस को खूब पुरस्कार दिए। कोलंबस ने इस कहावत को खूब चरितार्थ किया कि साहस के दूसरे किनारे पर विजय होती है। यहाँ पर यह स्पष्ट करना जरूरी है कि कठिनाइयों का पुरस्कार मात्र चाँदी और सोना ही नहीं है। प्रयत्न करने से अगर धन मिल जाए तो बड़ा अच्छा है, वरना सफलता और विजय धन से नहीं नापी जा सकतीं।

अमेरिका की एक बस्ती में जनरल जैक्सन एक जज थे। एक दिन जब वे काम कर रहे थे, एक बदमाश अदालत में घुस आया और कार्य में बाधा डालने लगा। जज ने गिरफ्तार करने की आज्ञा दी, परंतु उसको पकड़ने की ऑफिसर की हिम्मत नहीं हुई। जज ने सिपाहियों को आवाज दी। सिपाही आए पर उनकी भी हिम्मत नहीं पड़ी। जज जैक्सन ने कहा कि मैं अब अपनी शक्ति को बुलाता हूँ, पाँच मिनट के लिए अदालत बंद रहे। ऐसा कहकर जज की कुरसी से वे नीचे उतर गए। उनके रूप को देखकर बदमाश डर गया और उसने अपने हथियार नीचे गिरा दिए। उसे गिरफ्तार कर लिया गया। उस खूनी ने बाद में स्वीकार किया कि जज साहब की आँखों में न जाने क्या था, जिसे वह सहन न कर सका।

अमेरिका में जब कतिपय फ्रेंच लोग पामहेंडूरेन लोड लाइन पर एक ट्रेन में बैठे हुए शिकागो जा रहे थे, तो जेनीकरी नामक एक दस वर्ष की कन्या ने रेल रोड के पास आग लगी हुई देखी। उस लड़की ने विचार किया कि ट्रेन आग लगाए हुए स्थान से निकलेगी तो ट्रेन में अवश्य आग लग जाएगी। इसलिए वह दौड़कर एक ऐसे ऊँचे स्थान पर जा पहुँची, जहाँ से वह ट्रेन में बैठे लोगों को दिखाई दे सके। वहाँ पहुँचकर उसने अपना लाल रंग का कोट उतार लिया और जब गाड़ी कुछ दूरी पर दिखाई दी तो उसने अपना कोट एक

डंडे में फँसा कर घुमाना शुरू कर दिया। उसकी सूचना थी कि वहाँ पर खतरा है। इस शुभ अभिप्राय का परिणाम यह हुआ कि इंजन के चालक ने दूर से उस लाल निशान को खतरे का सिग्नल समझकर आग वाले स्थान तक पहुँचने से पहले ही ट्रेन को रोक दिया। यदि उस लड़की में वह साहस न होता और वह दौड़कर अपने लाल कोट से आग लगे होने की सूचना न देती तो सैकड़ों लोग मर जाते। फ्रेंच लोग जब अपने देश वापस पहुँचे तो उन्होंने इस घटना की सूचना प्रेसीडेंट कारनट को दी और उन्होंने उस लड़की के अद्‌भुत साहस और विचारशीलता के लिए अपने यहाँ से एक पदक भेजा, जिसे 'फ्रेंच लीजन ऑफ ऑनर' कहते हैं।

सर्वपल्ली राधाकृष्णन्

डॉ. सर्वपल्ली राधाकृष्णन् एक प्रखर विद्वान् तो थे ही, परम ओजस्वी व्यक्तित्व के स्वामी भी थे। उन्हें सन् 1950 में भारत का राजदूत बनाकर रूस भेजा गया। उन्होंने वहाँ अपनी सूझ-बूझ से अनेक पेचीदा तथा कठिन मसलों को हँसते-मुसकराते हल करने में सफलता पाई। उनके प्रयासों से भारत-रूस मित्रता और भी अधिक प्रगाढ़ हुई। स्टालिन जिसके खौफ से समूचा विश्व सहमा-सहमा रहता था, राधाकृष्णन्‌जी की मुसकान से झेंप-झेंप जाता था। वह उनके खुशमिजाज व्यक्तित्व से अत्यधिक प्रभावित हुआ।

डॉ. सर्वपल्ली राधाकृष्णन् एक प्रखर विद्वान् तो थे ही, परम ओजस्वी व्यक्तित्व के स्वामी भी थे। उन्हें सन् 1950 में भारत का राजदूत बनाकर रूस भेजा गया। उन्होंने वहाँ अपनी सूझ-बूझ से अनेक पेचीदा तथा कठिन मसलों को हँसते-मुसकराते हल करने में सफलता पाई। उनके प्रयासों से भारत-रूस मित्रता और भी अधिक प्रगाढ़ हुई।

15 अप्रैल, 1952 को जब डॉ. राधाकृष्णन् रूस से विदा लेकर भारत आने लगे तो स्टालिन लाख चाहकर भी अपने आँसुओं को न रोक सका। उसकी आँखें छलछला उठीं। उसने कहा, "जीवन में आप पहले व्यक्ति मिले, जिसने मेरी चेतना को गहराई तक

झकझोर दिया है। आपने मुझे मनुष्य समझकर हमेशा ही औरों से भिन्न आत्मीय व्यवहार किया।" डॉ. राधाकृष्णन् ने बड़ी सौम्यता से स्टालिन की तरफ देखा, मुसकराए तथा धीमे से कहा, "अलविदा!" उनकी विजयी मुसकान इतिहास का स्वर्णिम पृष्ठ बनकर अतीत की स्मृतियों में चस्पां हो गई।

नील्स बोर

विख्यात वैज्ञानिक नील्स बोर ने सोवियत संघ की विज्ञान अकादमी के भौतिक संस्थान का दौरा किया तो दोनों ओर से विज्ञान के विषयों में विचारों का स्वस्थ आदान-प्रदान हुआ। उस समय नील्स बोर दिग्गज भौतिकविद् माने जाते थे और उनके संस्थान में उच्च श्रेणी के मेधावी वैज्ञानिकों की लंबी कतारें थीं। उनसे यह पूछा गया, "आपके साथ कार्यरत सभी वैज्ञानिक उच्च श्रेणी के क्यों हैं?" बोर ने मुसकराते हुए जवाब दिया, "इसका एक कारण तो यह है कि मैं उनके छोटे-से-छोटे प्रयास की भी भरपूर प्रशंसा करता हूँ और दूसरे मैंने उनके सामने यह स्वीकारने में कभी शर्मिंदगी अनुभव नहीं की कि मैं मूर्ख हूँ।"

"आपके साथ कार्यरत सभी वैज्ञानिक उच्च श्रेणी के क्यों हैं?" बोर ने मुसकराते हुए जवाब दिया, "इसका एक कारण तो यह है कि मैं उनके छोटे-से-छोटे प्रयास की भी भरपूर प्रशंसा करता हूँ और दूसरे मैंने उनके सामने यह स्वीकारने में कभी शर्मिंदगी अनुभव नहीं की कि मैं मूर्ख हूँ।"

फैराडे

फैराडे एक महान् वैज्ञानिक हुए। वे जाति के लुहार थे। रॉयल इंस्टीट्यूशन के अध्यक्ष हम्फ्री डेवी नामक विद्वान् के विज्ञान पर जो व्याख्यान हुआ करते थे, उनको सुनने के लिए फैराडे जाया करते थे। फैराडे ने कुछ दिन बाद अध्यक्ष से नौकरी की प्रार्थना की। अध्यक्ष ने अपने किसी मित्र से इस विषय में पूछा तो उसने अनुमति दी कि बोतलें धोने के लिए फैराडे को रख लिया जाए। यदि वह काम करनेवाला व्यक्ति है, तब तो वह इस काम को कभी

अस्वीकार नहीं करेगा। यदि अस्वीकार कर दे तो समझ लो कि निकम्मा है।

परंतु फैराडे, जो एक पंसारी की दुकान पर बैठकर साधारण शीशियों से विज्ञान के प्रयोग किया करता था, कब इनकार करनेवाला था? उसने बोतल धोने के कार्य को विज्ञान की उन्नति करने का अवसर समझकर स्वीकार कर लिया। परिणाम यह हुआ कि आगे चलकर उसी विद्यालय में फैराडे विज्ञान के प्रोफेसर नियुक्त हुए। वे आज तक वैज्ञानिकों में अग्रणी समझे जाते हैं।

अब्राहम लिंकन

अमेरिका के इतिहास में अब्राहम लिंकन का जीवन चरित्र स्वर्णाक्षरों में अंकित है। उनका जन्म निर्धनता में हुआ था। कर्ज से उनके माँ-बाप दबे हुए थे। विपन्नता में उनका बचपन गुजरा। गँवारों में उनका सहवास रहा। राजनीतिक आंदोलन ने उस समय कई रंग दिखलाए, परंतु स्वतंत्रता और एकता की बाँसुरी बजाते हुए उन्होंने अपने मंतव्य को प्राप्त कर लिया। कठिनता, हीनता, दीनता, प्रतिघात सब में से होकर वे अपनी दृढ़ इच्छा-शक्ति के बल पर निकल गए और एक दिन अमेरिका के राष्ट्रपति बने। जब उनके मित्रों ने उनको प्रथम बार नियम स्थापक परिषद् के लिए नामांकित किया, तब उनके शत्रुओं ने उनका बड़ा मजाक उड़ाया था। जब वे अपने चुनाव के लिए वक्तव्य देने जाते, तब अपने मोटे-फटे वस्त्र पहन कर जाया करते थे। वास्तव में, उनके पास अपने चरित्र और कतिपय

अमेरिका के इतिहास में अब्राहम लिंकन का जीवन चरित्र स्वर्णाक्षरों में अंकित है। उनका जन्म निर्धनता में हुआ था। कर्ज से उनके माँ-बाप दबे हुए थे। विपन्नता में उनका बचपन गुजरा। गँवारों में उनका सहवास रहा। राजनीतिक आंदोलन ने उस समय कई रंग दिखलाए, परंतु स्वतंत्रता और एकता की बाँसुरी बजाते हुए उन्होंने अपने मंतव्य को प्राप्त कर लिया। कठिनता, हीनता, दीनता, प्रतिघात सब में से होकर वे अपनी दृढ़ इच्छा-शक्ति के बल पर निकल गए और एक दिन अमेरिका के राष्ट्रपति बने।

मित्रों के अलावा था ही क्या? जब उनको उनके मित्रों ने कानून सीखने के लिए कहा तो वकील बनने के खयालों से वे बहुत हँसे और कहने लगे कि वकालत के लायक उनका दिमाग है ही नहीं।

वे पेड़ों की छाया में बैठकर नंगे पाँव कानून पढ़ा करते थे और जहाँ काम करते थे, बहुधा वहीं सो लेते थे। नियम स्थापक सभा में जाने के लिए उन्हें एक सूट खरीदना पड़ा था और किराया पास न होने के कारण 100 मील पैदल जाना पड़ा था। जब वे नियम स्थापक सभा में थे, तो स्प्रिंगफील्ड के एक प्रख्यात वकील जॉन स्टुवाड ने उनसे कहा कि प्ले नामक वकील की तो उनसे भी बुरी दशा थी। यहाँ तक कि उन्होंने अपनी पढ़ाई भी एक ऐसी पाठशाला में की थी, जिसमें खिड़की और किवाड़ तक नहीं थे। जॉन स्टुवाड की बात सुनकर लिंकन ने कानून की पढ़ाई की। फिर पढ़ा, तो ऐसे पढ़ा कि उस विषय में वे विशेषज्ञ हो गए।

पुरोहित गोपीनाथ

सर पुरोहित गोपीनाथ ने एक अत्यंत गरीब घर में जन्म लिया था। वे जयपुर के महाराजा स्कूल में पढ़ने लगे। उस समय जयपुर में अंग्रेजी भाषा को जानने वाले भी बहुत कम थे और वैसे भी पुरोहित जैसे एक साधारण दीन बालक को पढ़ाने पर कौन ध्यान देता है? छोटी कक्षाओं की पढ़ाई तो पुरोहितजी ने जैसे-तैसे समाप्त की, परंतु अब बड़े स्कूल की पुस्तकें खरीदना उनके लिए दु:साध्य हो गया, परंतु दृढ़ इच्छा-शक्ति उनको उच्च शिक्षा की ओर धकेले जा रही थी। कुछ किताबें तो उन्होंने इधर-उधर से माँग लीं और कुछ किताबों की अपने हाथ से नकल

छोटी कक्षाओं की पढ़ाई तो पुरोहितजी ने जैसे-तैसे समाप्त की, परंतु अब बड़े स्कूल की पुस्तकें खरीदना उनके लिए दु:साध्य हो गया, परंतु दृढ़ इच्छा-शक्ति उनको उच्च शिक्षा की ओर धकेले जा रही थी। कुछ किताबें तो उन्होंने इधर-उधर से माँग लीं और कुछ किताबों की अपने हाथ से नकल कर डाली तथा सड़क पर लगी गैस की बत्तियों की रोशनी में पढ़ते-पढ़ते बी.ए. की परीक्षा जयपुर में ही पास कर ली।

कर डाली तथा सड़क पर लगी गैस की बत्तियों की रोशनी में पढ़ते-पढ़ते बी.ए. की परीक्षा जयपुर में ही पास कर ली। फिर वे सरकार से स्कॉलरशिप पाने लगे और 4 वर्ष में कलकत्ता (कोलकाता) विश्वविद्यालय से एम.ए. कर लिया। कुछ समय पश्चात् उन्हें सरकारी नौकरी मिल गई। बढ़ते-बढ़ते वे सन् 1920 में जयपुर के मोहकमा खास के सदस्य हो गए।

धीरुभाई अंबानी

भारत के प्रमुख उद्योगपति धीरुभाई अंबानी ने हर संभव कार्य को चुनौती के रूप में स्वीकार किया तथा सफलता के उस शिखर को छुआ, जिसके बारे में कोई सोच भी नहीं सकता। धीरुभाई अंबानी दुकानदारों तथा व्यापारियों की खाता-बही ठीक करके जैसे-तैसे मिडिल तक की पढ़ाई पूरी कर सके। कभी सड़क के किनारे फल बेचकर तो कभी काउंटर ब्वॉय की नौकरी करके, तो कभी पेट्रोल पंप पर गाड़ियों में पेट्रोल भरकर अपनी जीविका चलानेवाले एक साधारण नौजवान के हाथों में एक दिन देश के सबसे बड़े उद्योग समूह की बागडोर हो सकती है, यह कोई सोच भी नहीं सकता था, लेकिन इसे सच करने का सपना धीरुभाई अंबानी ने अवश्य देखा था।

> ***कभी सड़क के किनारे फल बेचकर तो कभी काउंटर ब्वॉय की नौकरी करके, तो कभी पेट्रोल पंप पर गाड़ियों में पेट्रोल भरकर अपनी जीविका चलानेवाले एक साधारण नौजवान के हाथों में एक दिन देश के सबसे बड़े उद्योग समूह की बागडोर हो सकती है, यह कोई सोच भी नहीं सकता था, लेकिन इसे सच करने का सपना धीरुभाई अंबानी ने अवश्य देखा था।***

अनपढ़ माँ और आठ रुपए माहवार तनख्वाह पर मास्टरी करके मुश्किल से परिवार को पालने वाले पिता की संतान धीरुभाई अंबानी ने इसे सच कर दिखाया। उन्होंने न सिर्फ अपने सपने साकार किए, बल्कि शेयर बाजार को आम निवेशकों तक ले आए और अपनी सफलता से जुड़े लाखों लोगों को लाभ पहुँचाया। उन्होंने सफलता अर्जित करने का जो नुस्खा ईजाद किया, उसमें सबको भागीदार बनाया। उनके इस नुस्खे से तमाम

नए और उन्हीं की तरह के पहली पीढ़ी के अन्य महत्त्वाकांक्षी उद्योगपति तो अरबपति बने ही, उनकी कंपनी से जुड़े लाखों निवेशक उद्योगों के बेताज बादशाह बनते चले गए। अपनी मृत्यु के समय वे अपने पीछे लगभग पचहत्तर हजार करोड़ रुपए की संपत्ति छोड़ गए।

सुश्री मायावती

भारत के सबसे बड़े सूबे उत्तर प्रदेश की कई बार मुख्यमंत्री बननेवाली सुश्री मायावती आज भारतीय महिला राजनीति जगत् की उन चंद हस्तियों में से एक हैं, जिन्होंने उपेक्षित व कुंठायुक्त पारिवारिक परिवेश से उभरकर अपने जीवन के सफलतम अध्यायों का सृजन किया। गाजियाबाद जिले के छोटे से गाँव बादलपुर में जनमी अभावग्रस्त दलित परिवार की लड़की विपरीत सामाजिक-आर्थिक माहौल में पली-बढ़ी। दिल्ली में आयोजित एक सम्मेलन में उनकी भेंट काशीराम से हुई। मायावती ने काशीराम से कहा कि मैं आई.ए.एस. बनना चाहती हूँ। कांशीराम का जवाब था, "तुम्हारे अंदर वह क्षमता है कि आई.ए.एस. तुम्हारे आगे-पीछे घूमा करेंगे।" उनका कहा सच हुआ और आज भारतीय राजनीति के क्षितिज पर सुश्री मायावती एक महत्त्वपूर्ण हस्ताक्षर हैं।

भारत के सबसे बड़े सूबे उत्तर प्रदेश की कई बार मुख्यमंत्री बननेवाली सुश्री मायावती आज भारतीय महिला राजनीति जगत् की उन चंद हस्तियों में से एक हैं, जिन्होंने उपेक्षित व कुंठायुक्त पारिवारिक परिवेश से उभरकर अपने जीवन के सफलतम अध्यायों का सृजन किया। गाजियाबाद जिले के छोटे से गाँव बादलपुर में जनमी अभावग्रस्त दलित परिवार की लड़की विपरीत सामाजिक-आर्थिक माहौल में पली-बढ़ी।

रडरफोर्ड

मशहूर वैज्ञानिक रदरफोर्ड ने एक अनजाने तथा नौसिखिए युवा वैज्ञानिक (शोधार्थी) ई. मार्सडेन से अल्फा कणों की परमाणु पर वर्षा करने को कहा, तो कई लोगों ने सोचा कि आखिर उस प्रयोग को खुद रदरफोर्ड ने या किसी

अन्य प्रमुख वैज्ञानिक ने क्यों नहीं किया, जबकि इस प्रयोग के परिणामों पर रदरफोर्ड के परमाणु मॉडल का भविष्य निर्भर था। वास्तव में, रदरफोर्ड को यह आशंका थी कि यदि यह प्रयोग विफल हो गया तो इस प्रयोग को करनेवाले वैज्ञानिक पर सदा के लिए असफलता की कालिख पुत जाएगी। इसीलिए यह प्रयोग एक अनजाने से व्यक्ति से कराया गया। प्रयोग कामयाब रहा और इसी के साथ ई. मार्सडेन आविष्कारों की दुनिया में हमेशा के लिए अमर हो गए।

थॉमस एल्वा एडिसन

थॉमस एल्वा एडिसन ने जब स्टोरेज बैटरी का आविष्कार किया, तो वे 24 बार अपने प्रयासों में असफल रहे। 25वीं बार में वे स्टोरेज बैटरी को बनाने में कामयाब रहे। जिस समय वे अपने इस आविष्कार की बाबत एक सार्वजनिक सभा में लोगों को जानकारियाँ दे रहे थे, तब किसी पत्रकार ने सवाल किया कि आपने इतनी बार असफल रहकर भी इस बैटरी को बनाया, क्या आपको नहीं लगता कि आपने अपना बहुत सा पैसा और समय इसमें खर्च किया है ?

तब एडिसन का जवाब था, "मैंने अपना पैसा व समय बरबाद नहीं किया है, बल्कि इतनी बार असफल रहने पर मैं इस नतीजे पर पहुँचा हूँ कि 24 ऐसे तरीके भी हैं, जिनसे स्टोरेज बैटरी कतई नहीं बनाई जा सकती।"

मशहूर वैज्ञानिक रदरफोर्ड ने एक अनजाने तथा नौसिखिए युवा वैज्ञानिक (शोधार्थी) ई. मार्सडेन से अल्फा कणों की परमाणु पर वर्षा करने को कहा, तो कई लोगों ने सोचा कि आखिर उस प्रयोग को खुद रदरफोर्ड ने या किसी अन्य प्रमुख वैज्ञानिक ने क्यों नहीं किया, जबकि इस प्रयोग के परिणामों पर रदरफोर्ड के परमाणु मॉडल का भविष्य निर्भर था।

सर टॉमस मूर

सर टॉमस मूर इंग्लैंड में एक सुप्रख्यात कवि और धार्मिक व्यक्ति

हुए। उनको अपने धार्मिक विचारों के कारण मृत्युदंड मिला। मृत्युदंड के पूर्व उनको कुछ समय तक कारावास में रहना पड़ा। जिस स्थान पर उनकी गरदन उड़ाई गई, वहाँ पर भी वे हँसते हुए ही गए थे। उनकी पत्नी ने उनसे कहा था कि वे अपनी मूर्खता के कारण कारावास में सड़ रहे हैं। यदि अन्य धर्मोपदेशकों के अनुसार वे भी अपने सिद्धांतों को बदल देते, तो उनको जेल की आफतों और मृत्युदंड से छुटकारा मिल जाता, परंतु उन्होंने मृत्युदंड की अपेक्षा अपमान को गुरुत्तर समझा।

उनके मित्रों और पत्नी तक ने उनका साथ छोड़ दिया। केवल उनकी पुत्री पितृभक्ति में ऐसी संलग्न रही कि जब पिता का सिर काट दिया गया और एक पुल के ऊपर बाँस पर लटका दिया गया, तो लड़की ने अधिकारियों से प्रार्थना की कि उसके पिता का सिर उसके शव के साथ गाड़ने की आज्ञा दी जाए। लड़की का यह साहस अपना रंग दिखाए बिना न रह सका, जब वह पिता की मृत्यु के पश्चात् शीघ्र ही मर गई तो अधिकारी वर्ग उसकी इच्छा की अवहेलना न कर सके और लड़की के शव के साथ सर टॉमस मूर का सिर गाड़ दिया गया।

सर वॉल्टर रेले

इंग्लैंड में सर वॉल्टर रेले महारानी एलिजाबेथ के समय में एक बड़े प्रख्यात व्यक्ति हुए। अपने साहस से ही वे एक साधारण स्थिति से उठकर महारानी के कृपा पात्रों में हो गए थे। अंत में उनको भी फाँसी पर चढ़ना पड़ा था। जब मृत्युदंड पाने के लिए वे नियत स्थान पर लाए गए, तो वे कुछ अस्वस्थ हो गए थे। उनकी फाँसी को देखने के लिए भारी जनसमुदाय एकत्रित हुआ था। उन्होंने जनता से कहा, "दो दिन से

इंग्लैंड में सर वॉल्टर रेले महारानी एलिजाबेथ के समय में एक बड़े प्रख्यात व्यक्ति हुए। अपने साहस से ही वे एक साधारण स्थिति से उठकर महारानी के कृपा पात्रों में हो गए थे। अंत में उनको भी फाँसी पर चढ़ना पड़ा था। जब मृत्युदंड पाने के लिए वे नियत स्थान पर लाए गए, तो वे कुछ अस्वस्थ हो गए थे। उनकी फाँसी को देखने के लिए भारी जनसमुदाय एकत्रित हुआ था।

मुझको बुखार आ रहा था, इसी से मैं अस्वस्थ हूँ। यदि आप लोगों को मुझमें किसी प्रकार की निर्बलता दिखाई देती है, तो उसे आप मेरे हृदय की या मृत्यु भय से उत्पन्न हुई निर्बलता न समझें।"

उसके बाद उन्होंने उस कुल्हाड़ी की तेज धार को चूमा, जिससे उनकी गरदन काटी जानेवाली थी और फिर उस अधिकारी से, जो उनको फाँसी देने वाला था। कहा, "यह दवा तेज तो है, परंतु सब बीमारियों से छुटकारा दिलाने वाली दवा है।"

सालमन चेज

सालमन चेज अमेरिका के एक प्रसिद्ध वकील थे। वे गुलामों के मुकदमे बहुधा लिया करते थे। एक दिन वे अदालत में मटिंड नामक एक भागी हुई गुलाम कन्या के बचाव के लिए बहुत प्रभावशाली बहस करके अदालत से बाहर निकल रहे थे कि एक व्यक्ति ने बहुत आश्चर्य से उन्हें देखकर कहा, "यह कितना अच्छा और होनहार वकील है, परंतु गुलामों के मुकदमे लेकर अपना नाश कर रहा है।" किंतु भविष्य में अमेरिका की जनता को भलीभाँति दिखा दिया कि वे वकील इस साहस द्वारा ओहियो के गवर्नर, फिर ओहियो के सिनेटर, फिर संयुक्त राज्य के खजाने के मंत्री और अंततः संयुक्त राज्य के सुप्रीम कोर्ट के चीफ जस्टिस हो गए।

देशद्रोही कृष्णराव अलाउद्दीन के लिए जासूसी कर रहा है, जब इस बात का पता उसकी पत्नी वीरमती को चला, तो उसने अपने पति की हत्या कर दी। मरते हुए पति ने कहा, "यह क्या किया वीरमती तुमने? भारतीय स्त्रियाँ ऐसा तो कभी नहीं करतीं।"

वीरमती

देशद्रोही कृष्णराव अलाउद्दीन के लिए जासूसी कर रहा है, जब इस बात का पता उसकी पत्नी वीरमती को चला, तो उसने अपने पति की हत्या कर दी। मरते हुए पति ने कहा, "यह क्या किया वीरमती तुमने? भारतीय

स्त्रियाँ ऐसा तो कभी नहीं करतीं।"

"हाँ, तुम ठीक कहते हो, पर भारतीय पुरुष भी तो कभी देशद्रोह नहीं करते। इस समय राष्ट्र की रक्षा ही मेरा धर्म है। रही पति-व्रत की बात, सो यह अब लो।" यह कहते हुए उसने खुद को भी कटार भोंक ली और पति के साथ सती हो गई।

"जीवन की परीक्षा में ज्यादातर लोग दूसरों की नकल करते हैं, इसलिए वे असफल हो जाते हैं, क्योंकि जिंदगी में हर किसी का प्रश्न-पत्र दूसरे के प्रश्न-पत्र से अलग होता है।"

□□□